古典文學經典名著

西遊記

上冊（全三冊）

吳承恩（著）
黎庶（注釋）

前言

黎　庶

《西遊記》是我國古代一部偉大的浪漫主義長篇小說，它以生動的神魔鬥爭故事、活靈活現的人物形象和震撼人心的藝術力量，打動世世代代的億萬讀者，成為中華民族永遠的藝術瑰寶，在中國文化史上永放光芒。同時，它被譯成多國文字，成為世界共有的精神財富。

《西遊記》作者吳承恩（一五〇一——一五八二年）字汝忠，號射陽山人，明代淮安山陽（今江蘇淮安）人。他的著作流傳下來的除《西遊記》外，還有後人輯彔的《射陽先生存稿》四卷。他出身於一個從「兩世相繼為學官」終於沒落為商人的家庭。據《天啟淮安府志》記載，他「性敏多慧，博極群書，為詩文下筆立成。」但卻「屢困場屋」，直到四十三歲時才補上歲貢生。後因母老家貧，就任長興縣丞，這時他已經六十多歲了。但不久即「恥折腰，遂拂袖而歸」。可見他的功名和仕途都不順利。他不滿現實，在詩中自稱「胸中磨損斬邪刀，欲起平之恨無力」（《二郎收山圖歌》）。這種情緒在《西遊記》中處處或直接或間接地反映出來。此外，吳承恩從小愛讀稗官野史，常常偷著買這類書籍閱讀。長大後，這種興趣愈益濃厚，這使他加深了關於神話傳說的知識修養。他對自己在稗官野史方面的能力是很自信的，他在志怪小說集《禹鼎志》（已佚）的自序上說：「國史非余敢議，野史氏其何讓焉！」這種自信在《西遊記》中得到了證明。

《西遊記》主要寫孫悟空三人保護唐僧西天取經的故事。故事本身是有歷史根據的。唐太宗貞觀三年（公元六二九年），年僅二十五歲的僧人玄奘曾隻身赴天竺（印度）取經，越過百餘國，歷經十七年，行程數萬里。回國後，弟子辯機根據他的自述撰寫了《大唐西域記》，記述了各國風土人情、佛教遺跡等見聞，但沒有什麼故事。此後，他的門徒慧立、彥悰又撰寫了《大唐慈恩寺三藏法師傳》，本書則增加了許多神話色彩。此後，唐僧取經故事開始在民間流傳。

南宋的《大唐三藏取經詩話》是當時藝人講說取經故事的底本，書中出現了化作白衣秀士的「猴行者」的形象，他神通廣大，從中可以看到《西遊記》中孫悟空的影子；還出現了「深沙神」的形象，則是沙僧的前身。元代出現了《西遊記平話》（今不傳），比《取經詩話》更為成熟完整，《永樂大典》中保存此書「夢斬涇河龍」的故事，與《西遊記》第十回前半部分內容基本相同。在古代朝鮮漢語教科書《朴通事諺解》中還記彔了《平話》中「車遲國鬥聖」故事片段，內容差似《西遊記》第四十六回。另外，此書還有八條注文，記述了《平話》的故事情節，其中有大鬧天宮、黃風怪、紅孩兒、女兒國等許多熱鬧場面，並出現了隨唐僧取經的沙和尚和黑豬精豬八戒。在金代元代和明代，取經故事還被搬上了戲劇舞台，金元本《唐三藏》、元雜劇《唐三藏西天取經》均已失傳，現在可見到的有元末明初人楊訥著《西遊記雜劇》，寫了唐僧出世、鬧天宮，收龍馬、收八戒、女人國逼婚、火焰山等故事。吳承恩《西遊記》正是在以上歷朝唐僧取經故事的基礎上進行再創造而寫成的。

《西遊記》共一百回，可以分為三個部分，第一部分（一—七回）寫孫悟空出身，包括石猴出生、訪道學仙、鬧龍宮地府，其中最為人熟知的就是大鬧天宮，最終被如來騙入掌心，鎮壓於五行山下。第二部分（八—十二回）寫取經緣起，交待唐僧（江流兒）身世、魏徵斬龍、觀音菩薩到長安訪察取經人、玄藏應詔西行。第三部分（十三—一〇〇回）寫唐僧西天取經，路上先後收了孫悟空、豬八戒和沙僧三個徒弟，經歷九九八十一難，終於取得真經，修成正果。

關於《西遊記》的思想意義，歷來眾說紛紜，莫衷一是。清代研究者即有「勸學說」、「談禪說」、「講道說」等等，亦有人認為是理學小說，即闡揚程朱理學和王陽明心學。進入20世紀，認識有很大變化，魯迅和胡適都做出了迥異於前人的評說，他們共同的大貢獻就是扯掉了以往「微言大義」的神秘主義面紗，還其本來面目。他們都認為是以游戲的態度寫神魔故事，是有「人的意味」的神話（詳見魯迅《中國小說史略》胡適《〈西遊記〉考證》）。這一真知灼見不僅撥開了前人認識的迷霧，而且也是後來研究者的津梁。一些論者所提出的有關《西遊記》主題的矛盾、人物的矛盾、情節的矛盾等等，都可以在魯迅和胡適的論說中找到答案。《西遊記》作者「玩世不恭」的游戲態度並不影響小說表達積極的思想意義。它不是說經講道的宣教，而是以游戲詼諧的筆調調侃人間神界的醜陋百態，也歌頌正義勇敢的美德和敢於向強權惡勢力挑戰的英雄主義精神。

作者生活的明代社會，政治黑暗，統治者荒淫無道，小說中所暴露的人世間和神魔界的醜惡正是現實的反映。正如魯迅所說：「諷刺揶揄取當時世態。」例如書中寫了九個人間國度，其中許多都是「文也不賢，武也不良，國君也不是有道。」比丘國國王服用長生不老之藥，要用一千一百一十一個小兒心肝做藥引，反映了統治者的愚昧和殘忍。至高無上的佛祖對取經的唐僧竟然索取「人事」，說以前賣賤了經，教後代兒孫沒錢用。唐僧只好拿出紫金缽才換取了有字經。這既是對西方極樂世界的揶揄，也折射出人世的貪婪和齷齪。

《西遊記》作者傾注最多心血的是對孫悟空形象的塑造。孫悟空有七十二般變化，武器是一萬三千五百斤的金箍棒，一個筋斗翻越十萬八千里。他鬧冥府，勾生死簿；闖龍宮，向龍王索要兵器。他敢於向至高無上的天庭挑戰，當他發現「弼馬溫」的封號是個騙局時，心中火起，打出南天門，索性豎起「齊天大聖」的旗號。玉帝給他造了「齊天大聖」府後繼續欺騙愚弄他，他於是再鬧天宮，天兵天將都不敵他的金箍棒，後來雖然被捉住投進老君爐焚燒，不僅沒傷他一根毫毛，還煉就了他火眼金睛。他向玉帝挑戰，「皇帝輪流做，明年到我家」，如不讓出天宮，「定要攪攘，永不清平！」在取經途中屢遭妖魔，經歷九九八十一難，全賴孫悟空才得以化險為夷。孫悟空的形象成為正義、智慧、勇敢、力量的化身，他是敢於和各種醜惡勢力鬥爭開戰而勝之的大英雄，在他身上寄寓著被奴役被壓迫人民爭取自由解放的理想。

《西遊記》在藝術上達到了中國浪漫主義文學的高峰。作者將民間傳說戲劇藝術升華為結構完整的鴻篇巨制，構造了一個龐大的神魔世界，塑造了千姿百態的藝術形象。它最突出的藝術成就是想象和誇張的運用。書中充滿了神奇的想象畫卷：鵝毛飄不起的流沙河，銅鐵身軀也要化成汁的火焰山，一扇即讓人飄出八萬四千里的芭蕉扇……孫悟空神奇的出世，超人的武藝，神鬼莫測的變化，等等，這些超自然的人物和自然現象，產生了強烈的藝術魅力。

《西遊記》的另一個藝術特點是詼諧和諷刺的風格。「雖述變幻恍惚之事，亦每雜解頤之言，使神魔皆有人情，鬼魅亦通世故，而玩世不恭之意寓焉。」（魯迅《中國小說史略》）如五十一回寫孫悟空與妖怪作戰丟了金箍棒，謁見玉帝求救：「『伏乞天尊垂慈洞鑑，降旨查勘凶星，發兵收剿妖魔，老孫不勝戰栗屏營之至。』卻又打個深躬道，『以聞。』旁有葛仙翁笑道，『猴子是何前倨後恭？』行者道：『不敢不敢。不是甚前倨後恭，老孫於今是沒棒弄了』……」這些官話從大聖口中說出，極為可笑，而那句「老孫於今是沒棒弄了」讀之則令人絕倒！又如寫車遲國佞道滅佛，到處捉拿和尚，就是「禿子、毛稀的都難逃。」寫孫悟空在朱紫國行醫，讓國王吃馬尿合成的丸藥。寫平頂山豬八戒巡山的滑稽表演，等等，都是諷刺幽默的經典段落。表現了作者對現實的不滿，也反映了他「復善諧趣」的性格和樂觀主義精神。

目錄

詞曰

混沌①未分天地亂，茫茫渺渺無人見。
自從盤古②破鴻蒙③，開辟從茲清濁④辨。
覆載⑤群生仰至仁，發明萬物皆成善。
欲知造化會元功，須看《西遊釋厄傳》⑥。

①混沌：傳說宇宙形成前模糊一團的樣子。
②盤古：神話中的創世者。
③鴻蒙：古人指天地開辟之前的混沌元氣。即為地。
④清濁：指天地。古人認為混沌之氣開辟之後，輕清者上揚，即為天，重濁者下沉，
⑤覆載：指天地養育人類。
⑥《西遊釋厄傳》：《西遊記》的一種版本。

石、土，謂之五形。故曰，地辟於丑。又經五千四百歲，丑會終而寅會之初，發生萬物。曆曰：「天氣下降，地氣上升；天地交合，群物皆生。」至此，天清地爽，陰陽交合。再五千四百歲，正當寅會，生人，生獸，生禽，正謂天地人，三才定位。故曰，人生於寅。

感盤古開辟，三皇（古代傳說中的伏羲、燧人、神農為三皇，或者稱天皇、地皇、人皇為三皇）治世，五帝（通常指黃帝、顓頊、帝嚳、唐堯、虞舜）定倫，世界之間，遂分為四大部洲：曰東勝神洲，曰西牛賀洲，曰南贍部洲，曰北俱蘆洲。這部書單表東勝神洲。海外有一國土，名曰傲來國。國近大海，海中有一座名山，喚為花果山。此山乃十洲之祖脈，三島之來龍，自開清濁而立，鴻蒙判後而成。真個好山！有詞賦為證。賦曰：

勢鎮汪洋，威寧瑤海。勢鎮汪洋，潮湧銀山魚入穴；威寧瑤海，波翻雪浪蜃（大蛤蜊）離淵。水火方隅高積土，東海之處聳崇巔。丹崖怪石，削壁奇峰。丹崖上彩鳳雙鳴；削壁前麒麟獨臥。峰頭時聽錦雞鳴，石窟每觀龍出入。林中有壽鹿仙狐，樹上有靈禽玄鶴。瑤草奇花不謝，青松翠柏長春。仙桃常結果，修竹每留雲。一條澗壑（山溝）藤蘿密，四面原堤草色新。正是百川會處擎天柱，萬劫（萬世，指時間久遠）無移大地根。

那座山正當頂上，有一塊仙石。其石有三丈六尺五寸高，有二丈四尺圍圓。三丈六尺五寸高，按周天三百六十五度；二丈四尺圍圓，按政曆（曆法）二十四氣。上有九竅八孔，按九宮八卦。四面更無樹木遮陰，左右倒有芝蘭相襯。蓋自開辟以來，每受天真地秀，日精月華，感之既久，遂有靈通之

第一回
靈根育孕源流出　心性修持大道生

意。內育仙胞，一日迸裂，產一石卵，似圓球樣大。因見風，化作一個石猴。五官俱備，四肢皆全。便就學爬學走，拜了四方。目運兩道金光，射沖斗府（北斗星或斗宿）。驚動高天上聖大慈仁者玉皇大天尊玄穹高上帝，駕座金闕（皇宮門前兩邊的瞭望樓）雲宮靈霄寶殿，聚集仙卿，見有金光焰焰，即命千里眼、順風耳開南天門觀看。二將果奉旨出門外，看的真，聽的明。須臾回報道：「臣奉旨觀聽金光之處，乃東勝神洲海東傲來小國之界，有一座花果山，山上有一仙石，石產一卵，見風化一石猴，在那裡拜四方，眼運金光，射沖斗府。如今服餌水食，金光將潛息矣。」玉帝垂賜恩慈曰：「下方之物，乃天地精華所生，不足為異。」

那猴在山中，卻會行走跳躍，食草木，飲澗泉，採山花，覓樹果；與狼蟲為伴，虎豹為群，獐鹿為友，獼猿為親；夜宿石崖之下，朝游峰洞之中。真是「山中無甲子，寒盡不知年。」一朝天氣炎熱，與群猴避暑，都在松蔭之下頑耍。你看他一個個：

跳樹攀枝，采花覓果；拋彈子，邸麼兒（一種兒童游戲）；跑沙窩，砌寶塔；趕蜻蜓，撲虮蠟（螞蚱）；參老天，拜菩薩；扯葛藤，編草帓（帽子）；捉蝨子，咬圪蚤（跳蚤）；理毛衣（梳理皮毛），剔指甲；挨的挨，擦的擦；推的推，壓的壓；扯的扯，拉的拉，青松林下任他頑，綠水澗邊隨洗濯。

一群猴子耍了一會，卻去那山澗中洗澡。見那股澗水奔流，真個似滾瓜湧濺。古云：「禽有禽言，獸有獸語。」眾猴都道：「這股水不知是那裡的水。我們今日趕閑無事，順澗邊往上溜頭尋看源過去，正是猴性頑劣，再無一個寧時，只搬得力倦神疲方止。石猴端坐上面道：「列位呵，『人而無信，不知其可。』你們才說有本事進得來，出得去，不傷身體者，就拜他為王。我如今進來又出去，出去又進來，尋了這一個洞天與列位安眠穩睡，各享成家之福，何不拜我為王？」眾猴聽說，即拱伏無違。一個個序齒（排列年齡順序）排班，朝上禮拜。都稱「千歲大王」。自此，石猴高登王位，將「石」字兒隱了，遂稱美猴王。有詩為證。詩曰：

三陽交泰產群生，仙石胞含日月精。借卵化猴完大道，假他名姓配丹成。
內觀不識因無相，外合明知作有形。歷代人人皆屬此，稱王稱聖任縱橫。

美猴王領一群猿猴、獼猴、馬猴等，分派了君臣佐使，朝游花果山，暮宿水簾洞，合契同情，不入飛鳥之叢，不從走獸之類，獨自為王，不勝歡樂。是以：

春採百花為飲食，夏尋諸果作生涯。
秋收芋栗延時節，冬覓黃精度歲華。

美猴王享樂天真，何期有三五百載。一日，與群猴喜宴之間，忽然憂惱，墮下淚來。眾猴慌忙羅（列隊）拜道：「大王何為煩惱？」猴王道：「我雖在歡喜之時，卻有一點兒遠慮，故此煩惱。」眾猴又笑道：「大王好不知足！我等日日歡會，在仙山福地，古洞神洲，不伏麒麟轄，不伏鳳凰管，又不伏人間王位所拘束，自由自在，乃無量之福，為何遠慮而憂也？」猴王道：「今日雖不歸人王法律，不懼禽獸威嚴，將來年老血衰，暗中有閻王老子管著，一旦身亡，可不枉生世界之中，不得久注（停留）天人之內？」眾猴聞此言，一個個掩面悲啼，俱以無常為慮。

只見那班部中，忽跳出一個通背猿猴，厲聲高叫道：「大王若是這般遠慮，真所謂道心開發也！如今五蟲（古人把動物分五類，稱「五蟲」）之內，惟有三等名色，不伏閻王老子所管。」猴王道：「你知那三等人？」猿猴道：「乃是佛與仙與神聖三者，躲過輪回，不生不滅，與天地山川齊壽。」猴王道：「此三者居於何所？」猿猴道：「他只在閻浮世界（泛指人類世界）之中，古洞仙山之內。」猴王聞之，滿心歡喜，道：「我明日就辭汝等下山，雲游海角，遠涉天涯，務必訪此三者，學一個不老長生，常躲過閻君之難。」噫！這句話，頓教跳出輪回網，致使齊天大聖成。眾猴鼓掌稱揚，都道：「善哉！善哉！我等明日越嶺登山，廣尋些果品，大設筵宴送大王也。」

次日，眾猴果去採仙桃，摘異果，刨山藥，劚（砍）黃精，芝蘭香蕙，瑤草奇花，般般件件，整整齊齊，擺開石凳石桌，排列仙酒仙肴。但見那：

金丸珠彈，紅綻黃肥。金丸珠彈臘櫻桃，色真甘美；紅綻黃肥熟梅子，味果香酸。鮮龍眼，肉甜皮薄；火荔枝，核小囊紅。林檎（沙果。檎）碧實連枝獻，枇杷緗（淺黃色）苞帶葉擎（舉）。兔頭梨子雞心棗，消渴除煩更解酲（醉）。香桃爛杏，美甘甘似玉液瓊漿；脆李楊梅，酸蔭蔭如脂酥膏酪。紅瓤黑子熟西瓜，四瓣黃皮大柿子。石榴裂破，丹砂粒現火晶珠；芋栗剖開，堅硬肉團金瑪瑙。胡桃銀杏可傳茶，椰子葡萄能做酒。榛松榧柰滿盤盛，橘蔗柑美猴王聽得此言，滿心歡喜道：「神仙原來藏在這裡！」即忙跳入裡面，仔細再看，乃是一個樵子，在那裡舉斧砍柴。但看他打扮非常：

頭上戴箬笠（用竹葉子製作的帽子），乃是新筍初脫之籜（筍皮）。身上穿布衣，乃是木綿拈就之紗。腰間繫環縧（帶子），乃是老蠶口吐之絲。足下踏草履，乃是枯莎（莎草）槎就之爽（鞋上的絞繩）。手執衠鋼斧，擔挽火麻繩。扳松劈枯樹，爭似此樵能！

猴王近前叫道：「老神仙！弟子起手（通「稽首」，行禮）。」那樵漢慌忙丟了斧，轉身答禮道：「不當人（擔當不起）！不當人！我拙漢衣食不全，怎敢當『神仙』二字？」猴王道：「你不是神仙，如何說出神仙的話來？」樵夫道：「我說甚麼神仙話？」猴王道：「我才來至林邊，只聽的你說：『相逢處，非仙即道，靜坐講《黃庭》。』《黃庭》乃道德真言，非神仙而何？」樵夫笑道：「實不瞞你說，這個詞名做《滿庭芳》，乃一神仙教我的。那神仙與我舍下相鄰。他見我家事勞苦，日常煩惱，教我遇煩惱時，即把這詞兒念念，一則散心，二則解困。我才有些不足處思慮，故此念念。不期被你聽了。」猴王道：「你家既與神仙相鄰，何不從他修行？學得個不老之方，卻不是好？」樵夫道：「我一生命苦：自幼蒙父母養育至八九歲，才知人事，不幸父喪，母親居孀（守寡）。再無兄弟姊妹，只我一人，沒奈何，早晚侍奉。如今母老，一發（更加）不敢抛離。卻又田園荒蕪，衣食不足，只得斫兩束柴薪，挑向市廛之間，貨（賣）幾文錢，糴（買）幾升米，自炊自造，安排些茶飯，供養老母，所以不能修行。」

猴王道：「據你說起來，乃是一個行孝的君子，向後必有好處。但望你指與我那神仙住處，卻好拜訪去也。」樵夫道：「不遠，不遠。此山叫做靈台方寸山。山中有座斜月三星洞。那洞中有一個神仙，稱名須菩提祖師。那祖師出去的徒弟，也不計其數，見今（現在）還有三四十人從他修行。你順那條小路兒，向南行七八里遠近，即是他家了。」猴王用手扯住樵夫道：「老兄，你便同我去去。若還得了好處，決不忘你指引之恩。」樵夫道：「你這漢子，甚不通變。我方才這般與你說了，你還不省？假若我與你了，卻不誤了我的生意？老母何人奉養？我要斫柴，你自去，自去。」

猴王聽說，只得相辭。出深林，找上路徑，過一山坡，約有七八里遠，果然望見一座洞府。挺身觀看，真好去處！但見：

煙霞散彩，日月搖光。千株老柏，萬節修篁（竹子）。千株老柏，帶雨半空青冉冉；萬節修篁，含煙一壑色蒼蒼。門外奇花布錦，橋邊瑤草噴香。石崖突兀青苔潤，懸壁高張翠蘚長。時聞仙鶴唳，每見鳳凰翔。仙鶴唳時，聲振九皋霄漢（指極深極遠處）遠；鳳凰翔起，翎毛五色彩雲光。玄猿白鹿隨隱見，金獅玉象任行藏。細觀靈福地，真個賽天堂！

又見那洞門緊閉，靜悄悄杳無人跡。忽回頭，見崖頭立一石碑，約有三丈餘高，八尺餘闊，上有一行十個大字，乃是「靈台方寸山，斜月三星洞」。美猴王十分歡喜道：「此間人果是樸實，果有此山此洞。」看夠多時，不敢敲門。且去跳上松枝梢頭，摘松子吃了頑耍。

少頃間，只聽得呀的一聲，洞門開處，裡面走出一個仙童，真個豐姿英偉，相貌清奇，比尋常俗

第二回

悟徹菩提真妙理　斷魔歸本合元神

話表美猴王得了姓名，怡然踴躍，對菩提前作禮啟謝。那祖師即命大眾引孫悟空出二門外，教他灑掃應對，進退周旋之節。眾仙奉行而出。悟空到門外，又拜了大眾師兄，就於廊廡之間，安排寢處。次早，與眾師兄學言語禮貌，講經論道，習字焚香，每日如此。閒時即掃地鋤園，養花修樹，尋柴燃火，挑水運漿。凡所用之物，無一不備。在洞中不覺倏六七年。一日，祖師登壇高坐，喚集諸仙，開講大道。真個是：

天花亂墜，地湧金蓮。妙演三乘（佛道指大乘、中乘、小乘）教，精微萬法全。慢搖麈尾噴珠玉，響振雷霆動九天。說一會道，講一會禪，三家配合本如然。開明一字皈誠理，指引無生了性玄。

孫悟空在旁聞講，喜得他抓耳撓腮，眉花眼笑。忍不住手之舞之，足之蹈之。忽被祖師看見，叫

第二回

悟徹菩提真妙理　斷魔歸本合元神

孫悟空道：「你在班中，怎麼顛狂躍舞，不聽我講？」悟空道：「弟子誠心聽講，聽到老師父妙音處，喜不自勝，故不覺作此踴躍之狀。望師父恕罪！」祖師道：「你既識妙音，我且問你，你到洞中多少時了？」悟空道：「弟子本來懵懂（糊塗），不知多少時節。只記得灶下無火，常去山後打柴，見一山好桃樹，我在那裡吃了七次飽桃矣。」祖師道：「那山喚名爛桃山。你既吃七次，想是七年了。你今要從我學些甚麼道？」悟空道：「但憑尊師教誨，只是有些道氣兒，弟子便就學了。」

祖師道：「『道』字門中有三百六十旁門（歪門邪道），旁門皆有正果。不知你學那一門哩？」悟空道：「憑尊師意思。弟子傾心聽從。」祖師道：「我教你個『術』字門中之道，如何？」悟空道：「術門之道怎麼說？」祖師道：「術字門中，乃是些請仙扶鸞（一種迷信求神吉凶的方法），問卜揲蓍（一種用著草占卜的方法），能知趨吉避凶之理。」悟空道：「似這般可得長生麼？」祖師道：「不能！不能！」悟空道：「不學！不學！」

祖師又道：「教你『流』字門中之道，如何？」悟空又問：「流字門中，是甚義理？」祖師道：「流字門中，乃是儒家、釋家、道家、陰陽家、墨家、醫家，或看經，或念佛，並朝真降聖之類。」悟空道：「似這般可得長生麼？」祖師道：「若要長生，也似『壁裡安柱』。」悟空道：「師父，我是個老實人，不曉得打市語（古代行幫使用的隱語）。怎麼謂之『壁裡安柱』？」祖師道：「人家蓋房，欲圖堅固，將牆壁之間，立一頂柱，有日大廈將頹，他必朽矣。」悟空道：「據此說，也不長久。不學！不學！」

祖師道：「教你『靜』字門中之道，如何？」悟空道：「靜字門中，是甚正果？」祖師道：「此是休糧守穀，清靜無為，參禪打坐，戒語持齋，或睡功，或立功，並入定坐關之類。」悟空道：「這謎，你近前來，仔細聽之，當傳與你長生之妙道也。」悟空叩頭謝了，洗耳用心，跪於榻下。祖師云：

「顯密圓通真妙訣，惜修性命無他說。都來總是精氣神，謹固牢藏休漏洩。
休漏洩，體中藏，汝受吾傳道自昌。口訣記來多有益，屏除邪欲得清涼。
得清涼，光皎潔，好向丹台賞明月。月藏玉兔日藏烏，自有龜蛇相盤結。
相盤結，性命堅，卻能火裡種金蓮。攢簇五行顛倒用，功完隨作佛和仙。」

此時說破根源，悟空心靈福至，切切記了口訣，對祖師拜謝深恩，即出後門觀看。但見東方天色微舒白，西路金光大顯明。依舊路，轉到前門，輕輕的推開進去，坐在原寢之處，故將床鋪搖響道：「天光了！天光了！起耶！」那大眾還正睡哩，不知悟空已得了好事。當日起來打混，暗暗維持，子前午後，自己調息。

卻早過了三年，祖師復登寶座，與眾說法。談的是公案比語，論的是外像包皮（表面現象）。忽問：「悟空何在？」悟空近前跪下：「弟子有。」祖師道：「你這一向修些甚麼道來？」悟空道：「弟子近來法性頗通，根源亦漸堅固矣。」祖師道：「你既通法性，會得根源，已注神體，卻只是防備著『三災利害』。」悟空聽說，沉吟良久道：「師父言之謬矣。我嘗聞道高德隆，與天同壽；水火既濟，百病不生，卻怎麼有個『三災利害』？」祖師道：「此乃非常之道：奪天地之造化，侵日月之玄機；丹成之後，鬼神難容。雖駐顏益壽，但到了五百年後，天降雷災打你，須要見性明心，預先躲避。躲得過，壽與天齊；躲不過，就此絕命。再五百年後，天降火災燒你。這火不是天火，亦不是凡火，喚做『陰火』。自本身湧泉穴下燒起，直透泥垣宮（指囟門，頭部額頂），五臟成灰，四肢皆朽，把千年苦行，俱為虛幻。再五百年，又降風災吹你，這風不是東南西北風，不是和熏金朔風（指春夏秋冬四季的風），亦不是花柳松竹風，喚做『贔風』（道家指三劫中的風劫）。自囟門（頭部額頂）中吹入六腑，過丹田，穿九竅，骨肉消疏，其身自解。所以都要躲過。」

悟空聞說，毛骨悚然，叩頭禮拜道：「萬望老爺垂憫，傳與躲避三災之法，到底不敢忘恩。」祖師道：「此亦無難，只是你比他人不同，故傳不得。」悟空道：「我也頭圓頂天，足方履地，一般有九竅四肢，五臟六腑，何以比人不同？」祖師道：「你雖然像人，卻比人少腮。」原來那猴子孤拐面，凹臉尖嘴。悟空伸手一摸，笑道：「師父沒成算！我雖少腮，卻比人多這個素袋（嗉囊），亦可準折過也。」祖師說：「也罷，你要學那一般？有一般天罡數，該三十六般變化；有一般地煞數，該七十二般變化。」悟空道：「弟子願多裡撈摸，學一個地煞變化罷。」祖師道：「既如此，上前來，傳與你口訣。」遂附耳低言，不知說了些甚麼妙法。這猴王也是他一竅通時百竅通，當時習了口訣，自修自煉，將七十二般變化，都學成了。

忽一日，祖師與眾門人在三星洞前戲玩晚景。祖師道：「悟空，事成了未曾？」悟空道：「多蒙師父海恩，弟子功果完備，已能霞舉飛升也。」祖師道：「你試飛舉我看。」悟空弄本事，將身一聳，打了個連扯跟頭，跳離地有五六丈，踏雲霞去勾有頓飯之時，返復不上三里遠近，落在面前，礅手（兩手交叉在胸前，表示恭敬）道：「師父，這就是飛舉騰雲了。」祖師笑道：「這個算不得騰雲，只算得爬雲而已。自古道：『神仙朝游北海暮蒼梧。』似你這半日，去不上三里，即爬雲也還算不得

「去時凡骨凡胎重，得道身輕體亦輕。舉世無人肯立志，立志修玄玄自明。
當時過海波難進，今日回來甚易行。別語叮嚀還在耳，何期頃刻見東溟。」

悟空按下雲頭，直至花果山。找路而走，忽聽得鶴唳猿啼，鶴唳聲沖霄漢外，猿啼悲切甚傷情。即開口叫道：「孩兒們，我來了也！」那崖下石坎邊，花草中，樹木裡，若大若小之猴，跳出千千萬萬，把個美猴王圍在當中，叩頭叫道：「大王，你好寬心！怎麼一去許久？把我們俱閃在這裡，望你誠如飢渴！近來被一妖魔在此欺虐，強要占我們水簾洞府，是我等捨死忘生，與他爭鬥。這些時，被那廝搶了我們家伙，捉了許多子侄，教我們晝夜無眠，看守家業。幸得大王來了！大王若再年載不來，我等連山洞盡屬他人矣！」悟空聞說，心中大怒道：「是甚麼妖魔，輒敢無狀！你且細細說來，待我尋他報仇。」眾猴叩頭：「告上大王，那廝自稱混世魔王，住居在直北下。」悟空道：「此間到他那裡，有多少路程？」眾猴道：「他來時雲，去時霧，或風或雨，或電或雷，我等不知有多少路。」悟空道：「既如此，你們休怕，且自頑耍，等我尋他去來！」

好猴王，將身一縱，跳起去，一路筋斗，直至北下觀看，見一座高山，真是十分險峻。好山：

筆峰挺立，曲澗深沉。筆峰挺立透空霄，曲澗深沉通地戶。兩崖花木爭奇，幾處松篁鬥翠。左邊龍，熟熟馴馴；右邊虎，平平伏伏。每見鐵牛耕，常有金錢種。幽禽睍睆聲，丹鳳朝陽立。石嶙嶙，波淨淨，古怪蹺蹊真惡獰。世上名山無數多，花開花謝繁還眾。爭如此景永長存，八節四時渾不動。誠為三界坎源山，滋養五行水臟洞！

第二回

悟徹菩提真妙理　斷魔歸本合元神

美猴王正默觀看景致，只聽得有人言語。徑自下山尋覓，原來那陡崖之前，乃是那水臟洞。洞門外有幾個小妖跳舞，見了悟空就走。悟空道：「休走！借你口中言，傳我心內事。我乃正南方花果山水簾洞洞主。你家甚麼混世鳥魔，屢次欺我兒孫，我特尋來，要與他見個上下！」

那小妖聽說，疾忙跑入洞裡，報道：「大王！禍事了！」魔王道：「有甚禍事？」小妖道：「洞外有猴頭稱為花果山水簾洞洞主。他說你屢次欺他兒孫，特來尋你，見個上下哩。」魔王笑道：「我常聞得那些猴精說他有個大王，出家修行去，想是今番來了。你們見他怎生打扮，有甚器械？」小妖道：「他也沒甚麼器械，光著個頭，穿一領紅色衣，勒一條黃絲絛，足下踏一對烏靴，不僧不俗，又不像道士神仙，赤手空拳，在門外叫哩。」魔王聞說：「取我披掛兵器來！」那小妖即時取出。那魔王穿了甲冑，綽刀在手，與眾妖出得門來，即高聲叫道：「那個是水簾洞洞主？」悟空急睜睛觀看，只見那魔王：

> 頭戴烏金盔，映日光明；身掛皂羅袍，迎風飄蕩。下穿著黑鐵甲，緊勒皮條；足踏著花褶靴，雄如上將。腰廣十圍，身高三丈。手執一口刀，鋒刃多明亮。稱為混世魔，磊落凶模樣。

猴王喝道：「這潑魔這般眼大，看不見老孫！」魔王見了，笑道：「你身不滿四尺，年不過三旬，手內又無兵器，怎麼大膽猖狂，要尋我見甚麼上下？」悟空罵道：「你這潑魔，原來沒眼！你量我小，要大卻也不難。你量我無兵器，我兩隻手彀（同「夠」）著天邊月哩！你不要怕，只吃老孫一

第三回

四海千山皆拱伏　九幽十類盡除名

卻說美猴王榮歸故里，自剿了混世魔王，奪了一口大刀。逐日操演武藝，教小猴砍竹為標，削木為刀，治旗幡，打哨子，一進一退，安營下寨，頑耍多時。忽然靜坐處，思想道：「我等在此，恐作耍成真，或驚動人王，或有禽王、獸王認此犯頭，說我們操兵造反，興師來相殺，汝等都是竹竿木刀，如何對敵？須得鋒利劍戟方可。如今奈何？」眾猴聞說，個個驚恐道：「大王所見甚長，只是無處可取。」正說間，轉上四個老猴，兩個是赤尻馬猴，兩個是通背猿猴，走在面前道：「大王，若要治鋒利器械，甚是容易。」悟空道：「怎見容易？」四猴道：「我們這山，向東去，有二百里水面，那廂乃傲來國界。那國界中有一王位，滿城中軍民無數，必有金銀銅鐵等匠作（作坊）。大王若去那裡，或買或造些兵器，教演我等，守護山場，誠所謂保泰長久之機也。」悟空聞說，滿心歡喜道：「汝等在此頑耍，待我去來。」

好猴王，即縱筋斗雲，霎時間過了二百里水面。果然那廂有座城池，六街三市，萬戶千門，來來往往，人都在光天化日之下。悟空心中想道：「這裡定有現成的兵器，我待下去買他幾件，還不如使個神通覓他幾件倒好。」他就捻起訣來，念動咒語，向巽（八卦之一，代表風）地上吸一口氣，呼的吹將去，便是一陣狂風，飛沙走石，好驚人也：

炮雲起處蕩乾坤，黑霧陰霾大地昏。
江海波翻魚蟹怕，山林樹折虎狼奔。
諸般買賣無商旅，各樣生涯不見人。
殿上君王歸內院，階前文武轉衙門。
千秋寶座都吹倒，五鳳高樓幌動根。

風起處，驚散了那傲來國君王，三市六街，都慌得關門閉戶，無人敢走。悟空才按下雲頭，徑闖入朝門裡。直尋到兵器館、武庫中，打開門扇，看時，那裡面無數器械：刀、槍、劍、戟、斧、鉞、毛、鐮、鞭、鈀、撾、簡、弓、弩、叉、矛，件件俱備。一見甚喜道：「我一人能拿幾何？還使個分身法搬將去罷。」好猴王，即拔一把毫毛，入口嚼爛，噴將出去，念動咒語，叫聲「變！」變做千百個小猴，都亂搬亂搶；有力的拿五七件，力小的拿三二件，盡數搬個罄淨。徑踏雲頭，弄個攝法，喚轉狂風，帶領小猴，俱回本處。

卻說那花果山大小兒猴，正在那洞門外頑耍，忽聽得風聲響處，見半空中，丫丫叉叉，無邊無岸的猴精，唬得都亂跑亂躲。少時，美猴王按落雲頭，收了雲霧，將身一抖，收了毫毛，將兵器都亂堆在山前，叫道：「小的們！都來領兵器！」眾猴看時，只見悟空獨立在平陽之地，俱跑來叩頭問故。

海藏看時，原來兩頭是兩個金箍，中間乃一段烏鐵；緊挨箍有鐫成的一行字，喚做「如意金箍棒」，重一萬三千五百斤。心中暗喜道：「想必這寶貝如人意！」一邊走，一邊心思口念，手顛著道：「再短細些更妙！」拿出外面，只有二丈長短，碗口粗細。

你看他弄神通，丟開解數，打轉水晶宮裡，唬得老龍王膽戰心驚，小龍子魂飛魄散；龜鱉鼋鼉皆縮頸，魚蝦鰲蟹盡藏頭。悟空將寶貝執在手中，坐在水晶宮殿上。對龍王笑道：「多謝賢鄰厚意。」龍王道：「不敢，不敢。」悟空道：「這塊鐵雖然好用，還有一說。」龍王道：「上仙還有甚說？」悟空道：「當時若無此鐵，倒也罷了；如今手中既拿著他，身上更無衣服相趁，奈何？你這裡若有披掛，索性送我一副，一總奉謝。」龍王道：「這個卻是沒有。」悟空道：「『一客不犯二主。』若沒有，我也定不出此門。」龍王道：「煩上仙再轉一海，或者有之。」悟空又道：「走三家不如坐一家。』千萬告求一副。」龍王道：「委的沒有；如有即當奉承。」悟空道：「真個沒有，就和你試試此鐵！」龍王慌了道：「上仙，切莫動手！切莫動手！待我看舍弟處可有，當送一副。」悟空道：「令弟何在？」龍王道：「舍弟乃南海龍王敖欽、北海龍王敖順、西海龍王敖閏是也。」悟空道：「我老孫不去！不去！俗語謂『賒三不敵見二』，只望你隨高就低的送一副便了。」老龍道：「不須上仙去。我這裡有一面鐵鼓，一口金鐘；凡有緊急事，擂得鼓響，撞得鐘鳴，舍弟們就頃刻而至。」悟空道：「既是如此，快些去擂鼓撞鐘！」真個那鼉將便去撞鐘，鱉帥即來擂鼓。

少時，鐘鼓響處，果然驚動那三海龍王，須臾來到，一齊在外面會著。敖欽道：「大哥，有甚緊事，擂鼓撞鐘？」老龍道：「賢弟！不好說！有一個花果山甚麼天生聖人，早間來認我做鄰居，後要求一件兵器，獻鋼叉嫌小，奉畫戟嫌輕。將一塊天河定底神珍鐵，自己拿出手，丟了些解數。如今坐在宮中，又要索甚麼披掛。我處無有，故響鐘鳴鼓，請賢弟來。你們可有甚麼披掛，送他一副，打發出門去罷了。」敖欽聞言，大怒道：「我兄弟們，點起兵，拿他不是！」老龍道：「莫說拿！莫說拿！那塊鐵，挽著些兒就死，磕著些兒就亡；挨挨兒皮破，擦擦兒筋傷！」西海龍王敖閏說：「二哥不可與他動手；且只湊副披掛與他，打發他出了門，啟表奏上上天，天自誅也。」北海龍王敖順道：「說的是。我這裡有一雙藕絲步雲履哩。」西海龍王敖閏道：「我帶了一副鎖子黃金甲哩。」南海龍王敖欽道：「我有一頂鳳翅紫金冠哩。」老龍大喜，引入水晶宮相見了，以此奉上。悟空將金冠、金甲、雲履都穿戴停當，使動如意棒，一路打出去，對眾龍道：「聒噪（江湖上的用語：打擾了）！聒噪！」四海龍王甚是不平，一邊商議進表上奏不題。

你看這猴王，分開水道，徑回鐵板橋頭，攛將上來，只見四個老猴，領著眾猴，都在橋邊等候。忽然見悟空跳出波外，身上更無一點水濕，金燦燦的，走上橋來。唬得眾猴一齊跪下道：「大王，好華彩耶！好華彩耶！」悟空滿面春風，高登寶座，將鐵棒豎在當中。那些猴不知好歹，都來拿那寶貝，卻便似蜻蜓撼鐵樹，分毫也不能禁動。一個個咬指伸舌道：「爺爺呀！這般重，虧你怎的拿來也！」悟空近前，舒開手，一把撾起，對眾笑道：「物各有主。這寶貝鎮於海藏中，也不知幾千百年，可可的（剛好）今歲放光。龍王只認做是塊黑鐵，又喚做天河鎮底神珍。那廝每（同「們」）都扛抬不動，請我親去拿之。那時此寶有二丈多長，斗來粗細；被我撾他一把，意思嫌大，他就小了許多；再教小些，他又小了許多；再教小些，他又小了許多；急對天光看處，上有一行字，乃『如意金箍棒，一萬三千五百斤。』你都站開，等我再叫他變一變著。」他將那寶貝揣在手中，叫：「小！小！小！」那時就小做一個繡花針兒相似，可以揌（同「塞」）在耳朵裡面藏下。眾猴駭然，叫道：「大王！還拿出來耍耍！」猴王真個去耳朵裡拿出，托放掌上叫：「大！大！大！」即又大做斗來粗細，二丈長短。他弄到歡喜處，跳上橋，走出洞外，將寶貝攥在手中，使一個法天象地的神通，把腰一躬，叫聲「長！」他就長的高萬丈，頭如泰山，腰如峻嶺，眼如閃電，口似血盆，牙如劍戟；手中那棒，上抵三十三天，下至十八層地獄，把些虎豹狼蟲，滿山群怪，七十二洞妖王，都唬得磕頭禮拜，戰兢兢魄散魂飛。霎時收了法相，將寶貝還變做個繡花針兒，藏在耳內，復歸洞府。慌得那各洞妖王，都來參賀。

此時遂大開旗鼓，響振銅鑼。廣設珍饈百味，滿斟椰液萄漿，與眾飲宴多時。卻又依前教演。猴王將那四個老猴封為健將；將兩個赤尻馬猴喚做馬、流二元帥；兩個通背猿猴喚做崩、芭二將軍。將那安營下寨、賞罰諸事，都付與四健將維持。他放下心，日逐騰雲駕霧，遨游四海，行樂千山。施武藝，遍訪英豪；弄神通，廣交賢友。此時又會了個七弟兄，乃牛魔王、蛟魔王、鵬魔王、獅駝王、獼猴王、狨狨王，連自家美猴王七個。日逐講文論武，走斝（玉杯）傳觴（酒杯），弦歌吹舞，朝去暮回，無般兒不樂。把那萬里之遙，只當庭闈（內宅，指很近的路）之路，所謂點頭徑過三千里，扭腰八百有餘程。

一日，在本洞吩咐四健將安排筵宴，請六王赴飲，殺牛宰馬，祭天享地，著眾怪跳舞歡歌，俱吃得酩酊大醉。送六王出去，卻又賞勞大小頭目，敧（傾斜）在鐵板橋邊松蔭之下，霎時間睡著。四健將領眾圍護，不敢高聲。只見那美猴王睡裡見兩人拿一張批文，上有「孫悟空」三字，走近身，不容分說，套上繩，就把美猴王的魂靈兒索了去，踉踉蹌蹌，直帶到一座城邊。猴王漸覺酒醒，忽抬頭觀看，那城上有一鐵牌，牌上有三個大字，乃「幽冥界」。美猴王頓然醒悟道：「幽冥界乃閻王所居，

第三回

四海千山皆拱伏　九幽十類盡除名

何為到此？」那兩人道：「你今陽壽該終，我兩人領批，勾你來也。」猴王聽說，道：「我老孫超出三界外，不在五行中，已不伏他管轄，怎麼朦朧，又敢來勾我？」那兩個勾死人只管扯扯拉拉，定要拖他進去。那猴王惱起性來，耳朵中掣出寶貝，幌一幌，碗來粗細；略舉手，把兩個勾死人打為肉醬。自解其索，丟開手，掄著棒，打入城中。唬得那牛頭鬼東躲西藏，馬面鬼南奔北跑，眾鬼卒奔上森羅殿，報著：「大王！禍事！禍事！外面一個毛臉雷公，打將來了！」

慌得那十代冥王急整衣來看；見他相貌凶惡，即排下班次，應聲高叫道：「上仙留名！上仙留名！」猴王道：「你既認不得我，怎麼差人來勾我？」十王道：「不敢！不敢！想是差人差了。」猴王道：「我本是花果山水簾洞天生聖人孫悟空。你等是甚麼官位？」十王躬身道：「我等是陰間天子十代冥王。」悟空道：「快報名來，免打！」十王道：「我等是秦廣王、初江王、宋帝王、仵官王、閻羅王、平等王、泰山王、都市王、卞城王、轉輪王。」悟空道：「汝等既登王位，乃靈顯感應之類，為何不知好歹？我老孫修仙了道，與天齊壽，超升三界之外，跳出五行之中，為何著人拘我？」十王道：「上仙息怒。普天下同名同姓者多，敢是那勾死人錯走了也？」悟空道：「胡說！胡說！常言道：『官差吏差，來人不差。』你快取生死簿子來我看！」十王聞言，即請上殿查看。

悟空執著如意棒，徑登森羅殿上，正中間南面坐下。十王即命掌案的判官取出文簿來查。那判官不敢怠慢，便到司房裡，捧出五六簿文書並十類簿子，逐一查看。贏蟲、毛蟲、羽蟲、昆蟲、鱗介之屬，俱無他名。又看到猴屬之類，原來這猴似人相，不入人名；似贏蟲，不居國界；似走獸，不伏麒麟管；似飛禽，不受鳳凰轄，另有個簿子。悟空親自檢閱，直到那魂字一千三百五十號上，方注著孫悟空名字，乃天產石猴，該壽三百四十二歲，善終。悟空道：「我也不記壽數幾何，且只消了名字便罷！取筆過來！」那判官慌忙捧筆，飽掭濃墨。悟空拿過簿子，把猴屬之類，但有名者，一概勾之。捽下簿子道：「了賬！了賬！今番不伏你管了！」一路棒，打出幽冥界。那十王不敢相近，都去翠雲宮，同拜地藏王菩薩，商量啟表，奏聞上天，不在話下。

這猴王打出城中，忽然絆著一個草紇縫（疙瘩），跌了蹦踵（要跌倒的樣子），猛的醒來，乃是南柯一夢（指虛幻的夢）。才覺伸腰，只聞得四健將與眾猴高叫道：「大王，吃了多少酒，睡這一夜，還不醒來？」悟空道：「睡還小可，我夢見兩個人，來此勾我，把我帶到幽冥界城門之外，卻才醒悟。是我顯神通，直嚷到森羅殿，與那十王爭吵，將我們的生死簿子看了，但有我等名號，俱是我勾了，都不伏那廝所轄也。」眾猴磕頭代謝。

自此，山猴多有不老者，以陰司無名故也。美猴王言畢前事，四健將報知各洞妖王，都來賀喜。不幾日，六個義兄弟，又來拜賀；一聞銷名之故，又個個歡喜，每日聚樂不題。

卻表啟那個高天上聖大慈仁者玉皇大天尊玄穹高上帝，一日，駕坐金闕雲宮靈霄寶殿，聚集文武仙卿早朝之際，忽有丘弘濟真人啟奏道：「萬歲，通明殿外，有東海龍王敖廣進表，聽天尊宣詔。」玉皇傳旨：著宣來。敖廣宣至靈霄殿下，禮拜畢。旁有引奏仙童，接上表文。玉皇從頭看過。表曰：

「水元下界東勝神洲東海小龍臣敖廣啟奏大天聖主玄穹高上帝君：

近因花果山生、水簾洞住妖仙孫悟空者，欺虐小龍，強坐水宅，索兵器，施法施威；要披掛，騁凶騁勢。驚傷水族，唬走龜鼉。南海龍戰戰兢兢，西海龍淒淒慘慘，北海龍縮首歸降。臣敖廣舒身下拜，獻神珍之鐵棒，鳳翅之金冠，與那鎖子甲、步雲履，以禮送出。他仍弄武藝，顯神通，但云『聒噪！聒噪！』果然無敵，甚為難制。臣今啟奏，伏望聖裁。懇乞天兵，收此妖孽，庶使海岳（泛指世間）清寧，下元（指水下）安泰。奉奏。」

聖帝覽畢，傳旨：「著龍神回海，朕即遣將擒拿。」老龍王頓首謝去。下面又有葛仙翁天師啟奏道：「萬歲，有冥司秦廣王齎奉幽冥教主地藏王菩薩表文進上。」旁有傳言玉女，接上表文，玉皇亦從頭看過。表曰：

「幽冥境界，乃地之陰司。天有神而地有鬼，陰陽輪轉；禽有生而獸有死，反覆雌雄。生生化化，孕女成男，此自然之數，不能易也。今有花果山水簾洞天產妖猴孫悟空，逞惡行凶，不服拘喚。弄神通，打絕九幽鬼使；恃勢力，驚傷十代慈王。大鬧森羅，強銷名號。致使猴屬之類無拘，獼猴之畜多壽；寂滅輪回，各無生死。貧僧具表，冒瀆天威。伏乞調遣神兵，收降此妖，整理陰陽，永安地府。謹奏。」

玉皇覽畢，傳旨：「著冥君回歸地府，朕即遣將擒拿。」秦廣王亦頓首謝去。

大天尊宣眾文武仙卿，問曰：「這妖猴是幾年產育，何代出身，卻就這般有道？」一言未已，班中閃出千里眼、順風耳道：「這猴乃三百年前天產石猴。當時不以為然，不知這幾年在何方修煉成仙，降龍伏虎，強銷死籍也。」玉帝道：「那路神將下界收伏？」言未已，班中閃出太白長庚星，俯伏啟奏道：「上聖三界中，凡有九竅者，皆可修仙。奈此猴乃天地育成之體，日月孕就之身，他也頂初登上界，乍入天堂。金光萬道滾紅霓，瑞氣千條噴紫霧。只見那南天門，碧沉沉，琉璃造就；明幌幌，寶玉妝成。兩邊擺數十員鎮天元帥，一員員頂梁靠柱，持銑擁旄；四下列十數個金甲神人，一個個執戟懸鞭，持刀仗劍。外廂猶可，入內驚人：裡壁廂有幾根大柱，柱上纏繞著金鱗耀日赤鬚龍；又有幾座長橋，橋上盤旋著彩羽凌空丹頂鳳。明霞幌幌映天光，碧霧濛濛遮斗口。這天上有三十三座天宮，乃遣雲宮、毗沙宮、五明宮、太陽宮、化樂宮……一宮宮脊吞金穩獸；又有七十二重寶殿，乃朝會殿、凌虛殿、寶光殿、天王殿、靈官殿……一殿殿柱列玉麒麟。壽星台上，有千千年不謝的名花；煉藥爐邊，有萬萬載常青的瑞草。又至那朝聖樓前，絳紗衣，星辰燦爛；芙蓉冠，金壁輝煌。玉簪珠履，紫綬金章。金鐘撞動，三曹神表進丹墀；天鼓鳴時，萬聖朝王參玉帝。又至那靈霄寶殿，金釘攢玉戶，彩鳳舞朱門。復道回廊，處處玲瓏剔透；三簷四簇，層層龍鳳翱翔。上面有個紫巍巍，明幌幌，圓丢丢，亮灼灼，大金葫蘆頂；下面有天妃懸掌扇，玉女捧仙巾。惡狠狠掌朝的天將；氣昂昂護駕的仙卿。正中間，琉璃盤內，放許多重重迭迭太乙丹；瑪瑙瓶中，插幾枝彎彎曲曲珊瑚樹。正是天宮異物般般有，世上如他件件無。金闕銀鑾並紫府，琪花瑤草暨瓊葩。朝王玉兔壇邊過，參聖金烏著底飛。猴王有分來天境，不墮人間點污泥。

太白金星，領著美猴王，到於靈霄殿外。不等宣詔，直至御前，朝上禮拜。悟空挺身在旁，且不朝禮，但側耳以聽金星啟奏。金星奏道：「臣領聖旨，已宣妖仙到了。」玉帝垂簾問曰：「那個是妖仙？」悟空卻才躬身答應道：「老孫便是。」仙卿們都大驚失色道：「這個野猴！怎麼不拜伏參見，輒敢這等答應道：『老孫便是！』卻該死了！該死了！」玉帝傳旨道：「那孫悟空乃下界妖仙，初得人身，不知朝禮，且姑恕罪。」眾仙卿叫聲：「謝恩！」

猴王卻才朝上唱個大喏玉帝宣文選武選仙卿，看那處少甚官職，著孫悟空去除授。旁邊轉過武曲星君，啟奏道：「天宮裡各宮各殿，各方各處，都不少官，只是御馬監缺個正堂管事。」玉帝傳旨道：「就除他做個『弼馬溫』（民間傳說：猴子可以避馬瘟。這裡是用這三個同意字）罷。」眾臣叫謝恩，他也只朝上唱個大喏。玉帝又差木德星官送他去御馬監到任。

當時猴王歡歡喜喜，與木德星官逕去到任。事畢，木德回宮。他在監裡，會聚了監丞、監副、典簿、力士、大小官員人等，查明本監事務，止有天馬千匹。乃是：

驊騮騏驥，騄駬纖離；龍媒紫燕，挾翼驌驦；駃騠銀騔，騕褭飛黃；騊駼翻羽，赤兔超光；逾輝彌景，騰霧勝黃；追風絕地，飛衱奔霄；逸飄赤電，銅爵浮雲；驄瓏虎剌，絕塵紫鱗；四極大宛，八駿九逸，千里絕群。此等良馬，一個個嘶風逐電精神壯，踏霧登雲氣力長。

這猴王查看了文簿，點明了馬數。本監中典簿管征備草料；力士官管刷洗馬匹、軋草、飲水、煮料；監丞、監副輔佐催辦；弼馬晝夜不睡，滋養馬匹。日間舞弄猶可，夜間看管殷勤：但是馬睡的，趕起來吃草；走的捉將來靠槽。那些天馬見了他，泯耳攢蹄，都養得肉肥膘滿。不覺的半月有餘。一朝閒暇，眾監官都安排酒席，一則與他接風，一則與他賀喜。

乃上天大將，奉玉帝旨意，到此收伏；教他早早出來受降，免致汝等皆傷殘也。」那些怪，奔奔波波，傳報洞中道：「禍事了！禍事了！」猴王問：「有甚禍事？」眾妖道：「門外有一員天將，口稱大聖官銜，道：「奉玉帝聖旨，來此收伏；教早早出去受降，免傷我等性命。」猴王聽說，教：「取我披掛來！」就戴上紫金冠，貫上黃金甲，登上步雲鞋，手執如意金箍棒，領眾出門，擺開陣勢。這巨靈神睜睛觀看，真好猴王：

身穿金甲亮堂堂，頭戴金冠光映映。
手舉金箍棒一根，足踏雲鞋皆相稱。
一雙怪眼似明星，兩耳過肩查又硬。
挺挺身才變化多，聲音響亮如鐘磬。
尖嘴齙牙弼馬溫，心高要做齊天聖。

巨靈神厲聲高叫道：「那潑猴！你認得我麼？」大聖聽言，急問道：「你是那路毛神？老孫不曾會你，你快報名來。」巨靈神道：「我把你那欺心的猢猻！你是認不得我！我乃高上神霄托塔李天王部下先鋒，巨靈天將！今奉玉帝聖旨，到此收降你。你快卸了裝束，歸順天恩，免得這滿山諸畜遭誅；若道半個『不』字，教你頃刻化為齏粉（碎屑）！」猴王聽說，心中大怒道：「潑毛神，休誇大口，少弄長舌！我本待一棒打死你，恐無人去報信；且留你性命，快早回天，對玉皇說：他甚不用賢！老孫有無窮的本事，為何教我替他養馬？你看我這旌旗上字號。若依此字號升官，我就不動刀兵，自然的天地清泰；如若不依，時間就打上靈霄寶殿，教他龍床定坐不成！」這巨靈神聞此言，急睜睛迎風觀看，果見門外豎一高竿，竿上有旌旗一面，上寫著「齊天大聖」四大字。巨靈神冷笑三聲道：「這潑猴，這等不知人事，輒敢無狀，你就要做齊天大聖！好好的吃吾一斧！」劈頭就砍將去。那猴王正是會家不忙，將金箍棒應手相迎。這一場好殺：

棒名如意，斧號宣花。他兩個乍相逢，不知深淺；斧和棒，左右交加。一個暗藏神妙，一個大口稱誇。使動法，噴雲噯霧；展開手，播土揚沙。天將神通就有道，猴王變化實無涯。棒舉卻如龍戲水，斧來猶似鳳穿花。巨靈名望傳天下，原來本事不如他：大聖輕輕掄鐵棒，著頭一下滿身麻。

巨靈神抵敵他不住，被猴王劈頭一棒，慌忙將斧架隔，喀嚓的一聲，把個斧柄打做兩截，急撤身敗陣逃生。猴王笑道：「膿包！膿包！我已饒了你，你快去報信！快去報信！」

巨靈神回至營門，徑見托塔天王，忙哈哈跪下道：「弼馬溫果是神通廣大！末將戰他不得，敗陣回來請罪。」李天王發怒道：「這廝銼吾銳氣，推出斬之！」旁邊閃出哪吒太子，拜告：「父王息怒，且恕巨靈之罪，待孩兒出師一遭，便知深淺。」天王聽諫，且教回營待罪管事。

這哪吒太子，甲冑齊整，跳出營盤，撞至水簾洞外。

那悟空正來收兵，見哪吒來的勇猛。好太子：

理，我即稱做個平天大聖。」蛟魔王道：「我稱做覆海大聖。」鵬魔王道：「我稱混天大聖。」獅駝王道：「我稱移山大聖。」獼猴王道：「我稱通風大聖。」狎狨王道：「我稱驅神大聖。」此時七大聖自作自為，自稱自號，耍樂一日，各散訖（結束）。

卻說那李天王與三太子領著眾將，直至靈霄寶殿。啟奏道：「臣等奉聖旨出師下界，收伏妖仙孫悟空，不期他神通廣大，不能取勝，仍望萬歲添兵剿除。」玉帝道：「諒一妖猴，有多少本事，還要添兵？」太子又近前奏道：「望萬歲赦臣死罪！那妖猴使一條鐵棒，先敗了巨靈神，又打傷臣臂膊。洞門外立一竿旗，上書『齊天大聖』四字，道是封他這官職，即便休兵來投；若不是此官，還要打上靈霄寶殿也。」玉帝聞言，驚訝道：「這妖猴何敢這般狂妄！著眾將即刻誅之。」正說間，班部中又閃出太白金星，奏道：「那妖猴只知出言，不知大小。欲加兵與他爭鬥，想一時不能收伏，反又勞師。不若萬歲大捨恩慈，還降招安旨意，就教他做個齊天大聖。只是加他個空銜，有官無祿便了。」玉帝道：「怎麼喚做『有官無祿』？」金星道：「名是齊天大聖，只不與他事管，不與他俸祿，且養在天壤之間，收他的邪心，使不生狂妄，庶乾坤安靖，海宇得清寧也。」玉帝聞言道：「依卿所奏。」即命降了詔書，仍著金星領去。

金星復出南天門，直至花果山水簾洞外觀看。這番比前不同，威風凜凜，殺氣森森，各樣妖精，無般不有。一個個都執劍拈槍，拿刀弄杖的，在那裡咆哮跳躍。一見金星，皆上前動手。金星道：「那眾頭目來！累你去報你大聖知之。吾乃上帝遣來天使，有聖旨在此請他。」眾妖即跑入報道：「外面有一老者，他說是上界天使，有旨意請你。」悟空道：「來得好！來得好！想是前番來的那太白金星。那次請我上界，雖是官爵不堪，卻也天上走了一次，認得那天門內外之路。今番又來，定有好意。」教眾頭目大開旗鼓，擺隊迎接。大聖即帶引群猴，頂冠貫甲，甲上罩了赭黃袍，足踏雲履，急出洞門，躬身施禮，高叫道：「老星請進，恕我失迎之罪。」

金星趨步向前，徑入洞內，面南立著道：「今告大聖，前者因大聖嫌惡官小，躲離御馬監，當有本監中大小官員奏了玉帝。玉帝傳旨道：『凡授官職，皆由卑而尊，為何嫌小？』即有李天王領哪吒下界取戰。不知大聖神通，故遭敗北，回天奏道：『大聖立一竿旗，要做齊天大聖。』眾武將還要支吾，是老漢力為大聖冒罪奏聞，免興師旅，請大王授籙。玉帝准奏，因此來請。」悟空笑道：「前番動勞，今又蒙愛，多謝！多謝！但不知上天可有此『齊天大聖』之官銜也？」金星道：「老漢以此銜奏准，方敢領旨而來；如有不遂，只坐罪老漢便是。」

悟空大喜，懇留飲宴不肯，遂與金星縱著祥雲，到南天門外。那些天丁天將，都拱手相迎。徑入靈霄殿下。金星拜奏道：「臣奉詔宣弼馬溫孫悟空已到。」玉帝道：「那孫悟空過來。今宣你做個『齊天大聖』，官品極矣，但切不可胡為。」這猴亦止朝上唱個喏，道聲謝恩。玉帝即命工干官——張、魯二班——在蟠桃園右首，起一座齊天大聖府，府內設個二司：一名安靜司，一名寧神司。司俱有仙吏，左右扶持。又差五斗星君送悟空去到任，外賜御酒二瓶，金花十朵，著他安心定志，再勿胡為。那猴王信受奉行，即日與五斗星君到府，打開酒瓶，同眾盡飲。送星官回轉本宮，他才遂心滿意，喜地歡天，在於天宮快樂，無掛無礙。正是：

仙名永注長生籙，不墮輪回萬古傳。

畢竟不知向後如何，且聽下回分解。

首，只見蟠桃園土地、力士同齊天府二司仙吏，都在那裡把門。仙女近前道：「我等奉王母懿旨，到此摘桃設宴。」土地道：「仙娥且住。今歲不比往年了，玉帝點差齊天大聖在此督理，須是報大聖得知，方敢開園。」仙女道：「大聖何在？」土地道：「大聖在園內，因困倦，自家在亭子上睡哩。」仙女道：「既如此，尋他去來，不可遲誤。」土地即與同進。尋至花亭不見，只有衣冠在亭，不知何往。四下裡都沒尋處。原來大聖耍了一會，吃了幾個桃子，變做二寸長的個人兒，在那大樹梢頭濃葉之下睡著了。七衣仙女道：「我等奉旨前來，尋不見大聖，怎敢空回？」旁有仙使道：「仙娥既奉旨來，不必遲疑。我大聖閒遊慣了，想是出園會友去了。汝等且去摘桃。我們替你回話便是。」

那仙女依言，入樹林之下摘桃。先在前樹摘了二籃，又在中樹摘了三籃；到後樹上摘取，只見那樹上花果稀疏，止有幾個毛蒂青皮的。原來熟的都是猴王吃了。七仙女張望東西，只見向南枝上止有一個半紅半白的桃子。青衣女用手扯下枝來，紅衣女摘了，卻將枝子望上一放。原來那大聖變化了，正睡在此枝，被他驚醒。大聖即現本相，耳朵裡掣出金箍棒，幌一幌，碗來粗細，咄的一聲道：「你是那方怪物，敢大膽偷摘我桃！」慌得那七仙女一齊跪下道：「大聖息怒。我等不是妖怪，乃王母娘娘差來的七衣仙女，摘取仙桃，大開寶閣，做『蟠桃勝會』。適至此間，先見了本園土地等神，尋大聖不見。我等恐遲了王母懿旨，是以等不得大聖，故先在此摘桃，萬望恕罪。」大聖聞言，回嗔作喜道：「仙娥請起。王母開閣設宴，請的是誰？」仙女道：「上會自有舊規。請的是西天佛老、菩薩、聖僧、羅漢，南方南極觀音，東方崇恩聖帝，十洲三島仙翁，北方北極玄靈，中央黃極黃角大仙，這個是五方五老。還有五斗星君，上八洞三清、四帝、太乙天仙等眾，中八洞玉皇、九壘、海岳神仙；下八洞幽冥教主、注世地仙。各宮各殿大小尊神，俱一齊赴蟠桃嘉會。」大聖笑道：「可請我麼？」

仙女道：「不曾聽得說。」大聖道：「我乃齊天大聖，就請我老孫做個席尊，有何不可？」仙女道：「此是上會舊規，今會不知如何。」大聖道：「此言也是，難怪汝等。你且立下，待老孫先去打聽個消息，看可請老孫不請。」

好大聖，捻著訣，念聲咒語，對眾仙女道：「住！住！住！」這原來是個定身法，把那七衣仙女，一個個睖睖睜睜（眼神呆滯），白著眼，都站在桃樹之下。大聖縱朵祥雲，跳出園內，竟奔瑤池路上而去。正行時，只見那壁廂：

一天瑞靄光搖曳，五色祥雲飛不絕。
白鶴聲鳴振九皋，紫芝色秀分千葉。
中間現出一尊仙，相貌昂然豐采別。
神舞虹霓幌漢霄，腰懸寶籙無生滅。
名稱赤腳大羅仙，特赴蟠桃添壽節。

那赤腳大仙覿面撞見大聖，大聖低頭定計，賺哄真仙，他要暗去赴會，卻問：「老道何往？」大仙道：「蒙王母見招，去赴蟠桃嘉會。」大聖道：「老道不知。玉帝因老孫筋斗雲疾，著老孫五路邀請列位，先至通明殿下演禮，後方去赴宴。」大仙是個光明正大之人，就以他的誑語作真。道：「常年就在瑤池演禮謝恩，如何先去通明殿演禮，方去瑤池赴會？」無奈，只得撥轉祥雲，徑往通明殿去了。

廊之下，有許多瓶罐，都是那玉液瓊漿。你們都不曾嘗著。待我再去偷他幾瓶回來，你們各飲半杯，一個個也長生不老。」眾猴歡喜不勝。大聖即出洞門，又翻一筋斗，使個隱身法，徑至蟠桃會上。進瑤池宮闕，只見那幾個造酒、盤糟、運水、燒火的，還鼾睡未醒。他將大的從左右脅下挾了兩個，兩手提了兩個，即撥轉雲頭回來，會眾猴在於洞中，就做個「仙酒會」，各飲了幾杯，快樂不題。

卻說那七衣仙女自受了大聖的定身法術，一周天方能解脫。各提花籃，回奏王母，說道：「齊天大聖使術法困住我等，故此來遲。」王母問道：「汝等摘了多少蟠桃？」仙女道：「只有兩籃小桃，三籃中桃。至後面，大桃半個也無，想都是大聖偷吃了。及正尋間，不期大聖走將出來，行凶要打，又問設宴請誰。我等把上會事說了一遍，他就定住我等，不知去向。直到如今，才得醒解回來。」王母聞言，即去見玉帝，備陳前事。說不了，又見那造酒的一班人，同仙官等來奏：「不知甚麼人，攪亂了『蟠桃大會』，偷吃了玉液瓊漿，其八珍百味，亦俱偷吃了。」又有四個大天師來奏上：「太上道祖來了。」玉帝即同王母出迎。老君朝禮畢，道：「老道宮中，煉了些『九轉金丹』，伺候陛下做『丹元大會』，不期被賊偷去，特啟陛下知之。」玉帝見奏，悚懼。少時，又有齊天府仙吏叩頭道：「孫大聖不守執事，自昨日出游，至今未轉，更不知去向。」玉帝又添疑思。只見那赤腳大仙又俯囟上奏道：「臣蒙王母詔昨日赴會，偶遇齊天大聖，對臣言萬歲有旨，著他邀臣等先赴通明殿演禮，方去赴會。臣依他言語，即返至通明殿外，不見萬歲龍車鳳輦，又急來此俟候。」玉帝越發大驚道：「這廝假傳旨意，賺哄賢卿，快著糾察靈官緝訪這廝蹤跡！」

靈官領旨，即出殿遍訪，盡得其詳細。回奏道：「攪亂天宮者，乃齊天大聖也。」又將前事盡訴一番。玉帝大惱。即差四大天王，協同李天王並哪吒太子，點二十八宿、九曜星官、十二元辰、五方

第五回

亂蟠桃大聖偷丹　反天宮諸神捉怪

揭諦、四值功曹、東西星斗、南北二神、五岳四瀆、普天星相，共十萬天兵，布一十八架天羅地網下界，去花果山圍困，定捉獲那廝處治。眾神即時興師，離了天宮。這一去，但見那：

　黃風滾滾遮天暗，紫霧騰騰罩地昏。只為妖猴欺上帝，致令眾聖降凡塵。四大天王，五方揭諦：四大天王權總制，五方揭諦調多兵。李托塔中軍掌號，惡哪吒前部前鋒。羅睺星為頭檢點，計都星隨後崢嶸。太陰星精神抖擻，太陽星照耀分明。五行星偏能豪傑，九曜星最喜相爭。元辰星子午卯酉，一個個都是大力天丁。五瘟五岳東西擺，六丁六甲（六丁為道教中的陰神，六甲為道教陽神。他們都為天帝所役使，道士可以用符籙召請）左右行。四瀆龍神分上下，二十八宿密層層。角亢氐房為總領，奎婁胃昴慣翻騰。斗牛女虛危室壁，心尾箕星個個能，井鬼柳星張翼軫，掄槍舞劍顯威靈。停雲降霧臨凡世，花果山前紮下營。

詩曰：

天產猴王變化多，偷丹偷酒樂山窩。
只因攪亂蟠桃會，十萬天兵布網羅。

當時李天王傳了令，著眾天兵紮了營，把那花果山圍得水洩不通。上下布了十八架天羅地網，先差九曜惡星出戰。九曜即提兵徑至洞外，只見那洞外大小群猴跳躍頑耍。星官厲聲高叫道：「那小殺退，他還要安營在我山腳下。我等且緊緊防守，飽食一頓，安心睡覺，養養精神。天明看我使個大神通，拿這些天將，與眾報仇。」四將與眾猴將椰酒吃了幾碗，安心睡覺不題。

那四大天王收兵罷戰，眾各報功：有拿住虎豹的，有拿住獅象的，有拿住狼蟲狐貉的，更不曾捉著一個猴精。當時果又安轅營，下大寨，賞勞了得功之將，吩咐了天羅地網之兵，各各提鈴喝號，圍困了花果山，專待明早大戰。各人得令，一處處謹守。此正是：

妖猴作亂驚天地，布網張羅晝夜看。

畢竟天曉後如何處治，且聽下回分解。

第六回

觀音赴會問原因　小聖施威降大聖

且不言天神圍繞，大聖安歇。話表南海普陀落伽山大慈大悲救苦救難靈感觀世音菩薩，自王母娘娘請赴蟠桃大會，與大徒弟惠岸行者，同登寶閣瑤池，見那裡荒荒涼涼，席面殘亂；雖有幾位天仙，俱不就座，都在那裡亂紛紛講論。菩薩與眾仙相見畢，眾仙備言前事。菩薩道：「既無盛會，又不傳杯，汝等可跟貧僧去見玉帝。」眾仙怡然隨往。至通明殿前，早有四大天師、赤腳大仙等眾，俱在此迎著菩薩，即道玉帝煩惱，調遣天兵，擒怪未回等因。菩薩道：「我要見見玉帝，煩為轉奏。」天師邱弘濟，即入靈霄寶殿，啟知宣入。時有太上老君在上，王母娘娘在後。

菩薩引眾同入裡面，與玉帝禮畢，又與老君、王母相見，各坐下。便問：「蟠桃盛會如何？」玉帝道：「每年請會，喜喜歡歡，今年被妖猴作亂，甚是虛邀也。」菩薩道：「妖猴是何出處？」玉帝道：「妖猴乃東勝神洲傲來國花果山石卵化生的。當時生出，即目運金光，射沖斗府。始不介意，繼而成精，降龍伏虎，自削死籍。當有龍王、閻王啟奏。朕欲擒拿，是長庚星啟奏道：『三界之間，凡有九竅（耳、目、鼻、口及尿道、肛門的九個孔道）者，可以成仙。』朕即施教育賢，宣他上界，封為御馬監弼二人當時不敢停留，闖出天羅地網，駕起瑞靄祥雲。須臾，徑至通明殿下，見了四大天師，引至靈霄寶殿，呈上表章。惠岸又見菩薩施禮。菩薩道：「你打探的如何？」惠岸道：「始領命到花果山，叫開天羅地網門，見了父親，道師父差命之意。父王道：『昨日與那猴王戰了一場，止捉得他虎豹獅象之類，更未捉他一個猴精。』正講間，他又索戰，是弟子使鐵棍與他戰經五六十合，不能取勝，敗走回營。父親因此差大力鬼王同弟子上界求助。」菩薩低頭思忖。

卻說玉帝拆開表章，見有求助之言，笑道：「叵耐（可恨）這個猴精，能有多大手段，就敢敵過十萬天兵！李天王又來求助，卻將那路神兵助之？」言未畢，觀音合掌啟奏：「陛下寬心，貧僧舉一神，可擒這猴。」玉帝道：「所舉者何神？」菩薩道：「乃陛下令甥顯聖二郎真君，見居灌洲灌江口，享受下方香火。他昔日曾力誅六怪，又有梅山兄弟與帳前一千二百草頭神，神通廣大。奈他只是聽調不聽宣，陛下可降一道調兵旨意，著他助力，便可擒也。」玉帝聞言，即傳調兵的旨意，就差大力鬼王齎調（帶著調兵之令）。

那鬼王領了旨，即駕起雲，徑至灌江口。不消半個時辰，直至真君之廟。早有把門的鬼判，傳報至裡道：「外有天使，捧旨而至。」二郎即與眾弟兄，出門迎接旨意，焚香開讀。旨意上云：

「花果山妖猴齊天大聖作亂。因在宮偷桃、偷酒、偷丹，攪亂蟠桃大會，見著十萬天兵，一十八架天羅地網，圍山收伏，未曾得勝。今特調賢甥同義兄弟即赴花果山助力剿除。成功之後，高升重賞。」

真君大喜道：「天使請回，吾當就去拔刀相助也。」鬼王回奏不題。

這真君即喚梅山六兄弟——乃康、張、姚、李四太尉，郭申、直健二將軍，聚集殿前道：「適才玉帝調遣我等往花果山收降妖猴，同去去來。」眾兄弟俱忻然願往。即點本部神兵，駕鷹牽犬，搭弩張弓，縱狂風，霎時過了東洋大海，徑至花果山。見那天羅地網，密密層層，不能前進，因叫道：「把天羅地網的神將聽著：吾乃二郎顯聖真君，蒙玉帝調來，擒拿妖猴者，快開營門放行。」一時，各神一層層傳入。四大天王與李天王俱出轅門迎接。相見畢，問及勝敗之事，天王將上項事備陳一遍。真君笑道：「小聖來此，必須與他鬥個變化。列公將天羅地網，不要幔了頂上，只四圍緊密，讓我賭鬥。若我輸與他，不必列公相助，我自有兄弟扶持；若贏了他，也不必列公綁縛，我自有兄弟動手。只請托塔天王與我使個照妖鏡，住立空中。恐他一時敗陣，逃竄他方，切須與我照耀明白，勿走了他。」天王各居四維（四面），眾天兵各挨排列陣去訖。

這真君領著四太尉、二將軍，連本身七兄弟，出營挑戰；吩咐眾將，緊守營盤，收全了鷹犬。眾草頭神得令。真君只到那水簾洞外，見那一群猴，齊齊整整，排作個蟠龍陣勢；中軍裡，立一竿旗，上書「齊天大聖」四字。真君道：「那潑妖，怎麼稱得起齊天之職？」梅山六弟道：「且休贊嘆，叫戰去來。」那營口小猴見了真君，急走去報知。那猴王即掣金箍棒，整黃金甲，登步雲履，按一按紫金冠，騰出營門，急睜睛觀看，那真君的相貌，果是清奇，打扮得又秀氣。真個是：

儀容清俊貌堂堂，兩耳垂肩目有光。頭戴三山飛鳳帽，身穿一領淡鵝黃。
縷金靴襯盤龍襪，玉帶團花八寶妝。腰挎彈弓新月樣，手執三尖兩刃槍。

「想是二郎變化了等我哩！」急轉頭，打個花（漩渦）就走。二郎看見道：「打花的魚兒，似鯉魚，尾巴不紅；似鱖魚，花鱗不見；似黑魚，頭上無星；似魴魚，鰓上無針。他怎麼見了我就回去了？必然是那猴變的。」趕上來，刷的啄一嘴。那大聖就攛出水中，一變，變作一條水蛇，游近岸，鑽入草中。二郎因啣他不著，他見水響中，見一條蛇攛出去，認得是大聖，急轉身，又變了一隻朱繡頂的灰鶴，伸著一個長嘴，與一把尖頭鐵鉗子相似，徑來吃這水蛇。水蛇跳一跳，又變做一隻花鴇（鳥名），木木樗樗（呆立的樣子）的，立在蓼汀（長著蓼草的水邊平地）之上。二郎見他變得低賤，——花鴇乃鳥中至賤至淫之物，不拘鸞、鳳、鷹、鴉都與交群（交配）——故此不去攏傍（靠近），即現原身，走將去，取過彈弓拽（拉）滿，一彈子把他打個踵。

那大聖趁著機會，滾下山崖，伏在那裡又變，變一座土地廟兒，大張著口，似個廟門；牙齒變做門扇，舌頭變做菩薩，眼睛變做窗櫺。只有尾巴不好收拾，豎在後面，變做一根旗竿。真君趕到崖下，不見打倒的鴇鳥，只有一間小廟；急睜鳳眼，仔細看之，見旗竿立在後面，笑道：「是這猢猻了！他今又在那裡哄我。我也曾見廟宇，更不曾見一個旗竿豎在後面的。斷是這畜生弄喧（耍花招）！他若哄我進去，他便一口咬住。我怎肯進去？等我掣拳先搗窗櫺，後踢門扇！」大聖聽得，心驚道：「好狠！好狠！門扇是我牙齒，窗櫺是我眼睛；若打了牙，搗了眼，卻怎麼是好？」撲的一個虎跳，又冒在空中不見。

真君前前後後亂趕，只見四太尉、二將軍，一齊擁至道：「兄長，拿住大聖了麼？」真君笑道：「那猴兒才自變座廟宇哄我。我正要搗他窗櫺，踢他門扇，他就縱一縱，又渺無蹤跡。可怪！可怪！」眾皆愕然，四望更無形影。真君道：「兄弟們在此看守巡邏，等我上去尋他。」急縱身駕雲，

第六回

觀音赴會問原因　小聖施威降大聖

起在半空。見那李天王高擎照妖鏡，與哪吒住立雲端，真君道：「天王，曾見那猴王麼？」天王道：「不曾上來。我這裡照著他哩。」真君把那賭變化，弄神通，拿群猴一事說畢，卻道：「他變廟宇，正打處，就走了。」

李天王聞言，又把照妖鏡四方一照，呵呵的笑道：「真君，快去！快去！那猴使了個隱身法，走出營圍，往你那灌江口去也。」二郎聽說，即取神鋒，回灌江口來趕。

卻說那大聖已至灌江口，搖身一變，變作二郎爺爺的模樣，按下雲頭，徑入廟裡。鬼判不能相認，一個個磕頭迎接。他坐中間，點查香火：見李虎拜還的三牲（牛、羊、豬，泛指供品），張龍許下的保福，趙甲求子的文書，錢丙告病的良願。正看處，有人報：「又一個爺爺來了。」眾鬼判急急觀看，無不驚心。真君卻道：「有個甚麼齊天大聖，才來這裡否？」眾鬼判道：「不曾見甚麼大聖，只有一個爺爺在裡面查點哩。」真君撞進門，大聖見了，現出本相道：「郎君不消嚷，廟宇已姓孫了。」這真君即舉三尖兩刃神鋒，劈臉就砍。那猴王使個身法，讓過神鋒，掣出那繡花針兒，幌一幌，碗來粗細，趕到前，對面相還。兩個嚷嚷鬧鬧，打出廟門，半霧半雲，且行且戰，復打到花果山，慌得那四大天王等眾，提防愈緊。這康、張太尉等迎著真君，合心努力，把那美猴王圍繞不題。

話表大力鬼王既調了真君與六兄弟提兵擒魔去後，卻上界回奏。玉帝與觀音菩薩、王母並眾仙卿，正在靈霄殿講話，道：「既是二郎已去赴戰，這一日還不見回報。」觀音合掌道：「貧僧請陛下同道祖出南天門外，親去看看虛實如何？」玉帝道：「言之有理。」即擺駕，同道祖、觀音、王母與眾仙卿至南天門。早有些天丁、力士接著，開門遙觀，只見眾天丁布羅網，圍住四面；李天王與哪吒，擎照妖鏡，立在空中；真君把大聖圍繞中間，紛紛賭鬥哩。

第七回

八卦爐中逃大聖　五行山下定心猿

富貴功名，前緣分定，為人切莫欺心。正大光明，忠良善果彌深。些些狂妄天加譴，眼前不遇待時臨。問東君因甚，如今禍害相侵。只為心高圖罔極，不分上下亂規箴。

話表齊天大聖被眾天兵押去斬妖台下，綁在降妖柱上，刀砍斧剁，槍刺劍刳，莫想傷及其身。南斗星奮令火部眾神，放火煨燒，亦不能燒著。又著雷部眾神，以雷屑釘打，越發不能傷損一毫。那大力鬼王與眾啟奏道：「萬歲，這大聖不知是何處學得這護身之法，臣等用刀砍斧剁，雷打火燒，一毫不能傷損，卻如之何？」玉帝聞言道：「這廝這等，這等……如何處治？」太上老君即奏道：「那猴吃了蟠桃，飲了御酒，又盜了仙丹。我那五壺丹，有生有熟，被他都吃在肚裡，運用三昧火，鍛成一塊，所以渾做金鋼之軀，急不能傷。不若與老道領去，放在八卦爐中，以文武火鍛煉。煉出我的丹來，他身自為灰燼矣。」

玉帝聞言，即教六丁、六甲，將他解下，付與老君。老君領旨去訖。一壁廂(一邊)宣二郎顯聖，賞賜金花百朵，御酒百瓶，還丹百粒，異寶明珠，錦繡等件，教與義兄弟分享。真君謝恩，回灌江口不題。

那老君到兜率宮，將大聖解去繩索，放了穿琵琶骨之器，推入八卦爐中，命看爐的道人，架火的童子，將火扇起鍛煉。原來那爐是乾、坎、艮、震、巽、離、坤、兌八卦。他即將身鑽在「巽宮」位下。巽乃風也，有風則無火。只是風攪得煙來，把一雙眼燭（熏烤）紅了，弄做個老害病眼，故喚作「火眼金睛」。

真個光陰迅速，不覺七七四十九日，老君的火候俱全。忽一日，開爐取丹。那大聖雙手侮（捂）著眼，正自揉搓流涕，只聽得爐頭聲響，猛睜眼看見光明，他就忍不住，將身一縱，跳出丹爐，唿喇一聲，蹬倒八卦爐，往外就走。慌得那架火、看爐，與丁甲一班人來扯，被他一個個都放倒，好似癲癇的白額虎，瘋狂的獨角龍。老君趕上抓一把，被他一捽，捽了個倒栽蔥，脫身走了。即去耳中掣出如意棒，迎風幌一幌，碗來粗細，依然拿在手中，不分好歹，卻又大亂天宮，打得那九曜星閉門閉戶，四天王無影無形。好猴精！有詩為證。詩曰：

混元體正合先天，萬劫千番只自然。
渺渺無為渾太乙，如如不動號初玄。
爐中久煉非鉛汞，物外長生是本仙。
變化無窮還變化，三皈五戒總休言。

端，虧老君拋金鋼琢打中，二郎方得拿住。解赴御前，即命斬之。刀砍斧剁，火燒雷打，俱不能傷，老君奏准領去，以火鍛煉。四十九日開鼎，他卻又跳出八卦爐，打退天丁，徑入通明殿裡，靈霄殿外；被佑聖真君的佐使王靈官擋住苦戰，又調三十六員雷將，把他困在垓心，終不能相近。事在緊急，因此，玉帝特請如來救駕。」

如來聞詔，即對眾菩薩道：「汝等在此穩坐法堂，休得亂了禪位，待我煉魔救駕去來。」

如來即喚阿儺、迦葉二尊者相隨，離了雷音，徑至靈霄門外。忽聽得喊聲振耳。乃三十六員雷將圍困著大聖哩。佛祖傳法旨：「教雷將停息干戈，放開營所，叫那大聖出來，等我問他有何法力。」眾將果退。

大聖也收了法相，現出原身近前，怒氣昂昂，厲聲高叫道：「你是那方善士，敢來止住刀兵問我？」如來笑道：「我是西方極樂世界釋迦牟尼尊者，南無阿彌陀佛。今聞你猖狂村野，屢反天宮，不知是何方生長，何年得道，為何這等暴橫？」大聖道：「我本：

天地生成靈混仙，花果山中一老猿。水簾洞裡為家業，拜友尋師悟太玄。
煉就長生多少法，學來變化廣無邊。因在凡間嫌地窄，立心端要住瑤天。
靈霄寶殿非他久，歷代人王有分傳。強者為尊該讓我，英雄只此敢爭先。」

佛祖聽言，呵呵冷笑道：「你那廝乃是個猴子成精，焉敢欺心，要奪玉皇上帝龍位？他自幼修持，苦歷過一千七百五十劫。每劫該十二萬九千六百年。你算，他該多少年數，方能享受此無極大

第七回

八卦爐中逃大聖　五行山下定心猿

道？你那個初世為人的畜生，如何出此大言！不當人子！不當人子！折了你的壽算！趁早皈依，切莫胡說！但恐遭了毒手，性命頃刻而休，可惜了你的本來面目！」

大聖道：「他雖年劫修長，也不應久占在此。常言道：『皇帝輪流做，明年到我家。』只教他搬出去，將天宮讓與我，便罷了；若還不讓，定要攪攘，永不清平！」佛祖道：「你除了長生變化之法，再有何能，敢占天宮勝境？」大聖道：「我的手段多哩！我有七十二般變化，萬劫不老長生。會駕筋斗雲，一縱十萬八千里。如何坐不得天位？」

佛祖道：「我與你打個賭賽：你若有本事，一筋斗打出我這右手掌中，算你贏，再不用動刀兵苦爭戰，就請玉帝到西方居住，把天宮讓你；若不能打出手掌，你還下界為妖，再修幾劫，卻來爭吵。」

那大聖聞言，暗笑道：「這如來十分好呆！我老孫一筋斗去十萬八千里。他那手掌，方圓不滿一尺，如何跳不出去？」急發聲道：「既如此說，你可做得主張？」佛祖道：「做得！做得！」伸開右手，卻似個荷葉大小。那大聖收了如意棒，抖擻神威，將身一縱，站在佛祖手心裡，卻道聲：「我出去也！」你看他一路雲光，無影無形去了。

佛祖慧眼觀看，見那猴王風車子一般相似不住，只管前進。大聖行時，忽見有五根肉紅柱子，撐著一股青氣。他道：「此間乃盡頭路了。這番回去，如來作證，靈霄宮定是我坐也。」又思量說：「且住！等我留下些記號，方好與如來說話。」拔下一根毫毛，吹口仙氣，叫「變！」變作一管濃墨雙毫筆，在那中間柱子上寫一行大字云：「齊天大聖，到此一游。」寫畢，收了毫毛。又不莊尊（莊重），卻在第一根柱子根下撒了一泡猴尿。翻轉筋斗雲，徑（直接）回本處，站在如來掌內道：「我已半紅半綠噴甘香，豔麗仙根萬載長。
堪笑武陵源上種，爭如天府更奇強！
紫紋嬌嫩寰中少，緗核清甜世莫雙。
延壽延年能易體，有緣食者自非常。

佛祖合掌向王母謝訖。王母又著仙姬、仙子唱的唱，舞的舞。滿會群仙，又皆賞贊。正是：

縹緲天香滿座，繽紛仙蕊仙花。
玉京金闕大榮華，異品奇珍無價。
對對與天齊壽，雙雙萬劫增加。
桑田滄海任更差，他自無驚無訝。

王母正著仙姬仙子歌舞，觥籌交錯（形容許多人在一起飲酒的熱鬧場面），不多時，忽又聞得：

一陣異香來鼻嗅，驚動滿堂星與宿。
天仙佛祖把杯停，各各抬頭迎目候。
霄漢中間現老人，手捧靈芝飛藹繡。
葫蘆藏蓄萬年丹，寶籙名書千紀壽。

洞裡乾坤任自由，壺中日月隨成就。
遨游四海樂清閒，散淡十洲容輻輳。
曾赴蟠桃醉幾遭，醒時明月還依舊。
長頭大耳短身軀，南極之方稱老壽。

壽星又到。見玉帝禮畢，又見如來，申謝曰：「始聞那妖猴被老君引至兜率宮鍛煉，以為必致平安，不期他又反出。幸如來善伏此怪，設宴奉謝，故此聞風而來。更無他物可獻，特具紫芝瑤草，碧藕金丹奉上。」詩曰：

碧藕金丹奉釋迦，如來萬壽若恆沙。
清平永樂三乘錦，康泰長生九品花。
無相門中真法主，色空天上是仙家。
乾坤大地皆稱祖，丈六金身福壽賒。

如來欣然領謝。壽星得座，依然走斝傳觴。只見赤腳大仙又至。向玉帝前俯囟禮畢，又對佛祖謝道：「深感法力，降伏妖猴。無物可以表敬，特具交梨二顆，火棗數枚奉獻。」詩曰：

大仙赤腳棗梨香，敬獻彌陀壽算長。

第八回

我佛造經傳極樂　觀音奉旨上長安

試問禪關（指佛教，佛界），參求無數，往往到頭虛老。磨磚作鏡，積雪為糧，迷了幾多年少？毛吞大海，芥納須彌（佛法廣大，可以藏須彌山於芥子之中），金色頭陀微笑。悟時超十地（佛教指菩薩修行經歷的十種境界）三乘，凝滯了四生六道（四生指胎生、卵生、濕生和化生；道指人生六種不同的苦樂結果）。誰聽得絕想崖前，無陰樹下，杜宇（杜鵑鳥）一聲春曉？曹溪（佛祖慧能講佛法的地方）路險，鷲嶺雲深，此處故人音杳。千丈冰崖，五葉蓮開，古殿簾垂香裊。那時節，識破源流，便見龍王三寶。

這一篇詞，名《蘇武慢》。話表我佛如來，辭別了玉帝，回至雷音寶剎，但見那三千諸佛、五百阿羅、八大金剛、無邊菩薩，一個個都執著幢幡寶蓋，異寶仙花，擺列在靈山仙境，娑羅雙林之下接迎。如來駕住祥雲，對眾道：

「我以甚深般若（智慧），遍觀三界（佛教指眾生輪回的欲界、色界和無色界）。根本性原，畢竟寂滅，同虛空相，一無所有。殄（滅絕）伏乖猴，是事莫識，名生死始，法相如是。」

說罷，放舍利之光，滿空有白虹四十二道，南北通連。大眾見了，皈身禮拜。少頃間，聚慶雲彩霧，登上品蓮台，端然坐下。那三千諸佛、五百羅漢、八金剛、四菩薩，合掌近前禮畢，問曰：「鬧天宮攪亂蟠桃者，何也？」如來道：「那廝乃花果山產的一妖猴，罪惡滔天，不可名狀；概天神將，俱莫能降伏；雖二郎捉獲，老君用火鍛煉，亦莫能傷損。我去時，正在雷將中間，揚威耀武，賣弄精神；被我止住兵戈，問他來歷，他言有神通，會變化，又駕筋斗雲，一去十萬八千里。我與他打了個賭賽，他出不得我手，卻將他一把抓住，指化五行山，封壓他在那裡。玉帝大開金闕瑤宮，請我坐了首席，立『安天大會』謝我，卻方辭駕而回。」大眾聽言喜悅，極口稱揚。謝罷，各分班而退，名執乃事，共樂天真。果然是：

瑞靄漫天竺，虹光擁世尊。西方稱第一，無相法王門。常見玄猿獻果，麋鹿銜花；青鸞舞，彩鳳鳴；靈龜捧壽，仙鶴噙芝。安享淨土祇園，受用龍宮法界。日日花開，時時果熟。習靜歸真，參禪果正。不滅不生，不增不減。煙霞縹緲隨來往，寒暑無侵不記年。

詩曰：

當有觀音菩薩，行近蓮台，禮佛三匝（周）道：「弟子不才，願上東土尋一個取經人來也。」諸眾抬頭觀看，那菩薩：

理圓四德，智滿金身。纓絡垂珠翠，香環結寶明。烏雲巧迭盤龍髻，繡帶輕飄彩鳳翎。碧玉紐，素羅袍，祥光籠罩；錦絨裙，金落索，瑞氣遮迎。眉如小月，眼似雙星。玉面天生喜，朱唇一點紅。淨瓶甘露年年盛，斜插垂柳歲歲青。解八難（地獄、餓鬼、畜生等三惡道，和聾、盲、啞、世智辯聰（過分聰明的人）、佛前佛後（無緣見佛）等八種。），度群生，大慈憫：故鎮太山，居南海，救苦尋聲，萬稱萬應，千聖千靈。蘭心欣紫竹，蕙性愛香藤。他是落伽山上慈悲主，潮音洞裡活觀音。

如來見了，心中大喜道：「別個是也去不得，須是觀音尊者，神通廣大，方可去得。」菩薩道：「弟子此去東土，有甚言語吩咐？」如來道：「這一去，要踏看路道，不許在霄漢中行，須是要半雲半霧，目過山水，謹記程途遠近之數，叮嚀那取經人。但恐善信難行，我與你五件寶貝。」即命阿儺、迦葉，取出「錦襴袈裟」一領，「九環錫杖」一根，對菩薩言曰：「這袈裟、錫杖，可與那取經人親用。若肯堅心來此，穿我的袈裟，免墮輪回；持我的錫杖，不遭毒害。」這菩薩皈依拜領。

如來又取出三個箍兒，遞與菩薩道：「此寶喚做『緊箍兒』；雖是一樣三個，但只是用各不同。我有『金緊禁』的咒語三篇。假若路上撞見神通廣大的妖魔，你須是勸他學好，跟那取經人做個徒弟。他若不伏使喚，可將此箍兒與他戴在頭上，自然見肉生根。各依所用的咒語念一念，眼脹頭痛，腦門皆裂，管教他入我門來。」

那菩薩聞言，踴躍作禮而退。即喚惠岸行者隨行。那惠岸使一條渾鐵棍，重有千斤，只在菩薩左右，作一個降魔的大力士。菩薩遂將錦襴袈裟，作一個包裹，令他背了。菩薩將金箍藏了，執了錫杖，徑下靈山。這一去，有分教：佛子還來歸本願，金蟬長老裹栴檀（香木名）。

那菩薩到山腳下，有玉真觀金頂大仙在觀門首接住，請菩薩獻茶。菩薩不敢久停，曰：「今領如來法旨，上東土尋取經人去。」大仙道：「取經人幾時方到？」菩薩道：「未定，約摸二三年間，或可至此。」遂辭了大仙，半雲半霧，約記程途。有詩為證。詩曰：

萬里相尋自不言，卻云誰得意難全？求人忽若渾如此，是我平生豈偶然？
傳道有方成妄語，說明無信也虛傳。願傾肝膽尋相識，料想前頭必有緣。

師徒二人正走間，忽然見弱水三千，乃是流沙河界。菩薩道：「徒弟呀，此處卻是難行。取經人濁骨凡胎，如何得渡？」惠岸道：「師父，你看河有多遠？」那菩薩停立雲步看時，只見：

東連沙磧，西抵諸番；南達烏戈，北通韃靼。徑過有八百里遙，上下有千萬里遠。水流一似地翻身，浪滾卻如山聳背。洋洋浩浩，漠漠茫茫，十里遙聞萬丈洪。仙槎（木筏）難到此，蓮葉莫能浮。衰草斜陽流曲浦，黃雲影日暗長堤。那裡得客商來往？何曾有漁叟依棲？平沙無雁落，遠岸有猿啼。只是紅蓼花蘩知景色，白蘋香細任依依。

獠牙鋒利如鋼銼，長嘴張開似火盆。
金盔緊繫腮邊帶，勒甲絲條蟒退鱗。
手執釘鈀龍探爪，腰挎彎弓月半輪。
糾糾威風欺太歲，昂昂志氣壓天神。

他撞上來，不分好歹，望菩薩舉釘鈀就築（擊打）。被木吒行者擋住，大喝一聲道：「那潑怪，休得無禮！看棒！」妖魔道：「這和尚不知死活！看鈀！」兩個在山底下，一衝一撞，賭鬥輸贏。真個好殺：

妖魔凶猛，惠岸威能。鐵棒分心搗，釘鈀劈面迎。播土揚塵天地暗，飛砂走石鬼神驚。九齒鈀，光耀耀，雙環響亮；一條棒，黑悠悠，兩手飛騰。這個是天王太子，那個是元帥精靈。一個在普陀為護法，一個在山洞作妖精。這場相遇爭高下，不知那個虧輸那個贏。

他兩個正殺到好處，觀世音在半空中，拋下蓮花，隔開鈀杖。怪物見了心驚，便問：「你是那裡和尚，敢弄甚麼眼前花兒哄我？」木吒道：「我把你個肉眼凡胎的潑物！我是南海菩薩的徒弟。這是我師父拋來的蓮花，你也不認得哩！」那怪道：「南海菩薩，可是掃三災救八難的觀世音麼？」木吒道：「不是他是誰？」怪物撇了釘鈀，納頭下禮道：「老兄，菩薩在那裡？累煩你引見一引見。」木吒仰面指道：「那不是？」怪物朝上磕頭，厲聲高叫道：「菩薩，恕罪！恕罪！」

第八回

我佛造經傳極樂　觀音奉旨上長安

觀音按下雲頭，前來問道：「你是那裡成精的野豕，何方作怪的老彘（豬），敢在此間擋我。」那怪道：「我不是野豕，亦不是老彘，我本是天河裡天蓬元帥。只因帶酒戲弄嫦娥，玉帝把我打了二千錘，貶下塵凡。一靈真性，竟來奪舍投胎，不期錯了道路，投在個母豬胎裡，變得這般模樣。是我咬殺母豬，可（咬）死群彘，在此處占了山場，吃人度日。不期撞著菩薩，萬望拔救，拔救。」

菩薩道：「此山叫做甚麼山？」怪物道：「叫做福陵山。山中有一洞，叫做雲棧洞。洞裡原有個卵二姐。他見我有些武藝，招我做了家長，又喚做『倒踏門』（男子婚後在女方家裡生活）。不上一年，他死了，將一洞的家當，盡歸我受用。在此日久年深，沒有個贍身（謀生）的勾當，只是依本等吃人度日。萬望菩薩恕罪。」菩薩道：「古人云：『若要有前程，莫做沒前程。』你既上界違法，今又不改凶心，傷生造孽，卻不是二罪俱罰？」那怪道：「前程！前程！若依你，教我嗑風！常言道：『依著官法打殺，依著佛法餓殺。』去也！去也！還不如捉個行人，肥膩膩的吃他家娘！管甚麼二罪三罪，千罪萬罪！」菩薩道：「『人有善願，天必從之。』汝若肯皈依正果，自有養身之處。世有五穀，盡能濟飢，為何吃人度日？」

怪物聞言，似夢方覺。向菩薩施禮道：「我欲從正，奈何『獲罪於天，無所禱也』！」菩薩道：「我領了佛旨，上東土尋取經人。你可跟他做個徒弟，往西天走一遭來，將功折罪，管教你脫離災瘴。」那怪滿口道：「願隨！願隨！」菩薩才與他摩頂受戒，指身為姓，就姓了豬；替他起個法名，就叫做豬悟能。遂此領命歸真，持齋把素，斷絕了五葷三厭，專候那取經人。

菩薩卻與木吒，辭了悟能，半興雲霧前來。正走處，只見空中有一條玉龍叫喚。菩薩近前問曰：「你是何龍，在此受罪？」那龍道：「我是西海龍王敖閏之子。因縱火燒了殿上明珠，我父王表奏天僧，入長安城裡，早不覺天晚。行至大市街旁，見一座土地神祠，二人徑入，唬得那土地心慌，鬼兵膽戰。知是菩薩，叩頭接入。那土地又急跑報與城隍、社令（即土地神），及滿長安各廟神祇，都知是菩薩，參見告道：「菩薩，恕眾神接遲之罪。」菩薩道：「汝等切不可走漏一毫消息。我奉佛旨，特來此處尋訪取經人。借你廟宇，權住幾日，待訪著真僧即回。」

眾神各歸本處，把個土地趕在城隍廟裡暫住，他師徒們隱遁真形。畢竟不知尋出那個取經人來，且聽下回分解。

附錄

陳光蕊赴任逢災　江流僧復仇報本

話表陝西大國長安城，乃歷代帝王建都之地。自周、秦、漢以來，三州花似錦，八水繞城流，真個是名勝之邦。彼時是大唐太宗皇帝登基，改元貞觀，已登極十三年，歲在己巳，天下太平，八方進貢，四海稱臣。忽一日，太宗登位，聚集文武眾官，朝拜禮畢，有魏徵丞相出班奏道：「方今天下太平，八方寧靜，應依古法，開立選場，招取賢士，擢用人材，以資化理。」太宗道：「賢卿所奏有理。」就傳招賢文榜，頒布天下：各府州縣，不拘軍民人等，但有讀書儒流，文義明暢，三場精通者，前赴長安應試。

此榜行至海州地方，有一人，姓陳名萼，表字光蕊，見了此榜，即時回家，對母張氏道：「朝廷頒下黃榜，詔開南省，考取賢才，孩兒意欲前去應試。倘得一官半職，顯親揚名，封妻蔭子，光耀門閭，乃兒之志也。特此稟告母親前去。」張氏道：「我兒讀書人，『幼而學，壯而行』，正該如此。但去赴舉，路上須要小心，得了官，早早回來。」光蕊便吩咐家僮收拾行李，即拜辭母親，趲程前進。到了長安，正值大開選場，光蕊就進場。考畢，中選。及廷試三策，唐王御筆親賜狀元，跨馬游子劉洪，貪謀我妻，將我打死拋屍。乞大王救我一救！」龍王聞言道：「原來如此。先生，你前者所放金色鯉魚，即我也。你是救我的恩人，你今有難，我豈有不救你之理？」就把光蕊屍身安置一壁，口內含一顆「定顏珠」，休教損壞了，日後好還魂報仇。又道：「汝今真魂，權且在我水府中做個都領。」光蕊叩頭拜謝，龍王設宴相待不題。

卻說殷小姐痛恨劉賊，恨不食肉寢皮，只因身懷有孕，未知男女，萬不得已，權且勉強相從。轉盼之間，不覺已到江州。吏書門皂，俱來迎接。所屬官員，公堂設宴相敘。劉洪道：「學生到此，全賴諸公大力匡持。」屬官答道：「堂尊大魁高才，自然視民如子，訟簡刑清。我等合屬有賴，何必過謙？」公宴已罷，眾人各散。

光陰迅速。一日，劉洪公事遠出，小姐在衙思念婆婆、丈夫，在花亭上感嘆，忽然身體困倦，腹內疼痛，暈悶在地，不覺生下一子。耳邊有人囑曰：「滿堂嬌，聽吾叮囑。吾乃南極星君，奉觀音菩薩法旨，特送此子與你。異日聲名遠大，非比等閒。劉賊若回，必害此子，汝可用心保護。汝夫已得龍王相救，日後夫妻相會，子母團圓，雪冤報仇有日也。謹記吾言。快醒！快醒！」言訖而去。小姐醒來，句句記得，將子抱定，無計可施。忽然劉洪回來，一見此子，便要淹殺。小姐道：「今日天色已晚，容待明日拋去江中。」

幸喜次早劉洪忽有緊急公事遠出。小姐暗思：「此子若待賊人回來，性命休矣！不如及早拋棄江中，聽其生死。倘或皇天見憐，有人救得，收養此子，他日還得相逢。但恐難以識認，即咬破手指，寫下血書一紙，將父母姓名、跟腳原由（事情的原委），備細開載；又將此子左腳上一個小指，用口咬下，以為記驗；取貼身汗衫一件，包裹此子，乘空抱出衙門。幸喜官衙離江不遠。小姐到了江邊，大哭一場。正欲抛棄，忽見江岸岸側飄起一片木板，小姐即朝天拜禱，將此子安在板上，用帶縛住，血書系在胸前，推放江中，聽其所之。小姐含淚回衙不題。

卻說此子在木板上，順水流去，一直流到金山寺腳下停住。那金山寺長老叫做法明和尚，修真悟道，已得無生妙訣。正當打坐參禪，忽聞得小兒啼哭之聲，一時心動，急到江邊觀看。只見涯邊一片木板上，睡著一個嬰兒，長老慌忙救起。見了懷中血書，方知來歷。取個乳名，叫做江流，托人撫養。血書緊緊收藏。光陰似箭，日月如梭。不覺江流年長一十八歲。長老就叫他削髮修行，取法名為玄奘。摩頂受戒，堅心修道。

一日，暮春天氣，眾人同在松蔭之下，講經參禪，談說奧妙。那酒肉和尚恰被玄奘難倒。和尚大怒，罵道：「你這孽畜，姓名也不知，父母也不識，還在此搗甚麼鬼！」玄奘被他罵出這般言語，入寺跪告師父，眼淚雙流道：「人生於天地之間，稟陰陽而資五行，盡由父生母養；豈有為人在世而無父母者乎？」再三哀告，求問父母姓名。長老道：「你真個要尋父母，可隨我到方丈裡來。」玄奘就跟到方丈。長老到重梁之上，取下一個小匣兒，打開來，取出血書一紙，汗衫一件，付與玄奘。玄奘將血書拆開讀之，才備細曉得父母姓名，並冤仇事跡。

玄奘讀罷，不覺哭倒在地道：「父母之仇，不能報復，何以為人？十八年來，不識生身父母，至今日方知有母親。此身若非師父撈救撫養，安有今日？容弟子去尋見母親，然後頭頂香盆，重建殿宇，報答師父之深恩也！」師父道：「你要去尋母，可帶這血書與汗衫前去；只做化緣，徑往江州私衙，才得你母親相見。」

玄奘領了師父言語，就做化緣的和尚，徑至江州。適值劉洪有事出外，也是天教他母子相會，玄觀看，只見光蕊舒拳伸腳，身子漸漸展動，忽地爬將起來坐下。眾人不勝驚駭。光蕊睜開眼，早見殷小姐與丈人殷丞相同著小和尚俱在身邊啼哭。光蕊道：「你們為何在此？」小姐道：「因汝被賊人打死，後來妾身生下此子，幸遇金山寺長老撫養長大，尋我相會。我教他去尋外公，父親得知，奏聞朝廷，統兵到此，拿住賊人。適才生取心肝，望空祭奠我夫，不知我夫怎生又得還魂。」光蕊道：「皆因我與你昔年在萬花店時，買放了那尾金色鯉魚，誰知那鯉魚就是此處龍王。後來逆賊把我推在水中，全虧得他救我。方才又賜我還魂。送我寶物，俱在身上。更不想你生下這兒子，又得岳丈為我報仇。真是苦盡甘來，莫大之喜！」

眾官聞知，都來賀喜。丞相就令安排酒席，答謝所屬官員，即日軍馬回程。來到萬花店，那丞相傳令安營。光蕊便同玄奘到劉家店尋婆婆。那婆婆當夜得了一夢，夢見枯木開花，屋後喜鵲頻頻喧噪，想道：「莫不是我孫兒來也？」說猶未了，只見店門外，光蕊父子齊到。小和尚指道：「這不是俺婆婆？」光蕊見了老母，連忙拜倒。母子抱頭痛哭一場，把上項事說了一遍。算還了小二店錢，起程回到京城。進了相府，光蕊同小姐與婆婆、玄奘都來見了夫人。夫人不勝之喜，吩咐家僮，大排筵宴慶賀。丞相道：「今日此宴可取名為『團圓會』。」真正合家歡樂。

次日早朝，唐王登殿，殷丞相出班，將前後事情備細啟奏，並薦光蕊才可大用。唐王准奏，即命升陳萼為學士之職，隨朝理政，玄奘立意安禪，送在洪福寺內修行。後來殷小姐畢竟從容自盡。玄奘自到金山寺中報答法明長老。不知後來事體若何，且聽下回分解。

第九回
袁守誠妙算無私曲　老龍王拙計犯天條

詩曰：

都城大國實堪觀，八水周流繞四山。
多少帝王興此處，古來天下說長安。

此單表陝西大國長安城，乃歷代帝王建都之地。自周、秦、漢以來，三州花似錦，八水繞城流。三十六條花柳巷，七十二座管弦樓。華夷圖上看，天下最為頭。真是奇勝之方。今卻是大唐太宗文皇帝登基，改元龍集貞觀。此時已登極十三年，歲在己巳。且不說他駕前有安邦定國的英豪，與那創業爭疆的傑士。

卻說長安城外涇河岸邊，有兩個賢人：一個是漁翁，名喚張稍；一個是樵子，名喚李定。他兩個是不登科的進士，能識字的山人（隱士）。一日，在長安城裡，賣了肩上柴，貨了籃中鯉，同入酒館之中，吃了半酣，各攜一瓶，順涇河岸邊，徐步而回。張稍道：「李兄，我想那爭名的，因名喪體；奪利的，為利亡身；受爵的，抱虎而眠；承恩的，袖蛇而走。算起來，還不如我們水秀山青，逍遙自在；甘淡薄，隨緣而過。」李定道：「張兄說得有理。但只是你那水秀，不如我的山青。」張稍道：「你山青不如我的水秀。有一《蝶戀花》詞為證。詞曰：

煙波萬里扁舟小，靜依孤篷，西施聲音繞。滌慮洗心名利少，閒攀蓼穗蒹葭草。
數點沙鷗堪樂道，柳岸蘆灣，妻子同歡笑。一覺安眠風浪俏，無榮無辱無煩惱。」

李定道：「你的水秀，不如我的山青。也有個《蝶戀花》詞為證。詞曰：

雲林一段松花滿，默聽鶯啼，巧舌如調管。紅瘦綠肥春正暖，倏然夏至光陰轉。
又值秋來容易換，黃花香，堪供玩。迅速嚴冬如指拈，逍遙四季無人管。」

漁翁道：「你山青不如我水秀，受用些好物。有一《鷓鴣天》為證：

仙鄉雲水足生涯，擺櫓橫舟便是家。活剖鮮鱗烹綠鱉，旋蒸紫蟹煮紅蝦。
青蘆筍，水荇芽，菱角雞頭（芡實）更可誇。嬌藕老蓮芹葉嫩，慈姑茭白鳥英花。」

樵夫道：「你水秀不如我山青，受用些好物，亦有一《鷓鴣天》為證：

崔巍峻嶺接天涯，草舍茅庵是我家。醃臘雞鵝強蟹鱉，獐羓兔鹿勝魚蝦。
香椿葉，黃楝芽，竹筍山茶更可誇。紫李紅桃梅杏熟，甜梨酸棗木樨花。」

漁翁道：「你山青真個不如我的水秀。又有《天仙子》一首：

一葉小舟隨所寓，萬迭煙波無恐懼。垂鉤撒網捉鮮鱗，
沒醬膩，偏有味，老妻稚子團圓會。
魚多又貨長安市，換得香醪吃個醉。蓑衣當被臥秋江，
鼾鼾睡，無憂慮，不戀人間榮與貴。」

樵子道：「你水秀還不如我的山青。也有《天仙子》一首：

茆舍數椽山下蓋，松竹梅蘭真可愛。穿林越嶺覓乾柴，
沒人怪，從我賣，或少或多憑世界。
將錢沽酒隨心快，瓦鉢磁甌殊自在。酕醄醉了臥松蔭，
無掛礙，無利害，不管人間興與敗。」

「舟停綠水煙波內，家住深山曠野中。
偏愛溪橋春水漲，最憐岩岫曉雲蒙。
龍門鮮鯉時烹煮，蟲蛀乾柴日燎烘。
釣網多般堪贍老，擔繩二事可容終。
小舟仰臥觀飛雁，草徑斜敧聽唳鴻。
口舌場中無我分，是非海內少吾蹤。
溪邊掛曬繒如錦，石上重磨斧似鋒。
秋月暉暉常獨釣，春山寂寂沒人逢。
魚多換酒同妻飲，柴剩沽壺共子叢。
自唱自斟隨放蕩，長歌長嘆任顛風。
呼兄喚弟邀船伙，挈友攜朋聚野翁。
行令猜拳頻遞盞，拆牌道字漫傳鐘。
烹蝦煮蟹朝朝樂，炒鴨爊雞日日豐。
愚婦煎茶情散誕，山妻造飯意從容。
曉來舉杖淘輕浪，日出擔柴過大沖。
雨後披蓑擒活鯉，風前弄斧伐枯松。
潛蹤避世妝痴蠢，隱姓埋名作啞聾。」

張稍道：「李兄，我才僭先起句，今到我兄，也先起一聯，小弟亦當續之。」

「風月佯狂山野漢，江湖寄傲老餘丁。
清閒有分隨瀟灑，口舌無聞喜太平。
月夜身眠茅屋穩，天昏體蓋箬蓑輕。
忘情結識松梅友，樂意相交鷗鷺盟。
名利心頭無算計，干戈耳畔不聞聲。
隨時一酌香醪灑，度日三餐野菜羹。
兩束柴薪為活計，一竿釣線是營生。
閒呼稚子磨鋼斧，靜喚憨兒補舊繒。
春到愛觀楊柳綠，時融喜看荻蘆青。
夏天避暑修新竹，六月乘涼摘嫩菱。
霜降雞肥常日宰，重陽蟹壯及時烹。
冬來日上還沉睡，數九天高自不蒸。
八節山中隨放性，四時湖裡任陶情。
採薪自有仙家興，垂釣全無世俗形。
門外野花香豔豔，船頭綠水浪平平。
身安不說三公位，性定強如十里城。

此人是誰？原來是當朝欽天監台正先生袁天罡的叔父，袁守誠是也。那先生果然相貌稀奇，儀容秀麗；名揚大國，術冠長安。龍王入門來，與先生相見。禮畢，請龍上坐，童子獻茶。先生問曰：「公來問何事？」龍王曰：「請卜天上陰晴事如何。」先生那袖傳一課，斷曰：「雲迷山頂，霧罩林梢。若占雨澤，准在明朝。」龍曰：「明日甚時下雨？雨有多少尺寸？」先生道：「明日辰時布雲，巳時發雷，午時下雨，未時雨足，共得水三尺三寸零四十八點。」龍王笑曰：「此言不可作戲。如是明日有雨，依你斷的時辰、數目，我送課金五十兩奉謝。若無雨，或不按時辰、數目，我與你實說：定要打壞你的門面，扯碎你的招牌，即時趕出長安，不許在此惑眾！」先生欣然而答：「這個一定任你。請了，請了。明朝雨後來會。」

龍王辭別，出長安，回水府。大小水神接著，問曰：「大王訪那賣卦的如何？」龍王道：「有，有，有！但是一個掉嘴口（耍貧嘴），討春（算卦）的先生。我問他幾時下雨，他就說明日下雨；問他甚麼時辰，甚麼雨數，他就說辰時布雲，巳時發雷，午時下雨，未時雨足，得水三尺三寸零四十八點。我與他打了個賭賽：若果如他言，送他謝金五十兩；如略差些，就打破他門面，趕他起身，不許在長安惑眾。」眾水族笑曰：「大王是八河都總管，司雨大龍神，有雨無雨，惟大王知之；他怎敢這等胡言？那賣卦的定是輸了！定是輸了！」

此時龍子、龍孫與那魚卿、蟹士正歡笑談此事未畢，只聽得半空中叫：「涇河龍王接旨。」眾抬頭上看，是一個金衣力士，手擎玉帝敕旨，徑投水府而來。慌得龍王整衣端肅，焚香接了旨。金衣力士回空而去。龍王謝恩，拆封看時，上寫著：

「敕命八河總，驅雷掣電行；明朝施雨澤，普濟長安城。」

第九回

袁守誠妙算無私曲　老龍王拙計犯天條

旨意上時辰、數目，與那先生判斷者毫髮不差。唬得那龍王魂飛魄散。少頃蘇醒，對眾水族曰：「塵世上有此靈人！真個是能通天徹地，卻不輸與他呵！」鰣軍師奏云：「大王放心。要贏他有何難處？臣有小計，管教滅那廝的口嘴。」龍王問計，軍師道：「行雨差了時辰，少些點數，就是那廝斷卦不準，怕不贏他？那時捽（摔）碎招牌，趕他跑路，果何難也？」龍王依他所奏，果不擔擾。

至次日，點札（點將調遣）風伯、雷公、雲童、電母，直至長安城九霄空上。他挨到那巳時方布雲，午時發雷，未時落雨，申時雨止，卻只得三尺零四十點：改了他一個時辰，克了他三寸八點。雨後發放眾將班師。他又按落雲頭，還變作白衣秀士，到那西門裡大街上，撞入袁守誠卦鋪，不容分說，就把他招牌、筆、硯等一齊捽碎。那先生坐在椅上，公然不動。這龍王又掄起門板便打，罵道：「這妄言禍福的妖人，擅惑眾心的潑漢！你卦又不靈，言又狂謬！說今日下雨的時辰、點數俱不相對，你還危然高坐，趁早去，饒你死罪！」

守誠猶公然不懼分毫，仰面朝天冷笑道：「我不怕！我不怕！我無死罪，只怕你倒有個死罪哩！別人好瞞，只是難瞞我也。我認得你，你不是秀士，乃是涇河龍王。你違了玉帝敕旨，改了時辰，克了點數，犯了天條。你在那『剮龍台』上，恐難免一刀，你還在此罵我？」

龍王見說，心驚膽戰，毛骨悚然。急丟了門板，整衣伏禮，向先生跪下道：「先生休怪。前言戲之耳，豈知弄假成真，果然違犯天條，奈何？望先生救我一救！不然，我死也不放你。」守誠曰：「我救你不得，只是指條生路與你投生便了。」龍王曰：「願求指教。」先生曰：「你明日午時三

第十回

二將軍宮門鎮鬼　唐太宗地府還魂

卻說太宗與魏徵在便殿對弈，一遞一著，擺開陣勢。正合《爛柯經》云：

博弈之道，貴乎嚴謹。高者在腹，下者在邊，中者在角，此棋家之常法。法曰：「寧輸一子，不失一先。擊左則視右，攻後則瞻前。有先而後，有後而先。兩生勿斷，皆活勿連。闊不可太疏，密不可太促。與其戀子以求生，不若棄之而取勝；與其無事而獨行，不若固之而自補。彼眾我寡，先謀其生，我眾彼寡，務張其勢。善勝者不爭，善陣者不戰；善戰者不敗，善敗者不亂。夫棋始以正合，終以奇勝。凡敵無事而自補者，有侵絕之意；棄小而不救者，有圖大之心；隨手而下者，無謀之人；不思而應者，取敗之道。《詩》云：『惴惴小心，如臨於谷。』此之謂也。」

詩曰：

棋盤為地子為天，色按陰陽造化全。
下到玄微通變處，笑誇當日爛柯仙。

君臣兩個對弈此棋，正下到午時三刻，一盤殘局未終，魏徵忽然踏伏在案邊，鼾鼾盹睡。太宗笑曰：「賢卿真是匡扶社稷之心勞，創立江山之力倦，所以不覺盹睡。」太宗任他睡著，更不呼喚。不多時，魏徵醒來，俯伏在地道：「臣該萬死！臣該萬死！卻才暈困，不知所為，望陛下赦臣慢君之罪！」太宗道：「卿有何慢罪？且起來，拂退殘棋，與卿從新更著。」魏徵謝了恩，卻才拈子在手，只聽得朝門外大呼小叫。原來是秦叔寶、徐茂功等，將著一個血淋的龍頭，擲在帝前，啟奏道：「陛下，海淺河枯曾有見，這般異事卻無聞。」太宗與魏徵起身道：「此物何來？」叔寶、茂功道：「千步廊南，十字街頭，雲端裡落下這顆龍頭，微臣不敢不奏。」唐王驚問魏徵：「此是何說？」魏徵轉身叩頭道：「是臣才一夢斬的。」唐王聞言，大驚道：「賢卿盹睡之時，又不曾見動身動手，又無刀劍，如何卻斬此龍？」魏徵奏道：「主公，臣的

身在君前，夢離陛下。身在君前對殘局，合眼朦朧；夢離陛下乘瑞雲，出神抖搜。那條龍，在剮龍台上，被天兵將綁縛其中。是臣道：『你犯天條，合當死罪。我奉天命，斬汝殘生。』龍聞哀苦，臣抖精神。龍聞哀苦，伏爪收鱗甘受死；臣抖精神，撩衣進步舉霜鋒。扢扠一聲刀過處，龍頭因此落虛空。」

著魏徵護衛。」太宗准奏。又宣魏徵今夜把守後門。徵領旨，當夜結束（穿戴）整齊，提著那誅龍的寶劍，侍立在後宰門前，真個的好英雄也！他怎生打扮：

熟絹青巾抹額，錦袍玉帶垂腰。兜風氅袖采霜飄，壓賽壘荼神貌。

腳踏烏靴坐折，手持利刃凶驍。圓睜兩眼四邊瞧，那個邪神敢到？

一夜通明，也無鬼魅。雖是前後門無事，只是身體漸重。一日，太后又傳旨，召眾臣商議殯殮後事。太宗又宣徐茂功，吩咐國家大事，叮囑仿劉蜀主托孤之意。言畢，沐浴更衣，待時而已。旁閃魏徵，手扯龍衣，奏道：「陛下寬心，臣有一事，管保陛下長生。」太宗道：「病勢已入膏肓，命將危矣，如何保得？」徵云：「臣有書一封，進與陛下，捎去到冥司，付酆都判官崔珏。」太宗道：「崔珏是誰？」徵云：「崔珏乃是太上先皇帝駕前之臣，先受茲州令，後升禮部侍郎。在日與臣八拜為交，相知甚厚。他如今已死，現在陰司做掌生死文簿的酆都判官，夢中常與臣相會。此去若將此書付與他，他念微臣薄分，必然放陛下回來。管教魂魄還陽世，定取龍顏轉帝都。」太宗聞言，接在手中，籠入袖裡，遂瞑目而亡。那三宮六院、皇后嬪妃、侍長儲君及兩班文武，俱舉哀戴孝；又在白虎殿上，停著梓宮不題。

卻說太宗渺渺茫茫，魂靈徑出五鳳樓前，只見那御林軍馬，請大駕出朝采獵。太宗欣然從之，縹緲而去。行多時，人馬俱無。獨自個散步荒郊草野之間。正驚惶難尋道路，只見那一邊，有一人高聲大叫道：「大唐皇帝，往這裡來！往這裡來！」太宗聞言，抬頭觀看，只見那人：

頭頂烏紗，腰圍犀角。頭頂烏紗飄軟帶，腰圍犀角顯金廂。手擎牙笏凝祥靄，身著羅袍隱瑞光。腳踏一雙粉底靴，登雲促霧；懷揣一本生死簿，注定存亡。鬢髮蓬鬆飄耳上，鬍鬚飛舞繞腮旁。昔日曾為唐國相，如今掌案侍閻王。

太宗行到那邊，只見他跪拜路旁，口稱「陛下，赦臣失誤遠迎之罪！」太宗問曰：「你是何人？因甚事前來接拜？」那人道：「微臣半月前，在森羅殿上，見涇河鬼龍告陛下許救反誅之故，第一殿秦廣大王即差鬼使催請陛下，要三曹對案。臣已知之，故來此間候接。不期今日來遲，望乞恕罪，恕罪。」太宗道：「你姓甚名誰？是何官職？」那人道：「微臣存日，在陽曹侍先君駕前，為茲州令，後拜禮部侍郎，姓崔名珏。今在陰司，得受酆都掌案判官。」太宗大喜，近前來御手忙攙道：「先生遠勞。朕駕前魏徵，有書一封，正寄與先生，卻好相遇。」判官謝恩，問書在何處。太宗即向袖中取出遞與崔珏。珏拜接了，拆封而看。其書曰：

「辱愛弟魏徵，頓首書拜大都案契兄崔老先生台下：憶昔交游，音容如在。倏爾數載，不聞清教。常只是遇節令設蔬品奉祭，未卜享否？又承不棄，夢中臨示，始知我兄長大人高遷。奈何陰陽兩隔，天各一方，不能面覿。今因我太宗文皇帝倏然而故，料是對案三曹（指審案時原告、被告、證人三方），必然得與兄長相會。萬祈俯念生日交情，方便一二，放我陛下回陽，殊為愛也。容再修謝。不盡。」

物可酬謝，惟答瓜果而已。」十王喜曰：「我處頗有東瓜、西瓜、只少南瓜。」太宗道：「朕回去即送來，即送來。」從此遂相揖而別。

那太尉執一首引魂幡，在前引路。崔判官隨後保著太宗，徑出幽司。太宗舉目而看，不是舊路，問判官曰：「此路差矣？」判官道。「不差。陰司裡是這般，有去路，無來路。如今送陛下自『轉輪藏』出身：一則請陛下游觀地府，一則教陛下轉托超生。」太宗只得隨他兩個，引路前來。

徑行數里，忽見一座高山，陰雲垂地，黑霧迷空。太宗道：「崔先生，那廂是甚麼山？」判官道：「乃幽冥背陰山。」太宗悚懼道：「朕如何去得？」判官道：「陛下寬心，有臣等引領。」太宗戰戰兢兢，相隨二人，上得山岩，抬頭觀看。只見：

形多凸凹，勢更崎嶇。峻如蜀嶺，高似廬岩。非陽世之名山，實陰司之險地。荊棘叢叢藏鬼怪，石崖嶙嶙隱邪魔。耳畔不聞獸鳥噪，眼前惟見鬼妖行。陰風颯颯，黑霧漫漫。陰風颯颯，是神兵口內哨來煙；黑霧漫漫，是鬼祟暗中噴出氣。一望高低無景色，相看左右盡猖亡。那裡山也有，峰也有，嶺也有，洞也有，澗也有；只是山不生草，峰不插天，嶺不行客，洞不納雲，澗不流水。岸前皆魍魎，嶺下盡神魔。洞中收野鬼，澗底隱邪魂。山前山後，牛頭馬面亂喧呼；半掩半藏，餓鬼窮魂時對泣。催命的判官，急急忙忙傳信票；追魂的太尉，吆吆喝喝趲公文。急腳子，旋風滾滾；勾司人，黑霧紛紛。

太宗全靠著那判官保護，過了陰山。

前進，又歷了許多衙門，一處處俱是悲聲振耳，惡怪驚心。太宗又道：「此是何處？」判官道：「此是陰山背後『一十八層地獄』。」太宗道：「是那十八層？」判官道：「你聽我說：

吊筋獄、幽枉獄、火坑獄，寂寂寥寥，煩煩惱惱，盡皆是生前作下千般業，死後通來受罪名。酆都獄、拔舌獄、剝皮獄，哭哭啼啼，淒淒慘慘，只因不忠不孝傷天理，佛口蛇心墮此門。磨捱獄、碓搗獄、車崩獄，皮開肉綻，抹嘴齜牙，乃是瞞心昧己不公道，巧語花言暗損人。寒冰獄、脫殼獄、抽腸獄，垢面蓬頭，愁眉皺眼，都是大斗小秤欺痴蠢，致使災屯累自身。油鍋獄，黑暗獄、刀山獄，戰戰兢兢，悲悲切切，皆因強暴欺良善，藏頭縮頸苦伶仃。血池獄、阿鼻獄、秤桿獄，脫皮露骨，折臂斷筋，也只為謀財害命，宰畜屠生，墮落千年難解釋，沉淪永世不翻身。一個個緊縛牢拴，繩纏索綁，差些赤髮鬼、黑臉鬼、長槍短劍；牛頭鬼、馬面鬼，鐵簡銅錘；只打得皺眉苦面血淋淋，叫地叫天無救應。——正是人生卻莫把心欺，神鬼昭彰放過誰？善惡到頭終有報，只爭來早與來遲。」

太宗聽說，心中驚慘。

進前又走不多時，見一伙鬼卒，各執幢幡，路旁跪下道：「橋梁使者來接。」判官喝令起去，上前引著太宗，從金橋而過。太宗又見那一邊有一座銀橋，橋上行幾個忠孝賢良之輩，公平正大之人，亦有幢幡接引；那壁廂又有一橋，寒風滾滾，血浪滔滔，號泣之聲不絕。太宗問道：「那座橋是何名色？」判官道：「陛下，那叫做奈河橋。若到陽間，切須傳記。那橋下都是些：

第十一回

還受生唐王遵善果　度孤魂蕭瑀正空門

詩曰：

百歲光陰似水流，一生事業等浮漚。昨朝面上桃花色，今日頭邊雪片浮。
白蟻陣殘方是幻，子規聲切想回頭。古來陰騭能延壽，善不求憐天自周。

卻說唐太宗隨著崔判官、朱太尉，自脫了冤家債主，前進多時，卻來到「六道輪回」之所，又見那騰雲的，身披霞帔；受籙的，腰掛金魚；僧尼道俗，走獸飛禽，魑魅魍魎，滔滔都奔走那輪回之下，各進其道。唐王問曰：「此意何如？」判官道：「陛下明心見性，是必記了，傳與陽間人知。這喚做『六道輪回』：行善的，升化仙道；盡忠的，超生貴道；行孝的，再生福道；公平的，還生人道；積德的，轉生富道；惡毒的，沉淪鬼道。」唐王聽說，點頭嘆曰：

第十一回
還受生唐王遵善果　度孤魂蕭瑀正空門

「善哉真善哉！作善果無災！善心常切切，善道大開開。
莫教興惡念，是必少刁乖。休言不報應，神鬼有安排。」

判官送唐王直至那「超生貴道門」，拜呼唐王道：「陛下呵，此間乃出頭之處，小判告回，著朱太尉再送一程。」唐王謝道：「有勞先生遠跡。」判官道：「陛下到陽間，千萬做個『水陸大會』，超度那無主的冤魂，切勿忘了。若是陰司裡無報怨之聲，陽世間方得享太平之慶。凡百不善之處，俱可一一改過。普諭世人為善，管教你後代綿長，江山永固。」唐王一一准奏，辭了崔判官，隨著朱太尉，同入門來。那太尉見門裡有一匹海騮馬，鞍轡齊備，急請唐王上馬，太尉左右扶持。馬行如箭，早到了渭水河邊，只見那水面上有一對金色鯉魚在河裡翻波跳鬥。唐王見了心喜，兜馬貪看不捨。太尉道：「陛下，趲動些，趁早趕時辰進城去也。」那唐王只管貪看，不肯前行，被太尉撮著腳，高呼道：「還不走，等甚！」撲的一聲，望那渭河推下馬去，卻就脫了陰司，徑回陽世。

卻說那唐朝駕下有徐茂功、秦叔寶、胡敬德、段志賢、馬三寶、程咬金、高士廉、李世勣、房玄齡、杜如晦、蕭瑀、傅奕、張道源、張士衡、王珪等兩班文武，俱保著那東宮太子與皇后、嬪妃、宮娥、侍長，都在那白虎殿上舉哀。一壁廂議傳哀詔，要曉諭天下，欲扶太子登基。時有魏徵在旁道：「列位且住。不可！不可！假若驚動州縣，恐生不測。且再按候一日，我主必還魂也。」下邊閃上許敬宗道：「魏丞相言之甚謬。自古云：『潑水難收，人逝不返。』你怎麼還說這等虛言，惑亂人心，是何道理！」魏徵道：「不瞞許先生說，下官自幼得授仙術，推算最明，管取陛下不死。」

正講處，只聽得棺中連聲大叫道：「渰殺我耶！渰殺我耶！」唬得個文官武將心慌，皇后嬪妃膽不孝，非禮非義，作踐五穀，明欺暗騙，大斗小秤，奸盜詐偽，淫邪欺罔之徒，受那些磨燒舂銼之苦，煎熬吊剝之刑，有千千萬萬，看之不足。又過著枉死城中，有無數的冤魂，盡都是六十四處煙塵的草寇，七十二處叛賊的魂靈，擋住了朕之來路。幸虧崔判官作保，借得河南相老兒的金銀一庫，買轉鬼魂，方得前行。崔判官教朕回陽世，千萬作一場『水陸大會』，超度那無主的孤魂，將此言叮嚀分別。出了那『六道輪回』之下，有朱太尉請朕上馬。飛也相似，行到渭水河邊，我看見那水面上有雙頭魚戲。正歡喜處，他將我攛著腳，推下水中，朕方得還魂也。」眾臣聞此言，無不稱賀，遂此編行傳報，天下各府縣官員，上表稱慶不題。

卻說太宗又傳旨赦天下罪人，又查獄中重犯。時有審官將刑部絞斬罪人，查有四百餘名呈上。太宗放赦回家，拜辭父母兄弟，托產與親戚子侄，明年今日赴曹，仍領應得之罪。眾犯謝恩而退。又出恤孤榜文，又查宮中老幼彩女共有三千人，出旨配軍。自此，內外俱善。有詩為證，詩曰：

> 大國唐王恩德洪，道過堯舜萬民豐。死囚四百皆離獄，怨女三千放出宮。
> 天下多官稱上壽，朝中眾宰賀元龍。善心一念天應佑，福蔭應傳十七宗。

太宗既放宮女，出死囚已畢；又出御制榜文，遍傳天下。榜曰：

「乾坤浩大，日月照鑑分明；宇宙寬洪，天地不容奸黨。使心用術，果報只在今生；善布淺求，獲福休言後世。千般巧計，不如本分為人；萬種強徒，怎似隨緣節儉。心行慈善，

第十一回

還受生唐王遵善果　度孤魂蕭瑀正空門

何須努力看經？意欲損人，空讀如來一藏（指佛經）！」

自此時，蓋天下無一人不行善者。一壁廂又出招賢榜，招人進瓜果到陰司裡去；一壁廂將寶藏庫金銀一庫，差鄂國公胡敬德上河南開封府，訪相良還債。榜張數日，有一赴命進瓜果的賢者，本是均州人。姓劉名全，家有萬貫之資。只因妻李翠蓮在門首拔金釵齋僧，劉全罵了他幾句，說他不遵婦道，擅出閨門。李氏忍氣不過，自縊而死。撇下一雙兒女年幼，晝夜悲啼。劉全又不忍見，無奈，遂捨了性命，棄了家緣，撇了兒女，情願以死進瓜，將皇榜揭了，來見唐王。王傳旨意，教他去金亭館裡，頭頂一對南瓜，袖帶黃錢，口噙藥物。

那劉全果服毒而死——一點魂靈，頂著瓜果，早到鬼門關上。把門的鬼使喝道：「你是甚人，敢來此處？」劉全道：「我奉大唐太宗皇帝欽差，特進瓜果與十代閻王受用的。」那鬼使欣然接引。劉全徑至森羅寶殿，見了閻王，將瓜果進上道：「奉唐王旨意，遠進瓜果，以謝十王寬宥之恩。」閻王大喜道：「好一個有信有德的太宗皇帝！」遂此收了瓜果。便問那進瓜的人姓名，那方人氏。

劉全道：「小人是均州城民籍。姓劉名全。因妻李氏縊死，撇下兒女，無人看管，小人情願捨家棄子，捐軀報國，特與我王進貢瓜果，謝眾大王厚恩。」十王聞言，即命查勘劉全妻李氏。那鬼使速取來在森羅殿下，與劉全夫妻相會。訴罷前言，回謝十王恩宥。那閻王卻檢生死簿子看時，他夫妻們都有登仙之壽，急差鬼使送回。鬼使啟上道：「李翠蓮歸陰日久，屍首無存，魂將何附？」閻王道：「唐御妹李玉英，今該促死；你可借他屍首，教他還魂去也。」那鬼使領命，即將劉全夫妻二人還魂。帶定出了陰司，那陰風遶遶，徑到了長安大國，將劉全的魂靈，推入金亭館裡；將翠蓮的靈魂，御妹回去。他夫妻兩個，便在階前謝了恩，歡歡喜喜還鄉。有詩為證：

人生人死是前緣，短短長長各有年。
劉全進瓜回陽世，借屍還魂李翠蓮。

他兩個辭了君王，徑來均州城裡，見舊家業兒女俱好，兩口兒宣揚善果不題。

卻說那尉遲公將金銀一庫，上河南開封府訪看相良，原來賣水為活，同妻張氏在門首販賣烏盆瓦器營生，但賺得些錢兒，只以盤纏為足，其多少齋僧布施，買金銀紙錠，記庫焚燒，故有此善果臻（到）身。陽世間是一條好善的窮漢，那世裡卻是個積玉堆金的長者。尉遲公將金銀送上他門，唬得那相公、相婆魂飛魄散；又兼有本府官員，茅舍外車馬駢集，那老兩口子如痴如啞，跪在地下，只是磕頭禮拜。尉遲公道：「老人家請起。我雖是個欽差官，卻齎著我王的金銀送來還你。」他戰兢兢的答道：「小的沒有甚麼金銀放債，如何敢受這不明之財？」尉遲公道：「我也訪得你是個窮漢；只是你齋僧布施，盡其所有，就買辦金銀紙錠，燒記陰司，陰司裡有你積下的錢鈔。是我太宗皇帝死去三日，還魂復生，曾在那陰司裡借了你一庫金銀，今此照數送還與你。你可一一收下，等我好去回旨。」那相良兩口兒只是朝天禮拜，那裡敢受。道：「小的若受了這些金銀，就死得快了。雖然是燒紙記庫，此乃冥冥之事；況萬歲爺爺那世裡借了金銀，有何憑據？我決不敢受。」尉遲公道：「陛下說，借來的東西，有崔判官作保可證。你收下罷。」相良道：「就死也是不敢受的。」

尉遲公見他苦苦推辭，只得具本差人啟奏。太宗見了本，知相良不受金銀。道：「此誠為善良長者！」即傳旨教胡敬德將金銀與他修理寺院，起蓋生祠（為活人建的祠堂），請僧作善，就當還他一般。旨意到日，敬德望闕謝恩，宣旨眾皆知之。遂將金銀買到城裡軍民無礙的地基一段，周圍有五十畝寬闊，在上興工，起蓋寺院，名「敕建相國寺」。左有相公相婆的生祠，鐫碑刻石，上寫著「尉遲公監造」。即今大相國寺是也。

工完回奏，太宗甚喜。卻又聚集多官，出榜招僧，修建「水陸大會」，超度冥府孤魂。榜行天下，著各處官員推選有道的高僧，上長安做會。那消個月之期，天下多僧俱到。唐王傳旨，著太史丞傅奕選舉高僧，修建佛事。傅奕聞旨，即上疏止浮圖，以言無佛。表曰：

> 「西域之法，無君臣父子，以三途（指惡人三種悲慘結局）六道，蒙誘愚蠢；追既往之罪，窺將來之福；口誦梵言，以圖偷免。且生死壽夭，本諸自然；刑德威福，係之人主。今聞俗徒矯托，皆云由佛。自五帝、三王，未有佛法；君明臣忠，年祚長久。至漢明帝始立胡神（指佛教眾神），然惟西域桑門（即沙門，指佛教徒），自傳其教。實乃夷（這裡指外國及從外國傳入中國的佛教）犯中國，不足為信。」

太宗聞言，遂將此表擲付群臣議之。時有宰相蕭瑀，出班俯囟奏曰：「佛法興自屢朝，弘善遏惡，冥助國家，理無廢棄。佛，聖人也。非聖者無法，請置嚴刑。」傅奕與蕭瑀論辨，言禮本於事親事君，而佛背親出家，以匹夫抗天子，以繼體悖所親；蕭瑀不生於空桑，乃遵無父之教，正所謂非孝者無親。蕭瑀但合掌曰：「地獄之設，正為是人。」

第十二回

玄奘秉誠建大會　觀音顯像化金蟬

詩曰：

龍集貞觀正十三，王宣大眾把經談。道場開演無量法，雲霧光乘大願龕。
御敕垂恩修上剎，金蟬脫殼化西涵。普施善果超沉沒，秉教宣揚前後三。

貞觀十三年，歲次己巳，九月甲戌，初三日，癸卯良辰。陳玄奘大闡法師，聚集一千二百名高僧，都在長安城化生寺開演諸品妙經。那皇帝早朝已畢，帥文武多官，乘鳳輦龍車，出離金鑾寶殿，徑上寺來拈香。怎見那鑾駕？真個是：

一天瑞氣，萬道祥光。仁風輕淡蕩，化日麗非常。千官環佩分前後，五衛旌旗列兩旁。執金瓜、擎斧鉞，雙雙對對；絳紗燭，御爐香，靄靄堂堂。龍飛鳳舞，鶚薦鷹揚。聖明天子

第十二回

玄奘秉誠建大會　觀音顯像化金蟬

正，忠義大臣良。介福千年過舜禹，升平萬代賽堯湯。又見那曲柄傘，袞龍袍，輝光相射；玉連環，彩鳳扇，瑞靄飄揚。珠冠玉帶，紫綬金章。護駕軍千隊，扶輿將兩行。這皇帝沐浴虔誠尊敬佛，皈依善果喜拈香。

唐王大駕，早到寺前。吩咐住了音樂響器。下了車輦，引著多官，拜佛拈香。三匝已畢，抬頭觀看，果然好座道場。但見：

幢幡飄舞，寶蓋飛輝。幢幡飄舞，凝空道道彩霞搖；寶蓋飛輝，映日翩翩紅電徹。世尊金相貌臻臻，羅漢玉容威烈烈。瓶插仙花，爐焚檀降。瓶插仙花，錦樹輝輝漫寶剎；爐焚檀降，香雲靄靄透清霄。時新果品砌朱盤，奇樣糖酥堆彩案。高僧羅列誦真經，願拔孤魂離苦難。

太宗文武俱各拈香，拜了佛祖金身，參了羅漢。又見那大闡都僧綱陳玄奘法師引眾僧羅拜唐王。禮畢，分班各安禪位。法師獻上濟孤榜文與太宗看。榜曰：

「至德渺茫，禪宗寂滅。清淨靈通，周流三界。千變萬化，統攝陰陽。體用真常，無窮極矣。觀彼孤魂，深宜哀愍。此奉太宗聖命：選集諸僧，參禪講法。大開方便門庭，廣運慈悲舟楫，普濟苦海群生，脫免沉痾六趣。引歸真路，普玩鴻蒙；動止無為，混成純素。仗此人，立於階下，唐王問曰：「蕭瑀來奏何事？」蕭瑀俯伏階前道：「臣出了東華門前，偶遇二僧，乃賣袈裟與錫杖者。臣思法師玄奘可著此服，故領僧人啟見。」太宗大喜，便問那袈裟價值幾何。菩薩與木吒侍立階下，更不行禮，因問袈裟之價，答道：「袈裟五千兩，錫杖二千兩。」太宗道：「那袈裟有何好處，就值許多？」菩薩道：

「這袈裟，龍披一縷，免大鵬吞噬之災；鶴掛一絲，得超凡入聖之妙。但坐處，有萬神朝禮；凡舉動，有七佛隨身。

這袈裟，是冰蠶造練抽絲，巧匠翻騰為線。仙娥織就，神女機成，方方簇幅繡花縫，片片相幫堆錦簆。玲瓏散碎斗妝花，色亮飄光噴寶豔。穿上滿身紅霧繞，脫來一段彩雲飛。三天門外透玄光，五嶽山前生寶氣。重重嵌就西番蓮，灼灼懸珠星斗象。四角上有夜明珠，攢頂間一顆祖母綠。雖無全照原本體，也有生光八寶攢。

這袈裟，閒時折迭，遇聖才穿。閒時折迭，千層包裹透虹霓；遇聖才穿，驚動諸天神鬼怕。上邊有如意珠、摩尼珠、辟塵珠、定風珠；又有那紅瑪瑙、紫珊瑚、夜明珠、舍利子。偷月沁白，與日爭紅。條條仙氣盈空，朵朵祥光捧聖。條條仙氣盈空，照徹了天關；朵朵祥光捧聖，影遍了世界。照山川，驚虎豹；影海島，動魚龍。沿邊兩道銷金鎖，叩領連環白玉琮。

詩曰：

三寶巍巍道可尊，四生六道盡評論。明心解養人天法，見性能傳智慧燈。
護體莊嚴金世界，身心清淨玉壺冰。自從佛制袈裟後，萬劫誰能敢斷僧？」

唐王在那寶殿上聞言，十分歡喜。又問：「那和尚，九環杖有甚好處？」菩薩道：「我這錫杖，是那：

銅鑲鐵造九連環，九節仙藤永駐顏。入手厭看青骨瘦，下山輕帶白雲還。
摩呵五祖游天闕，羅卜尋娘破地關。不染紅塵些子穢，喜隨大德上靈山。」

唐王聞言，即命展開袈裟，從頭細看，果然是件好物。道：「大法長老，實不瞞你。朕今大開善教，廣種福田，見在那化生寺聚集多僧，敷演經法。內中有一個大有德行者，法名玄奘。朕買你這兩件寶物，賜他受用。你端的要價幾何？」菩薩聞言，與木吒合掌皈依，道聲佛號，躬身上啟道：「既有德行，貧僧情願送他，決不要錢。」說罷，抽身便走。

唐王急著蕭瑀扯住，欠身立於殿上，問曰：「你原說袈裟五千兩，錫杖二千兩，你見朕要買，就不要錢，敢是說朕心倚恃君位，強要你的物件？——更無此理。朕照你原價奉償，卻不可推避。」菩薩起手道：「貧僧有願在前，原說果有敬重三寶，見善隨喜，皈依我佛，不要錢，願送與他。今見陛下明德止善，敬我佛門，況又高僧有德有行，宣揚大法，理當奉上，決不要錢。貧僧願留下此物告回。」唐王見他這等勤懇，甚喜。隨命光祿寺，大排素宴酬謝。菩薩又堅辭不受，暢然而去。依舊望因游法界講堂中，逢見相知不俗同。盡說目前千萬事，又談塵劫許多功。
法云容曳舒群岳，教網張羅滿太空。檢點人生歸善念，紛紛天雨落花紅。

那法師在台上，念一會《受生度亡經》，談一會《安邦天寶籙》，又宣一會《勸修功卷》。這菩薩近前來，拍著寶台，厲聲高叫道：「那和尚，你只會談『小乘教法』，可會談『大乘』麼？」玄奘聞言，心中大喜，翻身跳下台來，對菩薩起手道：「老師父，弟子失瞻，多罪。見前的蓋眾僧人，都講的是『小乘教法』，卻不知『大乘教法』如何。」菩薩道：「你這小乘教法，度不得亡者超升，只可渾俗和光而已；我有大乘佛法三藏，能超亡者升天，能度難人脫苦，能修無量壽身，能作無來無去。」

正講處，有那司香巡堂官急奏唐王道：「法師正講談妙法，被兩個疥癩游僧，扯下來亂說胡話。」王令擒來，只見許多人將二僧推擁進後法堂。見了太宗，那僧人手也不起，拜也不拜，仰面道：「陛下問我何事？」唐王卻認得他，道：「你是前日送袈裟的和尚？」菩薩道：「正是。」太宗道：「你既來此處聽講，只該吃些齋便了，為何與我法師亂講，擾亂經堂，誤我佛事？」菩薩道：「你那法師講的是小乘（佛教早期的主要派別，重於自我解脫。大乘教徒認為它不能超度眾人，故貶稱它為「小乘」）教法，度不得亡者升天。我有大乘（佛教的一個派別，認為可以普度眾生）佛法三藏，可以度亡脫苦，壽身無壞。」太宗正色喜問道：「你那大乘佛法，在於何處？」菩薩道：「在大西天天竺國大雷音寺我佛如來處，能解百冤之結，能消無妄之災。」太宗道：「你可記得麼？」菩薩道：「我記得。」太宗大喜道：「教法師引去，請上台開講。」

那菩薩帶了木吒，飛上高台，遂踏祥雲，直至九霄，現出救苦原身，托了淨瓶楊柳。左邊是木吒惠岸，執著棍，抖擻精神。喜的個唐王朝天禮拜，眾文武跪地焚香。滿寺中僧尼道俗，士人工賈，無一人不拜禱道：「好菩薩！好菩薩！」有詩為證。但見那：

瑞靄散繽紛，祥光護法身。九霄華漢裡，現出女真人。那菩薩，頭上戴一頂：金葉紐，翠花鋪，放金光，生銳氣的垂珠纓絡；身上穿一領：淡淡色，淺淺妝，盤金龍，飛彩鳳的結素藍袍；胸前掛一面：對月明，舞清風，雜寶珠，攢翠玉的砌香環珮；腰間繫一條：冰蠶絲，織金邊，登彩雲，促瑤海的錦繡絨裙；面前又領一個飛東洋，游普世，感恩行孝，黃毛紅嘴白鸚哥；手內托著一個施恩濟世的寶瓶，瓶內插著一枝灑青霄，撒大惡，掃開殘霧垂楊柳。玉環穿繡扣，金蓮足下深。三天許出入，這才是救苦救難觀世音。

喜的個唐太宗，忘了江山；愛的那文武官，失卻朝禮；蓋眾多人，都念「南無觀世音菩薩」。太宗即傳旨，教巧手丹青，描下菩薩真像。旨意一聲，選出個圖神寫聖、遠見高明的吳道子。——此人即後圖功臣於淩煙閣者。——當時展開妙筆，圖寫真形。那菩薩祥雲漸遠，霎時間不見了金光。只見那半空中，滴溜溜落下一張簡帖，上有幾句頌子，寫得明白。頌曰：

「禮上大唐君，西方有妙文。程途十萬八千里，大乘進殷勤。此經回上國，能超鬼出群。若有肯去者，求正果金身。」

太宗見了頌子，即命眾僧：「且收勝會，待我差人取得『大乘經』來，再秉丹誠，重修善果。」眾官無不遵依。當時在寺中問曰：「誰肯領朕旨意，上西天拜佛求經？」問不了，旁邊閃過法師，帝前施禮道：「貧僧不才，願效犬馬之勞，與陛下求取真經，祈保我王江山永固。」唐王大喜，上前將御手扶起道：「法師果能盡此忠賢，不怕程途遙遠，跋涉山川，朕情願與你拜為兄弟。」玄奘頓首謝恩。唐王果是十分賢德，就去那寺裡佛前，與玄奘拜了四拜，口稱「御弟聖僧」。

玄奘感謝不盡道：「陛下，貧僧有何德何能，敢蒙天恩眷顧如此？我這一去，定要捐軀努力，直至西天；如不到西天，不得真經，即死也不敢回國，永墮沉淪地獄。」隨在佛前拈香，以此為誓。唐王甚喜，即命回鑾，待選良利日辰，發牒出行，遂此駕回各散。

玄奘亦回洪福寺裡。那本寺多僧與幾個徒弟，早聞取經之事，都來相見。因問：「發誓願上西天，實否？」玄奘道：「是實。」他徒弟道：「師父呵，嘗聞人言，西天路遠，更多虎豹妖魔；只怕有去無回，難保身命。」玄奘道：「我已發了弘誓大願，不取真經，永墮沉淪地獄。大抵是受王恩寵，不得不盡忠以報國耳。我此去真是渺渺茫茫，吉凶難定。」又道：「徒弟們，我去之後，或三二年，或五七年，但看那山門裡松枝頭向東，我即回來；不然，斷不回矣。」眾徒將此言切切而記。

次早，太宗設朝，聚集文武，寫了取經文牒，用了通行寶印。有欽天監奏曰：「今日是人專吉星，堪宜出行遠路。」唐王大喜。又見黃門官奏道：「御弟法師朝門外候旨。」隨即宣上寶殿道：「御弟，今日是出行吉日。這是通關文牒。朕又有一個紫金鉢盂，送你途中化齋而用。再選兩個長行的從者，又銀騣的馬一匹，送為遠行腳力。你可就此行程。」玄奘大喜，即便謝了恩，領了物事，更無留滯之意。

第十二回

玄奘秉誠建大會　觀音顯像化金蟬

唐王排駕，與多官同送至關外，只見那洪福寺僧與諸徒將玄奘的冬夏衣服，俱送在關外相等。唐王見了，先教收拾行囊、馬匹，然後著官人執壺酌酒。太宗舉爵，又問曰：「御弟雅號甚稱？」玄奘道：「貧僧出家人，未敢稱號。」太宗道：「當時菩薩說，西天有經三藏。御弟可指經取號，號作『三藏』何如？」玄奘又謝恩，接了御酒道：「陛下，酒乃僧家頭一戒，貧僧自為人，不會飲酒。」太宗道：「今日之行，比他事不同。此乃素酒，只飲此一杯，以盡朕奉餞之意。」三藏不敢不受。接了酒，方待要飲，只見太宗低頭，將御指拾一撮塵土，彈入酒中。三藏不解其意。太宗笑道：「御弟呵，這一去，到西天，幾時可回？」三藏道：「只在三年，徑回上國。」太宗道：「日久年深，山遙路遠，御弟可進此酒：寧戀本鄉一捻土，莫愛他鄉萬兩金。」

三藏方悟捻土之意，復謝恩飲盡，辭謝出關而去。唐王駕回。

畢竟不知此去何如，且聽下回分解。

第十三回 陷虎穴金星解厄　雙叉嶺伯欽留僧

詩曰：

大有唐王降敕封，欽差玄奘問禪宗。堅心磨琢尋龍穴，著意修持上鷲峰。
邊界遠游多少國，雲山前度萬千重。自今別駕投西去，秉教迦持悟大空。

卻說三藏自貞觀十三年九月望前三日，蒙唐王與多官送出長安關外。一二日馬不停蹄，早至法門寺。本寺住持上房長老，帶領眾僧有五百餘人，兩邊羅列，接至裡面，相見獻茶。茶罷進齋。齋後不覺天晚。正是那：

影動星河近，月明無點塵。雁聲鳴遠漢，砧韻響西鄰。
歸鳥棲枯樹，禪僧講梵音。蒲團一榻上，坐到夜將分。

第十三回

陷虎穴金星解厄　雙叉嶺伯欽留僧

眾僧們燈下議論佛門定旨，上西天取經的原由。有的說水遠山高，有的說路多虎豹；有的說峻嶺陡崖難度，有的說毒魔惡怪難降。三藏箝口不言，但以手指自心，點頭幾度。眾僧們莫解其意，合掌請問道：「法師指心點頭者，何也？」三藏答曰：「心生，種種魔生；心滅，種種魔滅。我弟子曾在化生寺對佛設下洪誓大願，不由我不盡此心。這一去，定要到西天，見佛求經，使我們法輪回轉，願聖主皇圖永固。」眾僧聞得此言，人人稱羨，個個宣揚，都叫一聲「忠心赤膽大闡法師！」誇贊不盡，請師入榻安寐。

早又是竹敲殘月落，雞唱曉雲生。那眾僧起來，收拾茶水早齋。玄奘遂穿了袈裟，上正殿，佛前禮拜，道：「弟子陳玄奘，前往西天取經，但肉眼愚迷，不識活佛真形。今願立誓：路中逢廟燒香，遇佛拜佛，遇塔掃塔。但願我佛慈悲，早現丈六金身，賜真經，留傳東土。」祝罷，回方丈進齋。齋畢，那二從者整頓了鞍馬，促趲行程。三藏出了山門，辭別眾僧。眾僧不忍分別，直送有十里之遙，噙淚而返。三藏遂直西前進。正是那季秋天氣。但見：

> 數村木落蘆花碎，幾樹楓楊紅葉墜。路途煙雨故人稀，黃菊麗，山骨細，水寒荷破人憔悴。白蘋紅蓼霜天雪，落霞孤鶩長空墜。依稀黯淡野雲飛，玄鳥去，賓鴻至，嘹嘹嚦嚦聲宵碎。

師徒們行了數日，到了鞏州城。早有鞏州合屬官吏人等，迎接入城中。安歇一夜，次早出城前去。一路飢餐渴飲，夜住曉行。兩三日，又至河州衛。此乃是大唐的山河邊界。早有鎮邊的總兵與本正愴慌之間，漸漸的東方發白，那二怪至天曉方散。俱道：「今日厚擾，容日竭誠奉酬。」方一擁而退。不一時，紅日高升。三藏昏昏沉沉，也辨不得東西南北。正在那不得命處，忽然見一老叟，手持拄杖而來。走上前，用手一拂，繩索皆斷。對面吹了一口氣，三藏方蘇。跪拜於地道：「多謝老公公！搭救貧僧性命！」老叟答禮道：「你起來。你可曾疏失了甚麼東西？」三藏道：「貧僧的從人，已是被怪食了；只不知行李、馬匹在於何處？」老叟用杖指定道：「那廂不是一匹馬，兩個包袱？」三藏回頭看時，果是他的物件，並不曾失落，心才略放下些。問老叟曰：「老公公，此處是甚所在？公公何由在此？」老叟道：「此是雙叉嶺，乃虎狼巢穴處。你為何墮此？」三藏道：「貧僧雞鳴時，出河州衛界，不料起得早了，冒霜撥露，忽失落此地。見一魔王，凶頑太甚。將貧僧與二從者綁了。又見一條黑漢，稱是熊山君；一條胖漢，稱是特處士；走進來，稱那魔王是寅將軍。他三個把我二從者吃了，天光才散。不想我是那裡有這大緣大分，感得老公公來此救我？」老叟道：「處士者是個野牛精。山君者是個熊羆精。寅將軍者是個老虎精。左右妖邪，盡都是山精樹鬼，怪獸蒼狼。只因你的本性元明，所以吃不得你。你跟我來，引你上路。」三藏不勝感激，將包袱捎在馬上，牽著轡繩，相隨老叟徑出了坑坎之中，走上大路。卻將馬拴在道旁草頭上，轉身拜謝那公公，那公公遂化作一陣清風，跨一隻朱頂白鶴，騰空而去。只見風飄飄遺下一張簡帖，書上四句頌子。頌子云：

「吾乃西天太白星，特來搭救汝生靈。
前行自有神徒助，莫為艱難報怨經。」

第十三回
陷虎穴金星解厄　雙叉嶺伯欽留僧

三藏看了，對天禮拜道：「多謝金星，度脫此難。」拜畢，牽了馬匹，獨自個孤孤淒淒，往前苦進。這嶺上，真個是：

寒颯颯雨林風，響潺潺澗下水。香馥馥野花開，密叢叢亂石磊。鬧嚷嚷鹿與猿，一隊隊獐和麂。喧雜雜鳥聲多，靜悄悄人事靡。那長老，戰兢兢心不寧；這馬兒，力怯怯蹄難舉。

三藏捨身拚命。上了那峻嶺之間。行經半日，更不見個人煙村舍。一則腹中飢了，二則路又不平。正在危急之際，只見前面有兩隻猛虎咆哮，後邊有幾條長蛇盤繞。左有毒蟲，右有怪獸。三藏孤身無策，只得放下身心，聽天所命。又無奈那馬腰軟蹄彎，便屎俱下，伏倒在地，打又打不起，牽又牽不動。苦得個法師襯身無地，真個有萬分淒楚，已自分必死，莫可奈何。卻說他雖有災迍，卻有救應。正在那不得命處，忽然見毒蟲奔走，妖獸飛逃；猛虎潛蹤，長蛇隱跡。三藏抬頭看時，只見一人，手執鋼叉，腰懸弓箭，自那山坡前轉出，果然是一條好漢。你看他：

頭上戴一頂，艾葉花斑豹皮帽；身上穿一領，羊絨織錦叵羅衣；腰間束一條獅蠻帶；腳下蹦（踩）一對麂皮靴。環眼圓睛如吊客（凶神），圈須亂擾似河奎（月中凶神）。懸一囊毒藥弓矢，拿一桿點鋼大叉。雷聲震破山蟲膽，勇猛驚殘野雉魂。

三藏見他來得漸近，跪在路旁，合掌高叫道：「大王救命！大王救命！」那條漢到邊前，放下鋼聞得母言，就要安排香紙，留住三藏。

說話間，不覺的天色將晚。小的們排開桌凳，拿幾盤爛熟虎肉，熱騰騰的放在上面。伯欽請三藏權用，再另辦飯。三藏合掌當胸道：「善哉！貧僧不瞞太保說，自出娘胎，就做和尚，更不曉得吃葷。」伯欽聞得此說，沉吟了半晌道：「長老，寒家歷代以來，不曉得吃素；就是有些竹筍，採些木耳，尋些乾菜，做些豆腐，也都是獐鹿虎豹的油煎，卻無甚素處。有兩眼鍋灶，也都是油膩透了，這等奈何？反是我請長老的不是。」三藏道：「太保不必多心，請自受用。我貧僧就是三五日不吃飯，也可忍餓，只是不敢破了齋戒。」伯欽道：「倘或餓死，卻如之何？」三藏道：「感得太保天恩，搭救出虎狼叢裡，就是餓死，也強如餵虎。」

伯欽的母親聞說，叫道：「孩兒不要與長老閒講，我自有素物，可以管待。」伯欽道：「素物何來？」母親道：「你莫管我，我自有素的。」叫媳婦將小鍋取下，著火燒了油膩，刷了又刷，洗了又洗，卻仍安在灶上。先燒半鍋滾水，別用；卻又將些山地榆葉子，著水煎作茶湯；然後將些黃粱粟米，煮起飯來；又把些乾菜煮熟；盛了兩碗，拿出來鋪在桌上。老母對著三藏道：「長老請齋。這是老身與兒婦，親自動手整理的些極潔極淨的茶飯。」三藏下來謝了，方才上坐。

那伯欽另設一處，鋪排些沒鹽沒醬的老虎肉、香獐肉、蟒蛇肉、狐狸肉、兔肉，點剁鹿肉乾巴，滿盤滿碗的，陪著三藏吃齋。方坐下，心欲舉箸，只見三藏合掌誦經，唬得個伯欽不敢動箸，急起身立在旁邊。三藏念不數句，卻教「請齋」。伯欽道：「你是個念短頭經的和尚？」三藏道：「此非是經，乃是一卷揭齋之咒。」伯欽道：「你們出家人，偏有許多計較，吃飯便也念誦念誦。」

吃了齋飯，收了盤碗，漸漸天晚，伯欽引著三藏出中宅，到後邊走走。穿過夾道，有一座草亭。

第十三回

陷虎穴金星解厄　雙叉嶺伯欽留僧

推開門，入到裡面，只見那四壁上掛幾張強弓硬弩，插幾壺箭；過梁上搭兩塊血腥的虎皮；牆根頭插著許多槍刀叉棒；正中間設兩張坐器。伯欽請三藏坐坐。三藏見這般凶險醃臢，不敢久坐，遂出了草亭。又往後再行，是一座大園子，卻看不盡那叢叢菊蕊堆黃，樹樹楓楊掛赤。又見呼的一聲，跑出十來隻肥鹿，一大陣黃獐，見了人，呢呢痴痴，更不恐懼。三藏道：「這獐鹿想是太保養家了的？」伯欽道：「似你那長安城中人家，有錢的集財寶，有莊的集聚稻糧；似我們這打獵的，只得聚養些野獸，備天陰耳。」他兩個說話閒行，不覺黃昏，復轉前宅安歇。

次早，那合家老小都起來，就整素齋，管待長老，請開啟念經。這長老淨了手，同太保家堂前拈了香，拜了家堂，三藏方敲響木魚，先念了淨口業的真言，又念了淨身心的神咒，然後開《度亡經》一卷。誦畢，伯欽又請寫薦亡疏一道，再開念《金剛經》、《觀音經》。一一朗音高誦。誦畢，吃了午齋。又念《法華經》、《彌陀經》。各誦幾卷，又念一卷《孔雀經》，及談苾蒭（即比丘，佛教修行者）洗業（佛教指惡的意念言行）的故事早又天晚。獻過了種種香火，化了眾神紙馬，燒了薦亡文疏，佛事已畢，又各安寢。

卻說那伯欽的父親之靈，超薦得脫沉淪，鬼魂兒早來到東家宅內，托一夢與合宅長幼道：「我在陰司裡苦難難脫，日久不得超生。今幸得聖僧，念了經卷，消了我的罪孽，閻王差人送我上中華富地，長者人家托生去了。你們可好生謝送長老，不要怠慢，不要怠慢。我去也。」這才是：萬法莊嚴端有意，薦亡離苦出沉淪。那合家兒夢醒，又早太陽東上。伯欽的娘子道：「太保，我今夜夢見公公來家，說他在陰司苦難難脫，日久不得超生。今幸得聖僧念了經卷，消了他的罪孽，閻王差人送他上中華富地，長者人家托生去，教我們好生謝那長老，不得怠慢。他說罷，徑出門，徉徜去了。我們叫個神猴，不怕寒暑，不吃飲食，自有土神監押，教他飢餐鐵丸，渴飲銅汁；自昔到今，凍餓不死。』這叫必定是他。長老莫怕。我們下山去看來。」三藏只得依從，牽馬下山。行不數里，只見那石匣之間，果有一猴，露著頭，伸著手，亂招手道：「師父，你怎麼此時才來？來得好！來得好！救我出來，我保你上西天去也！」這長老近前細看，你道他是怎生模樣：

尖嘴縮腮，金睛火眼。頭上堆苔蘚，耳中生薜蘿。鬢邊少髮多青草，頷下無鬚有綠莎。眉間土，鼻凹泥，十分狼狽；指頭粗，手掌厚，塵垢餘多。還喜得眼睛轉動，喉舌聲和。語言雖利便，身體莫能那。正是五百年前孫大聖，今朝難滿脫天羅。

劉太保誠然膽大，走上前來，與他拔去了鬢邊草，頷下莎，問道：「你有甚麼說話？」那猴道：「我沒話說，教那個師父上來，我問他一問。」三藏道：「你問我甚麼？」那猴道：「你可是東土大王差往西天取經去的麼？」三藏道：「我正是，你問怎麼？」那猴道：「我是五百年前大鬧天宮的齊天大聖；只因犯了誑上之罪，被佛祖壓於此處。前者有個觀音菩薩，領佛旨意，上東土尋取經人。我教他救我一救，他勸我再莫行凶，皈依佛法，盡殷勤保護取經人，往西方拜佛，功成後自有好處。故此晝夜提心，晨昏吊膽，只等師父來救我脫身。我願保你取經，與你做個徒弟。」三藏聞言，滿心歡喜道：「你雖有此善心，又蒙菩薩教誨，願入沙門，只是我又沒斧鑿，如何救得你出？」那猴道：「不用斧鑿，你但肯救我，我自出來也。」三藏道：「我自救你，你怎得出來？」那猴道：「這山頂上有我佛如來的金字壓帖。你只上山去將帖兒揭起，我就出來了。」三藏依言，回頭央浼劉伯欽道：

第十四回

心猿歸正　六賊無蹤

「太保啊，我與你上山走一遭。」伯欽道：「不知真假何如！」那猴高叫道：「是真！決不敢虛謬！」伯欽只得呼喚家僮，牽了馬匹。他卻扶著三藏，復上高山。攀藤附葛，只行到那極巔之處，果然見金光萬道，瑞氣千條，有塊四方大石，石上貼著一封皮，卻是「唵、嘛、呢、叭、咪、吽」六個金字。

三藏近前跪下，朝石頭，看著金字，拜了幾拜，望西禱祝道：「弟子陳玄奘，特奉旨意求經，果有徒弟之分，揭得金字，救出神猴，同證靈山；若無徒弟之分，此輩是個凶頑怪物，哄賺弟子，不成吉慶，便揭不得起。」祝罷，又拜。拜畢，上前將六個金字，輕輕揭下。只聞得一陣香風，劈手把「壓帖兒」刮在空中，叫道：「吾乃監押大聖者。今日他的難滿，吾等回見如來，繳此封皮去也。」嚇得個三藏與伯欽一行人，望空禮拜。徑下高山，又至石匣邊，對那猴道：「揭了壓帖矣，你出來麼？」那猴歡喜，叫道：「師父，你請走開些，我好出來。莫驚了你。」

伯欽聽說，領著三藏，一行人回東即走。走了五七里遠近。又聽得那猴高叫道：「再走！再走！」三藏又行了許遠，下了山，只聞得一聲響亮，真個是地裂山崩。眾人盡皆悚懼。只見那猴早到了三藏的馬前，赤淋淋跪下，道聲「師父，我出來也！」對三藏拜了四拜，急起身，與伯欽唱個大喏道：「有勞大哥送我師父，又承大哥替我臉上薅草。」謝畢，就去收拾行李，扣背馬匹。那馬見了他，腰軟蹄矬，戰兢兢的立站不住。蓋因那猴原是弼馬溫，在天上看養龍馬的，有些法則，故此凡馬見他害怕。

三藏見他意思，實有好心，真個像沙門中的人物，便叫：「徒弟啊，你姓甚麼？」猴王道：「我姓孫。」三藏道：「我與你起個法名，卻好呼喚。」猴王道：「不勞師父盛意，我原有個法名，叫做貧僧的徒弟，不是鬼怪。」老者抬頭，見了三藏的面貌清奇，方然立定。問道：「你是那寺裡來的和尚，帶這惡人上我門來？」三藏道：「我貧僧是唐朝來的，往西天拜佛求經。適路過此間，天晚，特造檀府借宿一宵，明早不犯天光就行。萬望方便一二。」老者道：「你雖是個唐人，那個惡的，卻非唐人。」悟空厲聲高呼道：「你這個老兒全沒眼色！唐人是我師父，我是他徒弟！我也不是甚『糖人、蜜人』，我是齊天大聖。你們這裡人家，也有認得我的。我也曾見你來。」那老者道：「你在那裡見我？」悟空道：「你小時不曾在我面前扒柴？不曾在我臉上挑菜？」老者道：「這廝胡說！你在那裡住？我在那裡住？我來你面前扒柴、挑菜！」悟空道：「我兒子便胡說！你是認不得我了，我本是這兩界山石匣中的大聖。你再認認看。」老者方才省悟道：「你倒有些像他；但你是怎麼得出來的？」

悟空將菩薩勸善，令我等待唐僧揭帖脫身之事，對那老者細說了一遍。老者卻才下拜，將唐僧請到裡面，即喚老妻與兒女都來相見，具言前事，個個欣喜。又命看茶。茶罷，問悟空道：「大聖啊，你也有年紀了？」悟空道：「你今年幾歲了？」老者道：「我痴長一百三十歲了。」行者道：「還是我重子重孫哩！我那生身的年紀，我不記得是幾時；但只在這山腳下，已五百餘年了。」老者道：「是有，是有。我曾記得祖公公說，此山乃從天降下，就壓了一個神猴。只到如今，你才脫體。我那小時見你，是你頭上有草，臉上有泥，還不怕你；如今臉上無了泥，頭上無了草，卻像瘦了些，腰間又苫了一塊大虎皮，與鬼怪能差多少？」

一家兒聽得這般話說，都呵呵大笑。這老兒頗賢，即令安排齋飯。飯後，悟空道：「你家姓甚？」老者道：「舍下姓陳。」三藏聞言，即下來起手道：「老施主，與貧僧是華宗。」行者道：

「師父，你是唐姓，怎的和他是華宗？」三藏道：「我俗家也姓陳，乃是唐朝海州弘農郡聚賢莊人氏。我的法名叫做陳玄奘。只因我大唐太宗皇帝賜我做御弟三藏，指唐為姓，故名唐僧也。」那老者見說同姓，又十分歡喜。行者道：「老陳，左右打攪你家。我有五百多年不洗澡了，你可去燒些湯來，與我師徒們洗浴洗浴，一發臨行謝你。」那老兒即令燒湯拿盆，掌上燈火。師徒浴罷，坐在燈前。行者道：「老陳，還有一事累你，有針線借我用用。」那老兒道：「有，有，有。」即教媽媽取針線來，遞與行者。行者又有眼色，見師父洗浴，脫下一件白布短小直裰未穿，他即扯過來披在身上，卻將那虎皮脫下，聯接一處，打一個馬面樣的折子，圍在腰間，勒了藤條，走到師父面前道：「老孫今日這等打扮，比昨日如何？」三藏道：「好！好！好！這等樣，才像個行者。」三藏道：「徒弟，你不嫌殘舊，那件直裰兒，你就穿了罷。」悟空唱個喏道：「承賜！承賜！」他又去尋些草料餵了馬。此時各各事畢，師徒與那老兒，亦各歸寢。

次早，悟空起來，請師父走路。三藏著衣，教行者收拾鋪蓋行李。正欲告辭，只見那老兒，早具臉湯，又具齋飯。齋罷，方才起身。三藏上馬，行者引路。不覺飢餐渴飲，夜宿曉行，又值初冬時候，但見那：

霜凋紅葉千林瘦，嶺上幾株松柏秀。未開梅蕊散香幽，暖短晝，小春候，菊殘荷盡山茶茂。寒橋古樹爭枝鬥，曲澗涓涓泉水溜。淡雲欲雪滿天浮，朔風驟，牽衣袖，向晚寒威人怎受？

西前進。行不多時，只見山路前面，有一個年高的老母，捧一件綿衣，綿衣上有一頂花帽。三藏見他來得至近，慌忙牽馬，立於右側讓行。那老母問道：「你是那裡來的長老，孤孤淒淒獨行於此？」三藏道：「弟子乃東土大唐奉聖旨往西天拜活佛求真經者。」老母道：「西方佛乃大雷音寺天竺國界，此去有十萬八千里路。你這等單人獨馬，又無個伴侶，又無個徒弟，你如何去得！」三藏道：「弟子日前，收得一個徒弟，他性潑兇頑，是我說了他幾句，他不受教，遂渺然而去也。」老母道：「我有這一領綿布直裰，一頂嵌金花帽。原是我兒子用的。他只做了三日和尚，不幸命短身亡。我才去他寺裡，哭了一場，辭了他師父，將這兩件衣帽拿來，做個憶念。長老啊，你既有徒弟，我把這衣帽送了你罷。」三藏道：「承老母盛賜；但只是我徒弟已走了，不敢領受。」老母道：「那廂去了？」三藏道：「我聽得呼的一聲，他回東去了。」老母道：「東邊不遠，就是我家，想必往我家去了。我那裡還有一篇咒兒，喚做『定心真言』；又名做『緊箍兒咒』。你可暗暗的念熟，牢記心頭，再莫洩漏一人知道。我去趕上他，叫他還來跟你，你卻將此衣帽與他穿戴。他若不服你使喚，你就默念此咒，他再不敢行凶，也再不敢去了。」

三藏聞言，低頭拜謝。那老母化一道金光，回東而去。三藏情知是觀音菩薩授此真言，急忙撮土焚香，望東懇懇禮拜。拜罷，收了衣帽，藏在包袱中間。卻坐於路旁，誦習那《定心真言》。來回念了幾遍，念得爛熟，牢記心胸不題。

卻說那悟空別了師父，一筋斗雲，徑轉東洋大海。按住雲頭，分開水道，徑至水晶宮前。早驚動龍王出來迎接。接至宮裡坐下，禮畢。龍王道：「近聞得大聖難滿，失賀！想必是重整仙山，復歸古洞矣。」悟空道：「我也有此心性；只是又做了和尚了。」龍王道：「做甚和尚？」行者道：「我虧

第十四回

心猿歸正　六賊無蹤

了南海菩薩勸善，教我正果，隨東土唐僧，上西方拜佛，皈依沙門，又喚為行者了。」龍王道：「這等真是可賀！可賀！這才叫做改邪歸正，懲創善心。既如此，怎麼不西去，復東回何也？」行者笑道：「那是唐僧不識人性。有幾個毛賊剪徑，是我將他打死，唐僧就絮絮叨叨，說我若幹的不是。你想老孫，可是受得悶氣的？是我撇了他，欲回本山，故此先來望你一望，求盅茶吃。」龍王道：「承降！承降！」當時龍子、龍孫即捧香茶來獻。

茶畢，行者回頭一看，見後壁上掛著一幅「圯橋進履」的畫兒。行者道：「這是甚麼景致？」龍王道：「大聖在先，此事在後，故你不認得。這叫做『圯橋三進履』。」行者道：「怎的是『三進履』？」龍王道：「此仙乃是黃石公。此子乃是漢世張良。石公坐在圯橋上，忽然失履於橋下，遂喚張良取來。此子即忙取來，跪獻於前。如此三度，張良略無一毫倨傲怠慢之心，石公遂愛他勤謹，夜授天書，著他扶漢。後果然運籌帷幄之中，決勝千里之外。太平後，棄職歸山，從赤松子游，悟成仙道。大聖，你若不保唐僧，不盡勤勞，不受教誨，到底是個妖仙，休想得成正果。」悟空聞言，沉吟半晌不語。龍王道：「大聖自當裁處，不可圖自在，誤了前程。」悟空道：「莫多話，老孫還去保他便了。」龍王欣喜道：「既如此，不敢久留，請大聖早發慈悲，莫要疏久了你師父。」行者見他催促請行，急聳身，出離海藏，駕著雲，別了龍王。正走，卻遇著南海菩薩。菩薩道：「孫悟空，你怎麼不受教誨，不保唐僧，來此處何幹？」慌得個行者在雲端裡施禮道：「向蒙菩薩善言，果有唐朝僧到，揭了壓帖，救了我命，跟他做了徒弟。他卻怪我凶頑，我才子閃了他一閃，如今就去保他也。」菩薩道：「趕早去，莫錯過了念頭。」言畢各回。

這行者，須臾間看見唐僧在路旁悶坐。他上前道：「師父！怎麼不走路？還在此做甚？」三藏抬

第十五回 蛇盤山諸神暗佑　鷹愁澗意馬收韁

卻說行者伏侍唐僧西進，行經數日，正是那臘月寒天，朔風凜凜，滑凍凌凌；去的是些懸崖峭壁崎嶇路，迭嶺層巒險峻山。

三藏在馬上，遙聞　喇喇水聲聒耳，回頭叫：「悟空，是那裡水響？」行者道：「我記得此處叫做蛇盤山鷹愁澗，想必是澗裡水響。」說不了，馬到澗邊，三藏勒韁觀看。但見：

涓涓寒脈穿雲過，湛湛清波映日紅。聲搖夜雨聞幽谷，彩發朝霞眩太空。
千仞浪飛噴碎玉，一泓水響吼清風。流歸萬頃煙波去，鷗鷺相忘沒釣逢。

師徒兩個正然看處，只見那澗當中響一聲，鑽出一條龍來，推波掀浪，攛出崖山，就搶長老。慌得個行者丟了行李，把師父抱下馬來，回頭便走。那條龍就趕不上，把他的白馬連鞍轡一口吞下肚去，依然伏水潛蹤。

第十五回

蛇盤山諸神暗佑　鷹愁澗意馬收韁

行者把師父送在那高阜上坐了，卻來牽馬挑擔，止存得一擔行李，不見了馬匹。他將行李擔送到師父面前道：「師父，那孽龍也不見蹤影，只是驚走我的馬了。」三藏道：「徒弟啊，卻怎生尋得馬著麼？」行者道：「放心，放心，等我去看來。」

他打個唿哨，跳在空中。火眼金睛，用手搭涼篷，四下裡觀看，更不見馬的蹤跡。按落雲頭，報道：「師父，我們的馬斷乎是那龍吃了，四下裡再看不見。」三藏道：「徒弟呀，那廝能有多大口，卻將那匹大馬連鞍轡都吃了？想是驚張溜韁，走在那山凹之中。你再仔細看看。」行者道：「你也不知我的本事。我這雙眼，白日裡常看一千里路的吉凶。像那千里之內，蜻蜓兒展翅，我也看見，何期那匹大馬，我就不見！」三藏道：「既是他吃了，我如何前進！可憐啊！這萬水千山，怎生走得！」說著話，淚如雨落。

行者見他哭將起來，他那裡忍得住暴燥，發聲喊道：「師父莫要這等膿包形麼？你坐著！坐著！等老孫去尋著那廝，教他還我馬匹便了！」三藏卻才扯住道：「徒弟啊，你那裡去尋他？只怕他暗地裡攛將出來，卻不又連我都害了？那時節人馬兩亡，怎生是好！」行者聞得這話，越加嗔怒，就叫喊如雷道：「你忒不濟！不濟！又要馬騎，又不放我去，似這般看著行李，坐到老罷！」

哏哏的吆喝，正難息怒，只聽得空中有人言語，叫道：「孫大聖莫惱，唐御弟休哭。我等是觀音菩薩差來的一路神祇，特來暗中保取經者。」那長老聞言，慌忙禮拜。行者道：「你等是那幾個，可報名來，我好點卯。」眾神道：「我等是六丁六甲、五方揭諦、四值功曹、一十八位護教伽藍，各各輪流值日聽候。」行者道：「今日先從誰起？」眾揭諦道：「丁甲、功曹、伽藍輪次。我五方揭諦，惟金頭揭諦晝夜不離左右。」行者道：「既如此，不當值者且退，留下六丁神將與日值功曹和眾揭諦父的白馬。」二神道：「原來是如此。這澗中自來無邪，只是深陡寬闊，水光徹底澄清，鴉鵲不敢飛過；因水清照見自己的形影，便認做同群之鳥，往往身擲於水內；故名『鷹愁陡澗』。只是向年間，觀音菩薩因為尋訪取經人去，救了一條玉龍，送他在此，教他等候那取經人，不許為非作歹，他只是飢了時，上岸來撲些鳥鵲吃，或是捉些獐鹿食用。不知他怎麼無知，今日衝撞了大聖。」行者道：「先一次，他還與老孫侮手（交手），盤旋了幾合；後一次，是老孫叫罵，他再不出。因此使了一個翻江攪海的法兒，攪混了他澗水，他就攛將上來，還要爭持。不知老孫的棍重，他遮架不住，就變做一條水蛇，鑽在草裡。我趕來尋他，卻無蹤跡。」土地道：「大聖不知。這條澗千萬個孔竅相通，故此這波瀾深遠。想是此間也有一孔，他鑽將下去。也不須大聖發怒，在此找尋；要擒此物，只消請將觀世音來，自然伏了。」

行者見說，喚山神、土地，同來見了三藏，具言前事。三藏道：「若要去請菩薩，幾時才得回來？我貧僧飢寒怎忍！」說不了，只聽得暗空中有金頭揭諦叫道：「大聖，你不須動身，小神去請菩薩來也。」行者大喜，道聲：「有累，有累！快行，快行！」那揭諦急縱雲頭，徑上南海。行者吩咐山神、土地守護師父，日值功曹去尋齋供，他又去澗邊巡繞不題。

卻說金頭揭諦，一駕雲，早到了南海。按祥光，直至落伽山紫竹林中，托那金甲諸天與木吒惠岸轉達，得見菩薩。菩薩道：「汝來何幹？」揭諦道：「唐僧在蛇盤山鷹愁陡澗失了馬，急得孫大聖進退兩難。及問本處土神，說是菩薩送在那裡的孽龍吞了，那大聖著小神來告請菩薩降這孽龍，還他馬匹。」

菩薩聞言道：「這廝本是西海敖閏之子。他為縱火燒了殿上明珠，他父告他忤逆，天庭上犯了死罪，是我親見玉帝，討他下來，教他與唐僧做個腳力。他怎麼反吃了唐僧的馬？這等說，等我去來。」那菩薩降蓮台，徑離仙洞，與揭諦駕著祥光，過了南海而來。有詩為證。詩曰：

佛說蜜多三藏經，菩薩揚善滿長城。摩訶妙語通天地，般若真言救鬼靈。
致使金蟬重脫殼，故令玄奘再修行。只因路阻鷹愁澗，龍子歸真化馬形。

那菩薩與揭諦，不多時，到了蛇盤山。卻在那半空裡留住祥雲，低頭觀看。只見孫行者正在澗邊叫罵。菩薩著揭諦喚他來。那揭諦按落雲頭，不經由三藏，直至澗邊，對行者道：「菩薩來也。」行者聞得，急縱雲跳到空中，對他大叫道：「你這個七佛之師，慈悲的教主！你怎麼生方法兒害我！」菩薩道：「我把你這個大膽的馬流（方言，猴子），村愚的赤尻！我倒再三盡意，度得個取經人來，叮嚀教他救你性命，你怎麼不來謝我活命之恩，反來與我嚷鬧？」行者道：「你弄得我好哩！你既放我出來，讓我逍遙自在耍子便了；你前日在海上迎著我，傷了我幾句，教我來盡心竭力，伏侍唐僧便罷了；你怎麼送他一頂花帽，哄我戴在頭上受苦？把這個箍子長在老孫頭上，又教他念一卷甚麼『緊箍兒咒』，著那老和尚念了又念，教我這頭上疼了又疼，這不是你害我也？」菩薩笑道：「你這猴子！你不遵教令，不受正果，若不如此拘繫你，你又誑上欺天，知甚好歹！再似從前撞出禍來，有誰收管？——須是得這個魔頭，你才肯入我瑜伽之門路（指佛門）哩！」行者道：「這樁事，作做是我的魔頭罷；你怎麼又把那有罪的孽龍，送在此處成精，教他吃了我師父的馬匹？此又是縱放歹人為惡，太不善也！」菩薩道：「那條龍，是我親奏玉帝，討他在此，專為求經人做個腳力。你想那東土來的凡一篙撐開道：「不要錢，不要錢。」向中流渺渺茫茫而去。

三藏甚不過意，只管合掌稱謝。行者道：「師父休致意了。你不認得他？他是此澗裡的水神。不曾來接得我老孫，老孫還要打他哩。只如今免打就彀了他的，怎敢要錢！」那師父也似信不信，只得又跨著剗馬，隨著行者，徑投大路，奔西而去。這正是：廣大真如登彼岸，誠心了性上靈山。同師前進，不覺的紅日沉西，天光漸晚。但見：

淡雲撩亂，山月昏蒙。滿天霜色生寒，四面風聲透體。孤鳥去時蒼渚（水中小塊陸地）闊，落霞明處遠山低。疏林千樹吼，空嶺獨猿啼。長途不見行人跡，萬里歸舟入夜時。

三藏在馬上遙觀，忽見路旁一座莊院。三藏道：「悟空，前面人家，可以借宿，明早再行。」行者抬頭看見道：「師父，不是人家莊院。」三藏道：「如何不是？」行者道：「人家莊院，卻沒飛魚穩獸之脊，這斷是個廟宇庵院。」

師徒們說著話，早已到了門首。三藏下了馬，只見那門上有三個大字，乃「里社祠」，遂入門裡。那裡邊有一個老者，頂掛著數珠兒，合掌來迎，叫聲「師父請坐。」三藏慌忙答禮，上殿去參拜了聖像。那老者即呼童子獻茶。茶罷，三藏問老者道：「此廟何為『里社』？」老者道：「敝處乃西番哈咇國界。這廟後有一莊人家，共發虔心，立此廟宇。里者，乃一鄉里地；社者，乃一社土神。每遇春耕、夏耘、秋收、冬藏之日，各辦三牲花果，來此祭社，以保四時清吉，五穀豐登，六畜茂盛故也。」

三藏聞言，點頭誇贊：「正是『離家三里遠，別是一鄉風。』我那裡人家，更無此善。」老者卻問：「師父仙鄉是何處？」三藏道：「貧僧是東土大唐國，奉旨意，上西天拜佛求經的。路過寶坊，天色將晚，特投聖祠，告宿一宵，天光即行。」那老者十分歡喜，道了幾聲「失迎」，又叫童子辦飯。三藏吃畢，謝了。

行者的眼乖，見他房簷下，有一條搭衣的繩子，走將去，一把扯斷，將馬腳繫住。那老者笑道：「這馬是那裡偷來的？」行者怒道：「你那老頭子，說話不知高低！我們是拜佛的聖僧，又會偷馬！」老兒笑道：「不是偷的，如何沒有鞍轡韁繩，卻來扯斷我曬衣的索子？」三藏陪禮道：「這個頑皮，只是性躁。你要拴馬，好生問老人家討條繩子，如何就扯斷他的衣索？老先，休怪，休怪。我這馬，實不瞞你說，不是偷的，昨日東來，至鷹愁陡澗，原有騎的一匹白馬，鞍轡俱全。不期那澗裡有條孽龍，在彼成精，他把我的馬連鞍轡一口吞之。幸虧我徒弟有些本事，又感得觀音菩薩來澗邊擒住那龍，教他就變做我原騎的白馬，毛片俱同，馱我上西天拜佛。今此過澗，未經一日，卻到了老先的聖祠，還不曾置得鞍轡哩。」

那老者道：「師父休怪，我老漢作笑耍子，誰知你高徒認真。我小時也有幾個村錢，也好騎匹駿馬；只因累歲迍邅（困頓不得志），遭喪失火，到此沒了下梢（結局），故充為廟祝，侍奉香火。幸虧這後莊施主家募化度日。我那裡倒還有一副鞍轡，是我平日心愛之物，就是這等貧窮，也不曾捨得賣了。才聽老師父之言，菩薩尚且救護，神龍教他化馬馱你，我老漢卻不能少有周濟，明日將那鞍轡取來，願送老師父，扣背前去，乞為笑納。」

三藏聞言，稱謝不盡。早又見童子拿出晚齋。齋罷，掌上燈，安了鋪，各各寢歇。

第十六回 觀音院僧謀寶貝　黑風山怪竊袈裟

卻說他師徒兩個，策馬前來，直至山門首觀看，果然是一座寺院。但見那：

層層殿閣，迭迭廊房。三山門外，巍巍萬道彩雲遮；五福堂前，豔豔千條紅霧繞。兩路松篁（竹子），一林檜柏。兩路松篁，無年無紀自清幽；一林檜柏，有色有顏隨傲麗。又見那鐘鼓樓高，浮屠塔峻。安禪僧定性，啼樹鳥音閒。寂寞無塵真寂寞，清虛有道果清虛。

詩曰：

上剎祇園隱翠窩，招提勝景賽娑婆。果然淨土人間少，天下名山僧占多。

長老下了馬，行者歇了擔，正欲進門，只見那門裡走出一眾僧來。你看他怎生模樣：

頭戴左笄帽，身穿無垢衣。銅環雙墜耳，絹帶束腰圍。
草履行來穩，木魚手內提。口中常作念，般若總皈依。

三藏見了，侍立門旁，道個問訊，那和尚連忙答禮。笑道：「失瞻。」問：「是那裡來的？請入方丈獻茶。」三藏道：「我弟子乃東土欽差，上雷音寺拜佛求經。至此處天色將晚，欲借上剎一宵。」那和尚道：「請進裡坐，請進裡坐。」三藏方喚行者牽馬進來。那和尚忽見行者相貌，有些害怕，便問：「那牽馬的是個甚麼東西？」三藏道：「悄言！悄言！他的性急，若聽見你說是甚麼東西，他就惱了。——他是我的徒弟。」那和尚打了個寒噤，咬著指頭道：「這般一個醜頭怪腦的，好招他做徒弟！」三藏道：「你看不出來哩，醜自醜，甚是有用。」

那和尚只得同三藏與行者進了山門。山門裡，又見那正殿上書四個大字，是「觀音禪院」。三藏又大喜道：「弟子屢感菩薩聖恩，未及叩謝；今遇禪院，就如見菩薩一般，甚好拜謝。」那和尚聞言，即命道人開了殿門，請三藏朝拜。那行者拴了馬，丟了行李，同三藏上殿。三藏展背舒身，鋪胸納地，望金像叩頭。那和尚便去打鼓，行者就去撞鐘。三藏俯伏台前，傾心禱祝。祝拜已畢，那和尚住了鼓，行者還只管撞鐘不歇，或緊或慢，撞了許久。那道人道：「拜已畢了，還撞鐘怎麼？」行者方丟了鐘杵，笑道：「你那裡曉得！我這是『做一日和尚撞一日鐘』的。」此時卻驚動那寺裡大小僧人、上下房長老，聽得鐘聲亂響，一齊擁出道：「那個野人在這裡亂敲鐘鼓？」行者跳將出來，咄的一聲道：「是你孫外公撞了耍子的！」

那些和尚一見了，唬得跌跌滾滾，都爬在地下道：「雷公爺爺！」行者道：「雷公是我的重孫兒千般巧妙明珠墜，萬樣稀奇佛寶攢。上下龍鬚鋪彩綺，兜羅四面錦沿邊。
體掛魍魎從此滅，身披魑魅入黃泉。托化天仙親手製，不是真僧不敢穿。

那老和尚見了這般寶貝，果然動了奸心，走上前，對三藏跪下，眼中垂淚道：「我弟子真是沒緣！」三藏攙起道：「老院師有何話說？」他道：「老爺這件寶貝，方才展開，天色晚了，奈何眼目昏花，不能看得明白，豈不是無緣！」三藏教：「掌上燈來，讓你再看。」那老僧道：「爺爺的寶貝，已是光亮；再點了燈，一發晃眼，莫想看得仔細。」行者道：「你要怎的看才好？」老僧道：「老爺若是寬恩放心，教弟子拿到後房，細細的看一夜，明早送還老爺西去，不知尊意何如？」三藏聽說，吃了一驚，埋怨行者道：「都是你！都是你！」行者笑道：「怕他怎的？等我包起來，教他拿了去看。但有疏虞，盡是老孫管整。」那三藏阻當不住，他把袈裟遞與老僧道：「憑你看去；只是明早照舊還我，不得損污些須。」

老僧喜喜歡歡，著幸童將袈裟拿進去，卻吩咐眾僧，將前面禪堂掃淨，取兩張藤床，安設鋪蓋，請二位老爺安歇；一壁廂又教安排明早齋送行，遂而各散。師徒們關了禪堂，睡下不題。

卻說那和尚把袈裟騙到手，拿在後房燈下，對袈裟號啕痛哭，慌得那本寺僧，不敢先睡。小幸童也不知為何，卻去報與眾僧道：「公公哭到二更時候，還不歇聲。」有兩個徒孫，是他心愛之人，上前問道：「師公，你哭怎的？」老僧道：「我哭無緣，看不得唐僧寶貝！」小和尚道：「公公年紀高大，發過了。他的袈裟，放在你面前，你只消解開看便罷了，何須痛哭？」老僧道：「看的不長久。我今年二百七十歲，空掙了幾百件袈裟。怎麼得有他這一件？怎麼得做個唐僧？」小和尚道：「師公差了。唐僧乃是離鄉背井的一個行腳僧。你這等年高，享用也彀了，倒要像他做行腳僧，何也？」老僧道：「我雖是坐家自在，樂乎晚景，卻不得他這袈裟穿穿。若教我穿得一日兒，就死也閉眼，——也是我來陽世間為僧一場！」眾僧道：「好沒正經！你要穿他的，有何難處？我們明日留他住一日，你就穿他一日；留他住十日，你就穿十日，便罷了。何苦這般痛哭？」老僧道：「縱然留他住了半載，也只穿得半載，到底也不得氣長。他要去時，只得與他去，怎生留得長遠？」

正說話處，有一個小和尚，名喚廣智，出頭道：「公公，要得長遠，也容易。」老僧聞言，就歡喜起來道：「我兒，你有甚麼高見？」廣智道：「那唐僧兩個是走路的人，辛苦之甚，如今已睡著了。我們想幾個有力量的，拿了槍刀，打開禪堂，將他殺了，把屍首埋在後園，只我一家知道，卻又謀了他的白馬、行囊，卻把那袈裟留下，以為傳家之寶，豈非子孫長久之計耶？」老和尚見說，滿心歡喜，卻才揩了眼淚道：「好！好！好！此計絕妙！」即便收拾槍刀。

內中又有一個小和尚，名喚廣謀，就是那廣智的師弟，上前來道：「此計不妙。若要殺他，須要看看動靜。那個白臉的似易，那個毛臉的似難；萬一殺他不得，卻不反招己禍？我有一個不動刀槍之法，不知你尊意如何？」老僧道：「我兒，你有何法？」廣謀道：「依小孫之見，如今喚聚東山大小房頭，每人要乾柴一束，捨了那三間禪堂，放起火來，教他欲走無門，連馬一火焚之。就是山前山後人家看見，只說是他自不小心，走了火，將我禪堂都燒了。那兩個和尚，卻不都燒死？又好掩人耳目。袈裟豈不是我們傳家之寶？」那些和尚聞言，無不歡喜。都道：「強！強！強！此計更妙！更妙！」遂教各房頭搬柴來。

唉！這一計，正是弄得個高壽老僧該盡命，觀音禪院化為塵！原來他那寺裡，有七八十個房頭，不期火起之時，驚動了一山獸怪。這觀音院正南二十里遠近，有座黑風山，山中有一個黑風洞，洞中有一個妖精，正在睡醒翻身。只見那窗門透亮，只道是天明。起來看時，卻是正北下的火光晃亮，妖精大驚道：「呀！這必是觀音院裡失了火！這些和尚好不小心！我看時，與他救一救來。」好妖精，縱起雲頭，即至煙火之下，果然沖天之火，前面殿宇皆空，兩廊煙火方灼。他大拽步，撞將進去，正呼喚叫取水來，只見那後房無火，房脊上有一人放風。他卻情知如此，急入裡面看時，見那方丈中間有些霞光彩氣，台案上有一個青氈包袱。他解開一看，見是一領錦襴袈裟，乃佛門之異寶。正是財動人心，他也不救火，他也不叫水，拿著那袈裟，趁哄打劫，拽回雲步，徑轉東山而去。

那場火只燒到五更天明，方才滅息。你看那眾僧們，赤赤精精，啼啼哭哭，都去那灰內尋銅鐵，撥腐炭，撲金銀。有的在牆筐裡，苫搭窩棚；有的赤壁根頭，支鍋造飯；叫冤叫屈，亂嚷亂鬧不題。

卻說行者取了辟火罩，一筋斗送上南天門，交與廣目天王道：「謝借！謝借！」天王收了道：「大聖至誠了。我正愁你不還我的寶貝，無處尋討，且喜就送來也。」行者道：「老孫可是那當面騙物之人？這叫做『好借好還，再借不難。』」天王道：「許久不面，請到宮少坐一時，何如？」行者道：「老孫比在前不同，『爛板凳，高談闊論』了；如今保唐僧，不得身閒。容敘！容敘！」急辭別墜雲，又見那太陽星上。徑來到禪堂前，搖身一變，變做個蜜蜂兒，飛將進去，現了本相看時，那師父還沉睡哩。

行者叫道：「師父，天亮了，起來罷。」三藏才醒覺，翻身道：「正是。」穿了衣服，開門出來，忽抬頭，只見些倒壁紅牆，不見了樓台殿宇。大驚道：「呀！怎麼這殿宇俱無？都是紅牆，何也？」行者道：「你還做夢哩！今夜走了火的。」三藏道：「我怎不知？」行者道：「是老孫護了禪堂，見師父濃睡，不曾驚動。」三藏道：「你有本事護了禪堂，如何就不救別房之火？」行者笑道：「好教師父得知。果然依你昨日之言，他愛上我們的袈裟，算計要燒殺我們。若不是老孫知覺，到如今皆成灰骨矣！」三藏聞言，害怕道：「是他們放的火麼？」行者道：「不是他是誰？」三藏道：「莫不是怠慢了你，你幹的這個勾當？」行者道：「老孫是這等憊懶之人，幹這等不良之事？實實是他家放的。老孫見他心毒，果是不曾與他救火，只是與他略略助些風的。」三藏道：「天那！天那！火起時，只該助水，怎轉助風？」行者道：「你可知古人云：『人沒傷虎心，虎沒傷人意。』他不弄火，我怎肯弄風？」三藏道：「袈裟何在？敢莫是燒壞了也？」行者道：「沒事！沒事！燒不壞！那放袈裟的方丈無火。」三藏恨道：「我不管你！但是有些兒傷損，我只把那話兒念動念動，你就是死了！」行者慌了道：「師父，莫念！莫念！管尋還你袈裟就是了。等我去拿來走路。」三藏才牽著馬，行者挑了擔，出了禪堂，徑往後方丈去。

卻說那些和尚，正悲切間，忽的看見他師徒牽馬挑擔而來，唬得一個個魂飛魄散道：「冤魂索命來了！」行者喝道：「甚麼冤魂索命？快還我袈裟來！」眾僧一齊跪倒，叩頭道：「爺爺呀！冤有冤家，債有債主。要索命不干我們事，都是廣謀與老和尚定計害你的，莫問我們討命。」行者咄的一聲道：「我把你這些該死的畜生！那個問你討甚麼命！只拿袈裟來還我走路！」其間有兩個膽量大的和尚道：「老爺，你們在禪堂裡已燒死了，如今又來討袈裟，端的還是人，是鬼？」行者笑道：「這伙孽畜！那裡有甚麼火來？你去前面看看禪堂，再來說話！」

眾僧們爬起來往前觀看，那禪堂外面的門窗槅扇，更不曾燎灼了半分。眾人悚懼，才認得三藏是眾僧見了，個個骨軟身麻，跪著磕頭滴淚道：「爺爺寬心前去，我等竭力虔心，供奉老爺，決不敢一毫怠慢！」好行者，急縱筋斗雲，徑上黑風山，尋找那袈裟。

正是那：

金禪求正出京畿，仗錫投西涉翠微。虎豹狼蟲行處有，工商士客見時稀。
路逢異國愚僧妒，全仗齊天大聖威。火發風生禪院廢，黑熊夜盜錦襴衣。

畢竟此去不知袈裟有無，吉凶如何，且聽下回分解。

第十七回
孫行者大鬧黑風山　觀世音收伏熊羆怪

話說孫行者一筋斗跳將起來，唬得那觀音院大小和尚並頭陀、幸童、道人等一個個朝天禮拜道：「爺爺呀！原來是騰雲駕霧的神聖下界！怪道火不能傷！恨我那個不識人的老剗皮，使心用心，今日反害了自己！」三藏道：「列位請起，不須恨了。這去尋著袈裟，萬事皆休；但恐找尋不著，我那徒弟性子有些不好，汝等性命不知如何，恐一人不能脫也。」一眾僧聞得此言，一個個提心吊膽，告天許願，只要尋得袈裟，各全性命不題。

卻說孫大聖到空中，把腰兒扭了一扭，早來到黑風山上。住了雲頭，仔細看，果然是座好山。況正值春光時節，但見：

萬壑爭流，千崖競秀。鳥啼人不見，花落樹猶香。雨過天連青壁潤，風來松捲翠屏張。山草發，野花開，懸崖峭嶂；薜蘿生，佳木麗，峻嶺平崗。不遇幽人，那尋樵子？澗邊雙鶴飲，石上野猿狂。矗矗堆螺排黛色，巍巍擁翠弄嵐光。

言！」行者道：「是你也認不得你老外公哩！你老外公乃大唐上國駕前御弟三藏法師之徒弟，姓孫，名悟空行者。若問老孫的手段，說出來，教你魂飛魄散，死在眼前！」那怪道：「我不曾會你，有甚麼手段，說來我聽。」行者笑道：「我兒子，你站穩著，仔細聽之！我：

自小神通手段高，隨風變化逞英豪。養性修真熬日月，跳出輪回把命逃。
一點誠心曾訪道，靈台山上採藥苗。那山有個老仙長，壽年十萬八千高。
老孫拜他為師父，指我長生路一條。他說身內有丹藥，外邊採取枉徒勞。
得傳大品天仙訣，若無根本實難熬。回光內照寧心坐，身中日月坎離交。
萬事不思全寡欲，六根清淨體堅牢。返老還童容易得，超凡入聖路非遙。
三年無漏成仙體，不同俗輩受煎熬。十洲三島還游戲，海角天涯轉一遭。
活該三百多餘歲，不得飛升上九霄。下海降龍真寶貝，才有金箍棒一條。
花果山前為帥首，水簾洞裡聚群妖。玉皇大帝傳宣詔，封我齊天極品高。
幾番大鬧靈霄殿，數次曾偷王母桃。天兵十萬來降我，層層密密布槍刀。
戰退天王歸上界，哪吒負痛領兵逃。顯聖真君能變化，老孫硬賭跌平交。
道祖觀音同玉帝，南天門上看降妖。卻被老君助一陣，二郎擒我到天曹。
將身綁在降妖柱，即命神兵把首梟。刀吹錘敲不得壞，又教雷打火來燒。
老孫其實有手段，全然不怕半分毫。送在老君爐裡煉，六丁神火慢煎熬。
日滿開爐我跳出，手持鐵棒繞天跑。縱橫到處無遮擋，三十三天鬧一遭。

第十七回

孫行者大鬧黑風山　觀世音收伏熊羆怪

我佛如來施法力，五行山壓老孫腰。整整壓該五百載，幸逢三藏出唐朝。

吾今皈正西方去，轉上雷音見玉毫。你去乾坤四海問一問，我是歷代馳名第一妖！」

那怪聞言笑道：「你原來是那鬧天宮的弼馬溫麼？」行者最惱的是人叫他弼馬溫；聽見這一聲，心中大怒。罵道：「你這賊怪！偷了袈裟不還，倒傷老爺！不要走！看棍！」那黑漢側身躲過，綽長槍，劈手來迎，兩家這場好殺：

如意棒，黑纓槍，二人洞口逞剛強。分心劈臉刺，著臂照頭傷。這個橫丟陰棍手，那個直拈急三槍。白虎爬山來探爪，黃龍臥道轉身忙。噴彩霧，吐毫光，兩個妖仙不可量：一個是修正齊天聖，一個是成精黑大王。這場山裡相爭處，只為袈裟各不良。

那怪與行者鬥了十數回合，不分勝負。漸漸紅日當午，那黑漢舉槍架住鐵棒道：「孫行者，我兩個且收兵，等我進了膳來，再與你賭鬥。」行者道：「你這個孽畜，教做漢子？好漢子，半日兒就要吃飯？似老孫在山根下，整壓了五百餘年，也未曾嘗些湯水，那裡便餓哩？莫推故！休走！還我袈裟來，方讓你去吃飯！」那怪虛幌一槍，撤身入洞，關了石門，收回小怪，且安排筵宴，書寫請帖，邀請各山魔王慶會不題。

卻說行者攻門不開，也只得回觀音院。那本寺僧人已葬埋了那老和尚，都在方丈裡伏侍唐僧。早齋已畢，又擺上午齋。正那裡添湯換水，只見行者從空降下，眾僧禮拜，接入方丈，見了三藏。三藏行者道：「正來進拜，不期路遇華翰（指請帖），見有『佛衣雅會』，故此急急奔來，願求見見。」那怪笑道：「老友差矣。這袈裟本是唐僧的，他在你處住紮，你豈不曾看見，反來就我看看？」行者道：「貧僧借來，因夜晚還不曾展看，不期被大王取來。又被火燒了荒山，失落了家私。那唐僧的徒弟，又有些驍勇，亂忙中，四下裡都尋覓不見。原來是大王的洪福收來，故特來一見。」

正講處，只見有一個巡山的小妖，來報道：「大王！禍事了！下請書的小校，被孫行者打死在大路旁邊，他綽著經兒（順著線索），變化做金池長老，來騙佛衣也！」那怪聞言，暗道：「我說那長老怎麼今日就來，又來得迅速，果然是他！」急縱身，拿過槍來，就刺行者。行者耳朵裡急掣出棍子，現了本相，架住槍尖，就在他那中廳裡跳出，自天井中，鬥到前門外，唬得那洞裡群魔都喪膽，家間老幼盡無魂。這場在山頭好賭鬥，比前番更是不同。好殺：

那猴王膽大充和尚，這黑漢心靈隱佛衣。語去言來機會巧，隨機應變不差池。袈裟欲見無由見，寶貝玄微真妙微。小怪尋山言禍事，老妖發怒顯神威。翻身打出黑風洞，槍棒爭持辨是非。棒架長槍聲響亮，槍迎鐵棒放光輝。悟空變化人間少，妖怪神通仙上稀。這個要把佛衣來慶壽，那個不得袈裟肯善歸？這番苦戰難分手，就是活佛臨凡也解不得圍。

他兩個從洞口打上山頭，自山頭殺在雲外，吐霧噴風，飛砂走石，只鬥到紅日沉西，不分勝敗。那怪道：「姓孫的，你且住了手。今日天晚，不好相持。你去，你去！待明早來，與你定個死活。」行者叫道：「兒子莫走！要戰便像個戰的，不可以天晚相推。」看他沒頭沒臉的，只情使棍子打來，這黑漢又化陣清風，轉回本洞，緊閉石門不出。

行者卻無計策奈何，只得也回觀音院裡。按落雲頭，道聲：「師父。」那三藏眼兒巴巴的，正望他哩。忽見到了面前，甚喜；又見他手裡沒有袈裟，又懼。問道：「怎麼這番還不曾有袈裟來？」行者袖中取出個簡帖兒來，遞與三藏道：「師父，那怪物與這死的老剝皮，原是朋友。他著一個小妖送此帖來，還請他去赴『佛衣會』。是老孫就把那小妖打死，變做那老和尚，進他洞去，騙了一盅茶吃。欲問他討袈裟看看，他不肯拿出。正坐間，忽被一個甚麼巡風的，走了風信，他就與我打將起來。只鬥到這早晚，不分上下。他見天晚，閃回洞去，緊閉石門。老孫無奈，也暫回來。」三藏道：「你手段比他何如？」行者道：「我也硬不多兒，只戰個手平。」

三藏才看了簡帖，又遞與那院主道：「你師父敢莫也是妖精麼？」那院主慌忙跪下道：「老爺，我師父是人；只因那黑大王修成人道，常來寺裡與我師父講經，他傳了我師父些養神服氣之術，故以朋友相稱。」行者道：「這伙和尚沒甚妖氣，他一個個頭圓頂天，足方履地，但比老孫肥胖長大些兒，非妖精也。你看那帖兒上寫著『侍生熊羆』，此物必定是個黑熊成精。」三藏道：「我聞得古人云：『熊與猩猩相類。』都是獸類，他卻怎麼成精？」行者笑道：「老孫是獸類，見做了齊天大聖，與他何異？大抵世間之物，凡有九竅者，皆可以修行成仙。」三藏又道：「你才說他本事與你手平，你卻怎生得勝，取我袈裟回來？」行者道：「莫管，莫管，我有處治。」

正商議間，眾僧擺上晚齋，請他師徒們吃了。三藏教掌燈，仍去前面禪堂安歇。眾僧都挨牆倚壁，苫搭窩棚，各各睡下，只把個後方丈讓與那上下院主安身。此時夜靜，但見：

槍要刺，行者、菩薩早已起在空中，菩薩將真言念起。那怪依舊頭疼，丟了槍，滿地亂滾。半空裡笑倒個美猴王，平地下滾壞個黑熊怪。

菩薩道：「孽畜！你如今可皈依麼？」那怪滿口道：「心願皈依，只望饒命！」行者道：「恐耽擱了工夫。」意欲就打。菩薩急止住道：「休傷他命。我有用他處哩。」行者道：「這樣怪物，不打死他，反留他在何處用哩？」菩薩道：「我那落伽山後，無人看管，我要帶他去做個守山大神。」行者笑道：「誠然是個救苦慈尊，一靈不損。若是老孫有這樣咒語，就念上他娘千遍！這回兒就有許多黑熊，都教他了帳！」卻說那怪蘇醒多時，公道難禁疼痛，只得跪在地下哀告道：「但饒性命，願皈正果！」菩薩方墜落祥光，又與他摩頂受戒，教他執了長槍，跟隨左右。那黑熊才一片野心今日定，無窮頑性此時收。菩薩吩咐道：「悟空，你回去罷。好生伏侍唐僧是，休懈惰生事。」行者道：「深感菩薩遠來，弟子還當回送回送。」菩薩道：「免送。」

行者才捧著袈裟，叩頭而別。菩薩亦帶了熊羆，徑回大海。有詩為證。詩曰：

祥光靄靄凝金象，萬道繽紛實可誇。普濟世人垂憫恤，遍觀法界現金蓮。
今來多為傳經意，此去原無落點瑕。降怪成真歸大海，空門復得錦袈裟。

畢竟不知向後事情如何，且聽下回分解。

第十八回

觀音院唐僧脫難　高老莊大聖除魔

行者辭了菩薩，按落雲頭，將袈裟掛在香楠樹上，掣出棒來，打入黑風洞裡。那洞裡那得一個小妖？原來是他見菩薩出現，降得那老怪就地打滾，急急都散走了。行者一發行凶，將他那幾層門上，都積了乾柴，前前後後，一齊發火，把個黑風洞燒做個「紅風洞」，卻拿了袈裟，駕祥光，轉回直北。

話說那三藏望行者急忙不來，心甚疑惑；不知是請菩薩不至，不知是行者托故而逃。正在那胡猜亂想之中，只見半空中彩霧燦燦，行者忽墜階前，叫道：「師父，袈裟來了。」三藏大喜。眾僧亦無不歡悅道：「好了！好了！我等性命，今日方才得全了。」三藏接了袈裟道：「悟空，你早間去時，原約到飯罷晌午，如何此時日西方回？」行者將那請菩薩施變化降妖的事情，備陳了一遍。

三藏聞言，遂設香案，朝南禮拜罷。道：「徒弟啊，既然有了佛衣，可快收拾包裹去也。」行者道：「莫忙，莫忙。今日將晚，不是走路的時候，且待明日早行。」一眾僧們一齊跪下道：「孫老爺說得是：一則天晚，二來我等有些願心兒，今幸平安，有了寶貝，待我還了願，請老爺散了福，明早再送西行。」行者道：「正是，正是。」你看那些和尚，都傾囊倒底，把那火裡搶出的餘資，各出所有，整頓了些齋供，燒了些平安無事的紙，念了幾卷消災解厄的經。當晚事畢。

次早方刷扮了馬匹，包裹了行囊出門。眾僧遠送方回。行者引路而去，正是那春融時節。但見那：

草襯玉驄蹄跡軟，柳搖金線露華新。
桃杏滿林爭豔麗，薜蘿繞徑放精神。
沙堤日暖鴛鴦睡，山澗花香蛺蝶馴。
這般秋去冬殘春過半，不知何年行滿得真文。

師徒行了五七日荒路，忽一日天色將晚，遠遠的望見一村人家。三藏道：「悟空，你看那壁廂有座山莊相近，我們去告宿一宵，明日再行如何？」行者道：「且等老孫去看看吉凶，再作區處。」那師父挽住絲韁，這行者定睛觀看，真個是：

竹籬密密，茅屋重重。參天野樹迎門，曲水溪橋映戶。道旁楊柳綠依依，園內花開香馥馥。此時那夕照沉西，處處山林喧鳥雀；晚煙出爨，條條道徑轉牛羊。又見那食飽雞豚眠屋角，醉酣鄰叟唱歌來。

第十八回
觀音院唐僧脫難　高老莊大聖除魔

行者看罷道：「師父請行。定是一村好人家，正可借宿。」那長老催動白馬，早到街衢之口。又見一個少年，頭裹綿布，身穿藍襖，持傘背包，斂褌紮褲，腳踏著一雙三耳草鞋，雄糾糾的，出街忙走。行者順手一把扯住道：「那裡去？我問你一個信兒：此間是甚麼地方？」那個人只管苦掙，口裡嚷道：「我莊上沒人？只是我好問信！」行者陪著笑道：「施主莫惱。『與人方便，自己方便。』你就與我說說地名何害？我也可解得你的煩惱。」那人掙不脫手，氣得亂跳道：「蹭蹬！蹭蹬！家長的屈氣受不了，又撞著這個光頭，受他的清氣！」行者道：「你有本事，劈開我的手，你便就去了也罷。」那人左扭右扭，那裡扭得動，卻似一把鐵鈐鉗住一般，氣得他丟了包袱，撇了傘，兩隻手，雨點似來抓行者。行者把一隻手扶著行李，一隻手抵住那人，憑他怎麼支吾，只是不能抓著。行者愈加不放，急得暴躁如雷。三藏道：「悟空，那裡不有人來了？你再問那人就是，只管扯住他怎的？放他去罷。」行者笑道：「師父不知。若是問了別人沒趣，須是問他，才有買賣。」

那人被行者扯住不過，只得說出道：「此處乃是烏斯藏國界之地，喚做高老莊。一莊人家有大半姓高，故此喚做高老莊。你放了我去罷。」行者又道：「你這樣行裝，不是個走近路的。你實與我說，你要往那裡去，端的所幹何事，我才放你。」

這人無奈，只得以實情告訴道：「我是高太公的家人，名叫高才。我那太公有個老女兒，年方二十歲，更不曾配人，三年前被一個妖精占了。那妖整做了這三年女婿。我太公不悅，說道：『女兒招了妖精，不是長法：一則敗壞家門，二則沒個親家來往。』一向要退這妖精。那妖精那裡肯退，轉把女兒關在他後宅，將有半年，再不放出與家內人相見。我太公與了我幾兩銀子，教我尋訪法師，拿那妖怪。我這些時不曾住腳，前前後後，請了有三四個人，都是不濟的和尚，膿包的道士，降不得那妖活當差。不期三年前，有一個漢子，模樣兒倒也精致，他說是福陵山上人家，姓豬，上無父母，下無兄弟，願與人家做個女婿。我老拙見是這般一個無根無絆的人，就招了他。一進門時，倒也勤謹；耕田耙地，不用牛具；收割田禾，不用刀杖。昏去明來，其實也好；只是一件，有些會變嘴臉。」行者道：「怎麼變麼？」高老道：「初來時，是一條黑胖漢，後來就變做一個長嘴大耳朵的呆子，腦後又有一溜鬃毛，身體粗糙怕人，頭臉就像個豬的模樣。食腸卻又甚大：一頓要吃三五斗米飯；早間點心，也得百十個燒餅才彀。喜得還吃齋素；若再吃葷酒，便是老拙這些家業田產之類，不上半年，就吃個罄淨！」

三藏道：「只因他做得，所以吃得。」高老道：「吃還是件小事，他如今又會弄風，雲來霧去，走石飛砂，唬得我一家並左鄰右舍，俱不得安生。又把翠蘭小女關在後宅子裡，一發半年也不曾見面，更不知死活如何。因此知他是個妖怪，要請個法師與他去退，去退。」

行者道：「這個何難？老兒你管放心，今夜管情與你拿住，教他寫個退親文書，還你女兒如何？」高老大喜道：「我為招了他不打緊，壞了我多少清名，疏了我多少親眷；但得拿住他，要甚麼文書？就煩與我除了根罷。」行者道：「容易！容易！入夜之時，就見好歹。」

老兒十分歡喜，才教展抹桌椅，擺列齋供。齋罷，將晚，老兒問道：「要甚兵器？要多少人隨？趁早好備。」行者道：「兵器我自有。」老兒道：「二位只是那根錫杖，錫杖怎麼打得妖精？」行者隨於耳內取出一個繡花針來，捻在手中，迎風幌了一幌，就是碗來粗細的一根金箍鐵棒，對著高老道：「你看這條棍子，比你家兵器如何？可打得這怪否？」高老又道：「既有兵器，可要人跟？」行者道：「我不用人，只是要幾個年高有德的老兒，陪我師父清坐閒敘，我好撇他而去。等我把那妖精拿來，對眾取供，替你除了根罷。」那老兒即喚家僮，請了幾個親故朋友。一時都到。相見已畢，行者道：「師父，你放心穩坐，老孫去也。」

你看他攥著鐵棒，扯著高老道：「你引我去後宅子裡，妖精的住處看看。」高老遂引他到後宅門首。行者道：「你去取鑰匙來。」高老道：「你且看看。若是用得鑰匙，卻不請你了。」行者笑道：「你那老兒，年紀雖大，卻不識耍。我把這話兒哄你一哄，你就當真。」走上前，摸了一摸，原來是銅汁灌的鎖子。狠得他將金箍捧一搗，搗開門扇，裡面卻黑洞洞的。行者道：「老高，你去叫你女兒一聲，看他可在裡面。」那老兒硬著膽叫道：「三姐姐。」那女兒認得是他的父親的聲音，才少氣無力的應了一聲道：「爹爹，我在這裡哩。」

行者閃金睛，向黑影裡仔細看時，你道他怎麼模樣？但見那：

> 雲鬢亂堆無掠，玉容未洗塵淄。一片蘭心依舊，十分嬌態傾頹（神態委靡）。櫻唇全無氣血，腰肢屈屈偎偎（綿軟無力的樣子）。愁蹙蹙，蛾眉淡；瘦怯怯，語聲低。

他走來看見高老，一把扯住，抱頭大哭。行者道：「且莫哭！且莫哭！我問你，妖怪往那裡去了？」女子道：「不知往那裡去。這些時，天明就去，入夜方來。雲雲霧霧，往回不知何所。因是曉得父親要祛退他，他也常常防備，故此昏來朝去。」行者道：「不消說了。老兒，你帶令愛往前邊宅裡，慢慢的敘闊，讓老孫在此等他。他若不來，你卻莫怪；他若來了，定與你剪草除根。」那老高歡歡喜喜的，把女兒帶將前去。

不過，低了名頭，不像模樣。」

他套上衣服，開了門，往外就走；被行者一把扯住，將自己臉上抹了一抹，現出原身。喝道：「好妖怪，那裡走！你抬頭看看我是那個？」那怪轉過眼來，看見行者咨牙倈嘴，火眼金睛，磕頭毛臉，就是個活雷公相似，慌得他手麻腳軟，劃剌的一聲，掙破了衣服，化狂風脫身而去。行者急上前，掣鐵棒，望風打了一下。那怪化萬道火光，徑轉本山而去。行者駕雲，隨後趕來，叫聲「那裡走！你若上天，我就趕到斗牛宮！你若入地，我就追至枉死獄！」

咦！畢竟不知這一去趕至何方，有何勝敗，且聽下回分解。

第十九回

雲棧洞悟空收八戒　浮屠山玄奘受心經

卻說那怪的火光前走，這大聖的彩霞隨跟。正行處，忽見一座高山，那怪把紅光結聚，現了本相，撞入洞裡，取出一柄九齒釘鈀來戰。行者喝一聲道：「潑怪！你是那裡來的邪魔？怎麼知道我老孫的名號？你有甚麼本事，實實供來，饒你性命！」

那怪道：「是你也不知我的手段！上前來站穩著，我說與你聽：我

自小生來心性拙，貪閒愛懶無休歇。不曾養性與修真，混沌迷心熬日月。
忽然閒裡遇真仙，就把寒溫坐下說。勸我回心莫墮凡，傷生造下無邊孽。
有朝大限命終時，八難三途悔不喋。聽言意轉要修行，聞語心回求妙訣。
有緣立地拜為師，指示天關並地闕。得傳九轉大還丹，工夫晝夜無時輟。
上至頂門泥丸宮，下至腳板湧泉穴。周流腎水入華池，丹田補得溫溫熱。
嬰兒姹女配陰陽，鉛汞相投分日月。離龍坎虎用調和，靈龜吸盡金烏血。

之力量。他不曾白吃了你東西，問你祛他怎的。據他說，他是一個天神下界，替你把家做活，又未曾害了你家女兒。想這等一個女婿，也門當戶對，不怎麼壞了家聲，辱了行止。當真的留他也罷。」老高道：「長老雖是不傷風化，但名聲不甚好聽。動不動著人就說：『高家招了一個妖怪女婿！』這句話兒教人怎當？」三藏道：「悟空，你既是與他做了一場，一發與他做個竭絕（了斷），才見始終。」行者道：「我才試他一試耍子。此去一定拿來與你們看。且莫憂愁。」叫：「老高，你還好生管待我師父，我去也。」

說聲去，就無形無影的，跳到他那山上，來到洞口，一頓鐵棍，把兩扇門打得粉碎。口裡罵道：「那饢糠（罵人話：吃糠）的夯（同「笨」）貨，快出來與老孫打麼！」那怪正喘嘘嘘的，睡在洞裡。聽見打得門響，又聽見罵饢糠的夯貨，他卻惱怒難禁，只得拖著鈀，抖擻精神，跑將出來，厲聲罵道：「你這個弼馬溫，著實憊懶！與你有甚相干，你把我大門打破？你且去看看律條，打進大門而入，該個雜犯死罪哩！」行者笑道：「這個呆子，我就打了大門，還有個辯處。像你強占人家女子，又沒個三媒六證，又無些茶紅（定婚禮品）酒禮，該問個真犯斬罪哩！」那怪道：「且休閒講，看老豬這鈀！」行者使棍支住道：「你這鈀可是與高老家做園工築地種菜的？有何好處怕你！」

那怪道：「你錯認了！這鈀豈是凡間之物？你且聽我道來：

此是鍛煉神冰鐵，磨琢成工光皎潔。老君自己動鈐錘，熒惑（火星，這裡指火德神君）親身添炭屑。五方五帝用心機，六丁六甲費周折。造成九齒玉垂牙，鑄就雙環金墜葉。身妝六曜排五星，體按四時依八節。短長上下定乾坤，左右陰陽分日月。六爻神將按天條，八卦星辰依斗列。名為上寶遜金鈀，進與玉皇鎮丹闕。因我修成大羅仙，為吾養就長生客。敕封元帥號天蓬，欽賜釘鈀為御節。舉起烈焰並毫光，落下猛風飄瑞雪。天曹神將盡皆驚，地府閻羅心膽怯。人間那有這般兵，世上更無此等鐵。隨身變化可心懷，任意翻騰依口訣。相攜數載未曾離，伴我幾年無日別。日食三餐並不丟，夜眠一宿渾無撇。也曾佩去赴蟠桃，也曾帶他朝帝闕。皆因仗酒卻行凶，只為倚強便撒潑。上天貶我降凡塵，下世盡我作罪孽。石洞心邪曾吃人，高莊情喜婚姻結。這鈀下海掀翻龍鼉窩，上山抓碎虎狼穴。諸般兵刃且休題，惟有吾當鈀最切。相持取勝有何難，賭鬥求功不用說。何怕你銅頭鐵腦一身鋼，鈀到魂消神氣洩！」

行者聞言，收了鐵棒道：「呆子不要說嘴！老孫把這頭伸在那裡，你且築一下兒，看可能魂消氣洩。」那怪真個舉起鈀，著氣力築將來。撲的一下，鑽起鈀的火光焰焰，更不曾築動一些兒頭皮。唬得他手麻腳軟，道聲：「好頭！好頭！」行者道：「你是也不知。老孫因為鬧天宮，偷了仙丹，盜了蟠桃，竊了御酒，被小聖二郎擒住，押在斗牛宮前，眾天神把老孫斧剁鎚敲，刀砍劍刺，火燒雷打，也不曾損動分毫。又被那太上老君拿了我去，放在八卦爐中，將神火鍛煉，煉做個火眼金睛，銅頭鐵臂。不信，你再築幾下，看看疼與不疼。」那怪道：「你這猴子，我記得你鬧天宮時，家住在東勝神洲傲來國花果山水簾洞裡，到如今久不聞名，你怎麼來到這裡，上門子欺我？莫敢是我丈人去那裡請你來的？」

行者道：「你丈人不曾去請我。因是老孫改邪歸正，棄道從僧，保護一個東土大唐駕下御弟，叫高老見這等去邪歸正，更十分喜悅。遂命家僮安排筵宴，酬謝唐僧。八戒上前扯住老高道：「爺，請我拙荊出來拜見公公、伯伯，如何？」行者笑道：「賢弟，你既入了沙門，做了和尚，從今後，再莫題起那『拙荊』的話說。世間只有個火居道士（不出家可娶妻的道士），那裡有個火居的和尚？我們且來敘了坐次，吃頓齋飯，趕早兒往西天走路。」

高老兒擺了桌席，請三藏上坐。行者與八戒，坐於左右兩旁。諸親下坐。高老把素酒開樽，滿斟一杯，奠了天地，然後奉與三藏。三藏道：「不瞞太公說，貧僧是胎裡素，自幼兒不吃葷。」老高道：「因知老師清素，不曾敢動葷。此酒也是素的，請一杯不妨。」三藏道：「也不敢用酒。酒是我僧家第一戒者。」悟能慌了道：「師父，我自持齋，卻不曾斷酒。」悟空道：「老孫雖量窄，吃不上壇把，卻也不曾斷酒。」三藏道：「既如此，你兄弟們吃些素酒也罷。只是不許醉飲誤事。」遂而他兩個接了頭盅。各人俱照舊坐下，擺下素齋。說不盡那杯盤之盛，品物之豐。

師徒們宴罷，老高將一紅漆丹盤，拿出二百兩散碎金碎銀，奉三位長老為途中之費；又將三領綿布褊衫，為上蓋之衣。三藏道：「我們是行腳僧，遇莊化飯，逢處求齋，怎敢受金銀財帛？」行者近前，掄開手，抓了一把。叫：「高才，昨日累你引我師父，今日招了一個徒弟，無物謝你，把這些碎金碎銀，權作帶領錢，拿了去買草鞋穿。以後但有妖精，多作成我幾個，還有謝你處哩。」高才接了，叩頭謝賞。

老高又道：「師父們既不受金銀，望將這粗衣笑納，聊表寸心。」三藏又道：「我出家人，若受了一絲之賄，千劫難修。只是把席上吃不了的餅果，帶些去做乾糧足矣。」八戒在旁邊道：「師父、師父，你們不要便罷，我與他家做了這幾年女婿，就是掛腳糧（舊時入贅女婿做長工的工錢）也該三石（一石等於十斗）哩。——丈人啊，我的直裰，昨晚被師兄扯破了，與我一件青錦袈裟；鞋子綻了，與我一雙好新鞋子。」高老聞言，不敢不與。隨買一雙新鞋，將一領褊衫，換下舊時衣物。

那八戒搖搖擺擺，對高老唱個喏道：「上覆丈母、大姨、二姨並姨夫、姑舅諸親：我今日去做和尚了，不及面辭，休怪。丈人啊，你還好生看待我渾家（妻子）：只怕我們取不成經時，好來還俗，照舊與你做女婿過活。」行者喝道：「夯貨！卻莫胡說！」八戒道：「哥呵，不是胡說，只恐一時間有些兒差池，卻不是和尚誤了做，老婆誤了娶，兩下裡都耽擱了？」三藏道：「少題閒話，我們趕早兒去來。」遂此收拾了一擔行李，八戒擔著；背了白馬，三藏騎著；行者肩擔鐵棒，前面引路。一行三眾，辭別高老及眾親友，投西而去。有詩為證。詩曰：

滿地煙霞樹色高，唐朝佛子苦勞勞。飢餐一缽千家飯，寒著千針一衲袍。
意馬胸頭休放蕩，心猿乖劣莫教嚎。情和性定諸緣合，月滿金華是伐毛。

三眾進西路途，有個月平穩。行過了烏斯藏界，猛抬頭見一座高山。三藏停鞭勒馬道：「悟空、悟能，前面山高，須索仔細，仔細。」八戒道：「沒事。這山喚作浮屠山，山中有一個烏巢禪師，在此修行。老豬也曾會他。」三藏道：「他有些甚麼勾當？」八戒道：「他倒也有些道行。他曾勸我跟他修行，我不曾去罷了。」師徒們說著話，不多時，到了山上。好山！但見那：

山南有青松碧檜，山北有綠柳紅桃。鬧聒聒，山禽對語；舞翩翩，仙鶴齊飛。香馥馥，諸花千樣色；青冉冉，雜草萬般奇。澗下有滔滔綠水，崖前有朵朵祥雲。真個是景致非常幽雅處，寂然不見往來人。

那師父在馬上遙觀，見香檜樹前，有一柴草窩。左邊有麋鹿銜花，右邊有山猴獻果。樹梢頭，有青鸞彩鳳齊鳴，玄鶴錦雞咸集。八戒指道：「那不是烏巢禪師！」三藏縱馬加鞭，直至樹下。

卻說那禪師見他三眾前來，即便離了巢穴，跳下樹來。三藏下馬奉拜，那禪師用手攙道：「聖僧請起。失迎，失迎。」八戒道：「老禪師，作揖了。」禪師驚問道：「你是福陵山豬剛鬣，怎麼有此大緣，得與聖僧同行？」八戒道：「前年蒙觀音菩薩勸善，願隨他做個徒弟。」禪師大喜道：「好，好，好！」又指定行者，問道：「此位是誰？」行者笑道：「這老禪怎麼認得他，倒不認得我？」禪師道：「因少識耳。」三藏道：「他是我的大徒弟孫悟空。」禪師陪笑道：「欠禮，欠禮。」

三藏再拜，請問西天大雷音寺還在那裡。禪師道：「遠哩！遠哩！只是路多虎豹，難行。」三藏殷勤致意，再問：「路途果有多遠？」禪師道：「路途雖遠，終須有到之日，卻只是魔瘴難消。我有《多心經》一卷，凡五十四句，共計二百七十字。若遇魔瘴之處，但念此經，自無傷害。」三藏伏於地懇求，那禪師遂口誦傳之。經云：

「《摩訶般若波羅蜜多心經》。觀自在菩薩，行深般若波羅蜜多，時照見五蘊皆空，度一切苦厄。舍利子，色不異空，空不異色；色即是空，空即是色。受想行識，亦復如是。舍利子，是諸法空相，不生不滅，不垢不淨，不增不減。是故空中無色，無受想行識，無眼耳鼻舌身意，無色聲香味觸法，無眼界，乃至無意識界，無無明，亦無無明盡。乃至無老死，亦無老死盡。無苦寂滅道，無智亦無得。以無所得故，菩提薩埵。依般若波羅蜜多故，心無掛礙；無掛礙故，無有恐怖；遠離顛倒夢想，究竟涅槃，三世諸佛，依般若波羅蜜多故，得阿耨多羅三藐三菩提。故知般若波羅蜜多，是大神咒，是大明咒，是無上咒，是無等等咒，能除一切苦，真實不虛。故說般若波羅蜜多咒，即說咒曰：『揭諦！揭諦！波羅揭諦！波羅僧揭諦！菩提薩婆訶！』」

此時唐朝法師本有根源，耳聞一遍《多心經》，即能記憶，至今傳世。此乃修真之總經，作佛之會門也。

那禪師傳了經文，踏雲光，要上烏巢而去；被三藏又扯住奉告，定要問個西去的路程端的（究竟，詳情）。那禪師笑云：

「道路不難行，試聽我吩咐：千山千水深，多瘴多魔處。若遇接天崖，放心休恐怖。行來摩耳岩，側著腳蹤步。仔細黑松林，妖狐多截路。精靈滿國城，魔主盈山住。老虎坐琴堂，蒼狼為主簿。獅象盡稱王，虎豹皆作御。野豬挑擔子，水怪前頭遇。多年老石猴，那裡懷嗔怒。你問那相識，他知西去路。」

行者聞言，冷笑道：「我們去，不必問他，問我便了。」三藏還不解其意。那禪師化作金光，徑上烏巢而去。長老往上拜謝。行者心中大怒，舉鐵棒望上亂搗，只見蓮花生萬朵，祥霧護千層。行者縱有攪海翻江力，莫想挽著烏巢一縷藤。三藏見了，扯住行者道：「悟空，這樣一個菩薩，你搗他窩巢怎的？」行者道：「他罵了我兄弟兩個一場去了。」三藏道：「他講的西天路徑，何嘗罵你？」行者道：「你那裡曉得？他說『野豬挑擔子』，是罵的八戒；『多年老石猴』是罵的老孫。你怎麼解得此意？」八戒道：「師兄息怒。這禪師也曉得過去未來之事，但看他『水怪前頭遇』這句話，不知驗否。饒他去罷。」行者見蓮花祥霧，近那巢邊。只得請師父上馬，下山往西而走。那一去：

管教清福人間少，致使災魔山裡多。

畢竟不知前程端的如何，且聽下回分解。

第二十回
黃風嶺唐僧有難　半山中八戒爭先

偈曰：

法本從心生，還是從心滅。
生滅盡由誰，請君自辨別。
既然皆己心，何用別人說？
只須下苦功，扭出鐵中血。
絨繩著鼻穿，挽定虛空結。
拴在無為樹，不使他顛劣。
莫認賊為子，心法都忘絕。
休教他瞞我，一拳先打徹。
現心亦無心，現法法也輟。

我老孫也捉得怪，降得魔。伏虎擒龍，踢天弄井（等於說上天入地），都曉得些兒。倘若府上有甚麼丟磚打瓦，鍋叫門開，老孫便能安鎮。」

那老兒聽得這篇言語，哈哈笑道：「原來是個撞頭化緣的熟嘴兒和尚。」行者道：「你兒子便是熟嘴！我這些時，只因跟我師父走路辛苦，還懶說話哩。」那老兒道：「若是你不辛苦，不懶說話，好道活活的聒殺我！你既有這樣手段，西方也還去得，去得。你一行幾眾？請至茅舍裡安宿。」三藏道：「多蒙老施主不叱之恩。我一行三眾。」老者道：「那一眾在那裡？」行者指著道：「這老兒眼花，那綠蔭下站的不是？」

老兒果然眼花，忽抬頭細看，一見八戒這般嘴臉，就唬得一步一跌，往屋裡亂跑，只叫：「關門！關門！妖怪來了！」行者趕上扯住道：「老兒莫怕，他不是妖怪，是我師弟。」老者戰兢兢的道：「好！好！好！一個醜似一個的和尚！」八戒上前道：「老官兒，你若似相貌取人，乾淨差了。我們醜自醜，卻都有用。」

那老者正在門前與三個和尚相講，只見那莊南邊有兩個少年人，帶著一個老媽媽，三四個小男女，斂衣赤腳，插秧而回。他看見一匹白馬，一擔行李，都在他家門首喧嘩，不知是甚來歷，都一擁上前問道：「做甚麼的？」八戒調過頭來，把耳朵擺了幾擺，長嘴伸了一伸，嚇得那些人東倒西歪，亂蹌亂跌。慌得那三藏滿口招呼道：「莫怕！莫怕！我們不是歹人，我們是取經的和尚。」那老兒才出了門，攙著媽媽道：「婆婆起來，少要驚恐。這師父，是唐朝來的，只是他徒弟臉嘴醜些，卻也山惡人善。帶男女們家去。」那媽媽才扯著老兒，二少年領著兒女進去。

三藏卻坐在他門樓裡竹床之上，埋怨道：「徒弟呀，你兩個相貌既醜，言語又粗，把這一家人兒

第二十回

黃風嶺唐僧有難　半山中八戒爭先

嚇得七損八傷，都替我身造罪哩！」八戒道：「不瞞師父說，老豬自從跟了你，這些時俊了許多哩。若像往常在高老莊走時，把嘴朝前一掬，把耳兩頭一擺，常嚇殺二三十人哩。」行者笑道：「呆子不要亂說，把那醜也收拾起些。」三藏道：「你看悟空說的話。相貌是生成的，你教他怎麼收拾？」行者道：「把那個耙子嘴，揣在懷裡，莫拿出來；把那蒲扇耳，貼在後面，不要搖動，這就是收拾了。」那八戒真個把嘴揣了，把耳貼了，拱著頭，立於左右。行者將行李拿入門裡，將白馬拴在樁上。

只見那老兒才引個少年，拿一個板盤兒，托三杯清茶來獻。茶罷，又吩咐辦齋。那少年又拿一張有窟窿無漆水的舊桌，端兩條破頭折腳的凳子，放在天井中，請三眾涼處坐下。三藏方問道：「老施主，高姓？」老者道：「在下姓王。」「有幾位令嗣？」道：「有兩個小兒，三個小孫。」三藏道：「恭喜，恭喜。」又問：「年壽幾何？」道：「痴長六十一歲。」行者道：「好！好！好！花甲重逢矣。」三藏復問道：「老施主，始初說西天經難取者，何也？」老者道：「經非難取，只是道中艱澀難行。我們這向西去，只有三十里遠近，有一座山，叫做八百里黃風嶺。那山中多有妖怪。故言難取者，此也。若論此位小長老，說有許多手段，卻也去得。」行者道：「不妨！不妨！有了老孫與我這師弟，任他是甚麼妖怪，不敢惹我。」

正說處，又見兒子拿將飯來，擺在桌上，道聲：「請齋。」三藏就合掌諷起齋經。八戒早已吞了一碗。長老的幾句經還未了，那呆子又吃彀三碗。行者道：「這個饢糠！好道湯著餓鬼了！」那老王倒也知趣，見他吃得快，道：「這個長老，想著實餓了，快添飯來。」那呆子真個食腸大：看他不抬頭，一連就吃有十數碗。三藏、行者俱各吃不上兩碗。呆子不住，便還吃哩。老王道：「倉卒無肴，不敢苦勸，請再進一筯。」三藏、行者俱道：「彀了。」八戒道：「老兒滴答甚麼，誰和你發課，說下一抓，滑刺的一聲，把個皮剝將下來，站立道旁。你看他怎生惡相！咦，那模樣：

血津津的赤剝身軀，紅𨀁𨀁的彎環腿足。火焰焰的兩鬢蓬鬆，硬搠搠的雙眉的豎。白森森的四個鋼牙，光耀耀的一雙金眼。氣昂昂的努力大哮，雄糾糾的厲聲高喊。

喊道：「慢來！慢來！吾黨不是別人，乃是黃風大王部下的前路先鋒。今奉大王嚴命，在山巡邏，要拿幾個凡夫去做案酒。你是那裡來的和尚，敢擅動兵器傷我？」八戒罵道：「我把你這個孽畜！你是認不得我！我等不是那過路的凡夫，乃東土大唐御弟三藏之弟子，奉旨上西方拜佛求經者。你早早的遠避他方，讓開大路，休驚了我師父，饒你性命；若似前猖獗，鈀舉處，卻不留情！」

那妖精那容分說，急近步，丟一個架子，望八戒劈臉來抓。這八戒忙閃過，掄鈀就築。那怪手無兵器，下頭就走，八戒隨後趕來。那怪到了山坡下，亂石叢中，取出兩口赤銅刀，急掄起，轉身來迎。兩個在這坡前，一往一來，一衝一撞的賭鬥。那裡孫行者攙起唐僧道：「師父，你莫害怕。且坐住，等老孫去助助八戒，打倒那怪好走。」三藏才坐將起來，戰兢兢的，口裡念著《多心經》不題。

那行者掣了鐵棒，喝聲叫：「拿了！」此時八戒抖擻精神，那怪敗下陣去。行者道：「莫饒他！務要趕上！」他兩個掄釘鈀，舉鐵棒，趕下山來。那怪慌了手腳，使個「金蟬脫殼計」，打個滾，現了原身，依然是一隻猛虎。行者與八戒那裡肯捨，趕著那虎，定要除根。那怪見他趕得至近，卻又摳著胸膛，剝下皮來，苫蓋在那臥虎石上，脫真身，化一陣狂風，徑回路口。路口上那師父正念《多心經》，被他一把拿住，駕長風攝將去了。可憐那三藏啊！江流注定多磨折，寂滅門中功行難。

那怪把唐僧擒來洞口，按住狂風，對把門的道：「你去報大王說，前路虎先鋒拿了一個和尚，在門外聽令。」那洞主傳令，教：「拿進來。」那虎先鋒，腰撇著兩口赤銅刀，雙手捧著唐僧，上前跪下道：「大王，小將不才，蒙鈞令差往山上巡邏，忽遇一個和尚，他是東土大唐駕下御弟三藏法師，上西方拜佛求經，被我擒來奉上，聊具一饌。」

那洞主聞得此言，吃了一驚道：「我聞得前者有人傳說：三藏法師乃大唐奉旨意取經的神僧；他手下有一個徒弟，名喚孫行者，神通廣大，智力高強。你怎麼能彀捉得他來？」先鋒道：「他有兩個徒弟：先來的，使一柄九齒釘鈀，他生得嘴長耳大；又一個，使一根金箍鐵棒，他生得火眼金睛。正趕著小將爭持，被小將使一個『金蟬脫殼』之計，撤身得空，把這和尚拿來，奉獻大王，聊表一餐之敬。」洞主道：「且莫吃他著。」先鋒道：「大王，見食不食，呼為劣蹶。」洞主道：「你不曉得。吃了他不打緊，只恐怕他那兩個徒弟上門吵鬧，未為穩便。且把他綁在後園定風樁上，待三五日，他兩個不來攪擾，那時節，一則圖他身子乾淨，二來不動口舌，卻不任我們心意？或煮或蒸，或煎或炒，慢慢的自在受用不遲。」先鋒大喜道：「大王深謀遠慮，說得有理。」教：「小的們，拿了去。」

旁邊擁上七八個綁縛手，將唐僧拿去，好便似鷹拿燕雀，索綁繩纏。這的是苦命江流思行者，遇難神僧想悟能。道聲：「徒弟啊！不知你在那山擒怪，何處降妖，我卻被魔頭拿來，遭此毒害，幾時再得相見！好苦啊！你們若早些兒來，還救得我命；若十分遲了，斷然不能保矣！」一邊嗟嘆，一邊淚落如雨。

烏鵲怎與鳳凰爭？鵓鴿敢和鷹鷂敵？
那怪噴風灰滿山，悟空吐霧雲迷日。
來往不禁三五回，先鋒腰軟全無力。
轉身敗了要逃生，卻被悟空抵死逼。

那虎怪撐持不住，回頭就走。他原來在那洞主面前說了嘴，不敢回洞，徑往山坡上逃生。行者那裡肯放，執著棒，只情趕來，呼呼吼吼，喊聲不絕，卻趕到那藏風山凹之間。正抬頭，見八戒在那裡放馬。八戒忽聽見呼呼聲喊，回頭觀看，乃是行者趕敗的虎怪，就丟了馬，舉起鈀，刺斜著頭一築。可憐那先鋒，脫身要跳黃絲網，豈知又遇罩魚人。卻被八戒一鈀，築得九個窟窿鮮血冒，一頭腦髓盡流干。有詩為證。詩曰：

三五年前歸正宗，持齋把素悟真空。
誠心要保唐三藏，初秉沙門立此功。

那呆子一腳屣住他的脊背，兩手掄鈀又築。行者見了，大喜道：「兄弟，正是這等！他領了幾十個小妖，敢與老孫賭鬥，被我打敗了，他轉不往洞跑，卻跑來這裡尋死。虧你接著；不然，又走了。」八戒道：「弄風攝師父去的可是他？」行者道：「正是，正是。」八戒道：「你可曾問他師父的下落麼？」行者道：「這怪把師父拿在洞裡，要與他甚麼鳥大王做下飯。是老孫惱了，就與他鬥將這裡來，卻著你送了性命。兄弟啊，這個功勞算你的。你可還守著馬與行李，等我把這死怪拖了去，再到那洞口索戰。須是拿得那老妖，方才救得師父。」八戒道：「哥哥說得有理。你去，你去。若是打敗了這老妖，還趕將這裡來，等老豬截住殺他。」好行者，一隻手提著鐵棒，一隻手拖著死虎，徑至他洞口。正是：法師有難逢妖怪，情性相和伏亂魔。

畢竟不知此去可降得妖怪，救得唐僧，且聽下回分解。

把那怪圍在空中。那怪害怕，也使一般本事：急回頭，望著巽（八卦之一，代表風）地上，把口張了三張，呼的一口氣，吹將出去，忽然間，一陣黃風，從空刮起。好風！真個利害。

冷冷颼颼天地變，無影無形黃沙旋。穿林折嶺倒松梅，播土揚塵崩嶺坫（土台子，屏障）。黃河浪潑徹底渾，湘江水湧翻波轉。碧天振動斗牛宮，爭些刮倒森羅殿。五百羅漢鬧喧天，八大金剛齊嚷亂。文殊走了青毛獅，普賢白象難尋見。真武龜蛇失了群，梓橦騾子飄其韉。行商喊叫告蒼天，梢公拜許諸般願。煙波性命浪中流，名利殘生隨水辨。仙山洞府黑攸攸，海島蓬萊昏暗暗。老君難顧煉丹爐，壽星收了龍須扇。王母正去赴蟠桃，一風吹斷裙腰釧。二郎迷失灌洲城，哪吒難取匣中劍。天王不見手心塔，魯班吊了金頭鑽。雷音寶闕倒三層，趙州石橋崩兩斷。一輪紅日蕩無光，滿天星斗皆昏亂。南山鳥往北山飛，東湖水向西湖漫。雌雄拆對不相呼，子母分離難叫喚。龍王遍海找夜叉，雷公到處尋閃電。十代閻王覓判官，地府牛頭追馬面。這風吹倒普陀山，捲起觀音經一卷。白蓮花卸海邊飛，吹倒菩薩十二院，盤古至今曾見風，不似這風來不善。唿喇喇，乾坤險不炸崩開，萬里江山都是顫！

那妖怪使出這陣狂風，就把孫大聖毫毛變的小行者刮得在那半空中，卻似紡車兒一般亂轉，莫想掄得棒，如何攏得身？慌得行者將毫毛一抖，收上身來，獨自個舉著鐵棒，上前來打，又被那怪劈臉噴了一口黃風，把兩隻火眼金睛，刮得緊緊閉合，莫能睜開；因此難使鐵棒，遂敗下陣來。那妖收風回洞不題。

第二十一回

護法設莊留大聖　須彌靈吉定風魔

卻說豬八戒見那黃風大作，天地無光，牽著馬，守著擔，伏在山凹之間，也不敢睜眼，不敢抬頭，口裡不住的念佛許願；又不知行者勝負何如，師父死活何如。正在那疑思之時，卻早風定天晴。忽抬頭往那洞門前看處，卻也不見兵戈，不聞鑼鼓。呆子又不敢上他門，又沒人看守馬匹、行李，果是進退兩難，愴惶不已。

憂慮間，只聽得孫大聖從西邊吆喝而來，他才欠身迎著道：「哥哥，好大風啊！你從那裡走來？」行者擺手道：「利害！利害！我老孫自為人，不曾見這大風。那老妖使一柄三股鋼叉，來與老孫交戰；戰到有三十餘合，是老孫使一個身外身的本事，把他圍打，他甚著急，故弄出這陣風來，果是凶惡，刮得我站立不住，收了本事，冒風而逃。——哏，好風！哏，好風！老孫也會呼風，也會喚雨，不曾似這個妖精的風惡！」八戒道：「師兄，那妖精的武藝如何？」行者道：「也看得過。叉法兒倒也齊整。與老孫也戰個手平。卻只是風惡了，難得贏他。」八戒道：「似這般怎生救得師父？」行者道：「救師父且等再處，不知這裡可有眼科先生，且教他把我眼醫治醫治。」八戒道：「你眼怎的來？」行者道：「我被那怪一口風噴將來，吹得我眼珠酸痛，這會子冷淚常流。」八戒道：「哥啊，這半山中，天色又晚，且莫說要甚麼眼科，連宿處也沒有了！」行者道：「要宿處不難。我料著那妖精還不敢傷我師父，我們且找上大路，尋個人家住下，過此一宵，明日天光，再來降妖罷。」八戒道：「正是，正是。」

他卻牽了馬，挑了擔，出山凹，行上路口。此時漸漸黃昏，只聽得那路南山坡下，有犬吠之聲。二人停身觀看，乃是一家莊院，影影的有燈火光明。他兩個也不管有路無路，漫草而行，直至那家門首。但見：

妙藥與君醫眼痛，盡心降怪莫躊躇。」

行者道：「這伙強神，自換了龍馬，一向不曾點他，他倒又來弄虛頭！」八戒道：「哥哥莫扯架子。他怎麼伏你點札！」行者道：「兄弟，你還不知哩。這護教伽藍、六丁六甲、五方揭諦、四值功曹，奉菩薩的法旨，暗保我師父者。自那日報了名，只為這一向有了你，再不曾用他們，故不曾點札罷了。」八戒道：「哥哥，他既奉法旨暗保師父，所以不能現身明顯，故此點化仙莊。你莫怪他，昨日也虧他與你點眼，又虧他管了我們一頓齋飯，亦可謂盡心矣。你莫怪他，我們且去救師父來。」行者道：「兄弟說得是。此處到那黃風洞口不遠，你且莫動身，只在林子裡看馬守擔，等老孫去洞裡打聽打聽，看師父下落如何，再與他爭戰。」八戒道：「正是這等。討一個死活的實信。假若師父死了，各人好尋頭幹事；若是未死，我們好竭力盡心。」行者道：「莫亂談，我去也！」

他將身一縱，徑到他門首，門尚關著睡覺。行者不叫門，且不驚動妖怪，捻著訣，念個咒語，搖身一變，變做一個花腳蚊蟲，真個小巧！有詩為證。詩曰：

擾擾微形利喙，嚶嚶聲細如雷。蘭房紗帳善通隨，正愛炎天暖氣。
只怕熏煙撲扇，偏憐燈火光輝。輕輕小小忒鑽疾，飛入妖精洞裡。

只見那把門的小妖，正打鼾睡，行者往他臉上叮了一口，那小妖翻身醒了。道：「我爺啞！好大蚊子！一口就叮了一個大疙疸！」忽睜眼道：「天亮了。」又聽得支的一聲，二門開了。行者嚶嚶的

第二十一回

護法設莊留大聖　須彌靈吉定風魔

飛將進去，只見那老妖吩咐各門上謹慎，一壁廂收拾兵器：「只怕昨日那陣風不曾刮死孫行者，他今日必定還來。來時定教他一命休矣。」

行者聽說，又飛過那廳堂，徑來後面。但見一層門，關得甚緊，行者漫門縫兒鑽將進去，原來是個大空園子，那壁廂定風樁上繩纏索綁著唐僧哩。那師父紛紛淚落，心心只念著悟空、悟能，不知都在何處。行者停翅，叮在他光頭上，叫聲：「師父。」那長老認得他的聲音道：「悟空啊，想殺我也！你在那裡叫我哩！」行者道：「師父，我在你頭上哩。你莫要心焦，少得煩惱。我們務必拿住妖精，方才救得你的性命。」唐僧道：「徒弟啊，幾時才拿得妖精麼？」行者道：「拿你的那虎怪，已被八戒打死了。只是老妖的風勢利害。料著只在今日，管取拿他。你放心莫哭，我去啞。」

說聲去，嚶嚶的飛到前面。只見那老妖坐在上面，正點札各路頭目；又見那洞前有一個小妖，把個令字旗磨一磨，撞上廳來報道：「大王，小的巡山，才出門，見一個長嘴大耳朵的和尚坐在林裡；若不是我跑得快些，幾乎被他捉住。卻不見昨日那個毛臉和尚。」老妖道：「孫行者不在，想必是風吹死也。再不便去那裡求救兵去了！」眾妖道：「大王，若果吹殺了他，是我們的造化，只恐吹不死他，他去請些神兵來，卻怎生是好？」老妖道：「怕他怎的，怕那甚麼神兵！若還定得我的風勢，只除了靈吉菩薩來是，其餘何足懼也！」

行者在屋梁上，只聽得他這一句言語，不勝歡喜，即抽身飛出，現本相來至林中，叫聲：「兄弟！」八戒道：「哥，你往那裡去來？剛才一個打令字旗的妖精，被我趕了去也。」行者笑道：「虧你！虧你！老孫變做蚊蟲兒，進他洞去探看師父，原來師父被他綁在定風樁上哭哩。是老孫吩咐，教他莫哭，又飛在屋梁上聽了一聽。只見那拿令字旗的，喘噓噓的，走進去報道：只是被你趕他，卻不唿哨，跳到前邊，原來那怪與八戒正戰到好處，難解難分。被行者掄起鐵棒，望那怪著頭一下，那怪急轉身，慌忙躲過，徑鑽入流沙河裡。氣得個八戒亂跳道：「哥啊！誰著你來的！那怪漸漸手慢，難架我鈀，再不上三五合，我就擒住他了！他見你凶險，敗陣而逃，怎生是好！」行者笑道：「兄弟，實不瞞你說：自從降了黃風怪，下山來，這個把月不曾耍棍，我見你和他戰的甜美，我就忍不住腳癢，故就跳將來耍耍的。——那知那怪不識耍，就走了。」

他兩個攙著手，說說笑笑，轉回見了唐僧。唐僧道：「可曾捉得妖怪？」行者道：「那妖怪不奈戰，敗回鑽入水去也。」三藏道：「徒弟，這怪久住於此，他知道淺深；似這般無邊的弱水，又沒了舟楫，須是得個知水性的，引領引領才好哩。」行者道：「正是這等說。常言道：『近朱者赤，近墨者黑。』那怪在此，斷知水性。我們如今拿住他，且不要打殺，只教他送師父過河，再做理會。」八戒道：「哥哥不必遲疑，讓你先去拿他，等老豬看守師父。」行者笑道：「賢弟呀，這樁兒我不敢說嘴。水裡勾當，老孫不大十分熟。若是空走，還要捻訣，又念念『避水咒』，方才走得；不然，就要變化做甚麼魚蝦蟹鱉之類，我才去得。若論賭手段，憑你在高山雲裡，幹甚麼蹊蹺異樣事兒，老孫都會；只是水裡的買賣，有些兒狼犺。」八戒道：「老豬當年總督天河，掌管了八萬水兵大眾，倒學得知些水性，——卻只怕那水裡有甚麼眷族老小，七窩八代的都來，我就弄他不過。一時不被他撈去耶？」行者道：「你若到他水中與他交戰，卻不要戀戰，許敗不許勝，把他引將出來，等老孫下手助你。」八戒道：「言得是，我去耶。」說聲去，就剝了青錦直裰，脫了鞋，雙手舞鈀，分開水路，使出那當年的舊手段，躍浪翻波，撞將進去，徑至水底之下，往前正走。

卻說那怪敗了陣回，方才喘定，又聽得有人推得水響，忽起身觀看，原來是八戒執了鈀推水。那

第二十二回

八戒大戰流沙河　木吒奉法收悟淨

怪舉杖當面高呼道：「那和尚！那裡走！仔細看打！」八戒使鈀架住道：「你是個甚麼妖精，敢在此間擋路？」那妖道：「你是也不認得我。我不是那妖魔鬼怪，也不是少姓無名。」八戒道：「你既不是邪妖鬼怪，卻怎生在此傷生？你端的甚麼姓名，實實說來，我饒你性命。」那怪道：「我

自小生來神氣壯，乾坤萬里曾游蕩。英雄天下顯威名，豪傑人家做模樣。
萬國九州任我行，五湖四海從吾撞。皆因學道蕩天涯，只為尋師游地曠。
常年衣缽謹隨身，每日心神不可放。沿地雲游數十遭，到處閒行百餘趟。
因此才得遇真人，引開大道金光亮。先將嬰兒姹女收，後把木母金公放。
明堂腎水入華池，重樓肝火投心臟。三千功滿拜天顏，志心朝禮明華向。
玉皇大帝便加升，親口封為捲簾將。南天門裡我為尊，靈霄殿前吾稱上。
腰間懸掛虎頭牌，手中執定降妖杖。頭頂金盔晃日光，身披鎧甲明霞亮。
往來護駕我當先，出入隨朝予在上。只因王母降蟠桃，設宴瑤池邀眾將。
失手打破玉玻璃，天神個個魂飛喪。玉皇即便怒生嗔，卻令掌朝左輔相：
卸冠脫甲摘官銜，將身推在殺場上。多虧赤腳大天仙，越班啟奏將吾放。
饒死回生不典刑，遭貶流沙東岸上。飽時困臥此山中，餓去翻波尋食餉。
樵子逢吾命不存，漁翁見我身皆喪。來來往往吃人多，翻翻覆覆傷生瘴。
你敢行凶到我門，今日肚皮有所望。莫言粗糙不堪嘗，拿住消停剁鮓醬！」

次早，三藏道：「悟空，今日怎生區處？」行者道：「沒甚區處，還須八戒下水。」八戒道：「哥哥，不要圖乾淨，只作成我下水。」行者道：「賢弟，這番我再不急性了，只讓你引他上來，我攔住河沿，不讓他回去，務要將他擒了。」

好八戒，抹抹臉，抖擻精神，雙手拿鈀，到河沿，分開水路，依然又下至窩巢。那怪方才睡醒，忽聽推得水響，急回頭睜睛看看。見八戒執鈀下至，他跳出來，當頭阻住。喝道：「慢來！慢來！看杖！」八戒舉鈀架住道：「你是個甚麼『哭喪杖』，斷叫你祖宗看杖！」那怪道：「你這廝甚不曉得哩！我這

寶杖原來名譽大，本是月裡梭羅派。吳剛伐下一枝來，魯班製造工夫蓋。裡邊一條金趁心，外邊萬道珠絲玠。名稱寶杖善降妖，永鎮靈霄能伏怪。只因官拜大將軍，玉皇賜我隨身帶。或長或短任吾心，要細要粗憑意態。也曾護駕宴蟠桃，也曾隨朝居上界。值殿曾經眾聖參，捲簾曾見諸仙拜。養成靈性一神兵，不是人間凡器械。自從遭貶下天門，任意縱橫游海外。不當大膽自稱誇，天下槍刀難比賽。看你那個鏽釘鈀，只好鋤田與築菜！」

八戒笑道：「我把你少打的潑物！且莫管甚麼築菜，只怕蕩了一下兒，教你沒處貼膏藥，九個眼子一齊流血！縱然不死，也是個到老的破傷風！」那怪丟開架手，在那水底下，與八戒依然打出水面。這一番鬥，比前果更不同。你看他：

第二十二回

八戒大戰流沙河　木吒奉法收悟淨

寶杖掄，釘鈀築，言語不通非眷屬。只因木母克刀圭，致令兩下相戰觸。沒輸贏，無反覆，翻波淘浪不和睦。這個怒氣怎含容？那個傷心難忍辱。鈀來杖架逞英雄，水滾流沙能惡毒。氣昂昂，勞碌碌，多因三藏朝西域。釘鈀老大凶，寶杖十分熟。這個揪住要往岸上拖，那個爬來就將水裡沃。聲如霹靂動魚龍，雲暗天昏神鬼伏。

這一場，來來往往，鬥經三十回合，不見強弱。八戒又使個佯輸計，拖了鈀走。那怪隨後又趕來，擁波捉浪，趕至崖邊。八戒罵道：「我把你這個潑怪！你上來！這高處，腳踏實地好打！」那妖罵道：「你這廝哄我上去，又教那幫手來哩。你下來，還在水裡相鬥。」原來那妖乖了，再不肯上岸，只在河沿與八戒鬧吵。

卻說行者見他不肯上岸，急得他心焦性暴，恨不得一把捉來；行者道：「師父！你自坐下，等我與他個『餓鷹叼食』。」就縱筋斗，跳在半空，刷的落下來，要抓那妖。那妖正與八戒嚷鬧，忽聽得風響，急回頭，見是行者落下雲來，卻又收了那杖，一頭淬下水，隱跡潛蹤，渺然不見。行者佇立岸上，對八戒說：「兄弟呀，這妖也弄得滑了。他再不肯上岸，如之奈何？」八戒道：「難！難！難！戰不勝他！——就把吃奶的氣力也使盡了，只綳得個手平。」行者道：「且見師父去。」

二人又到高岸，見了唐僧，備言難捉。那長老滿眼下淚道：「似此艱難，怎生得渡！」行者道：「師父莫要煩惱。這怪深潛水底，其實難行。八戒，你只在此保守師父，再莫與他廝鬥，等老孫往南海走走去來。」八戒道：「哥呵，你去南海何幹？」行者道：「這取經的勾當，原是觀音菩薩；及脫解我等，也是觀音菩薩；今日路阻流沙河，不能前進，不得他，怎生處治？等我去請他，還強如和這我整鬥了這兩日，何曾言著一個取經的字兒？」又看見行者，道：「這個主子，是他的幫手，好不利害！我不去了。」木吒道：「那是豬八戒，這是孫行者。俱是唐僧的徒弟，俱是菩薩勸化的，怕他怎的？我且和你見唐僧去。」

那悟淨才收了寶杖，整一整黃錦直裰，跳上岸來，對唐僧雙膝跪下道：「師父，弟子有眼無珠，不認得師父的尊容，多有衝撞，萬望恕罪。」八戒道：「你這膿包，怎的早不皈依，只管要與我打？是何說話！」行者笑道：「兄弟，你莫怪他，還是我們不曾說出取經的事樣與姓名耳。」長老道：「你果肯誠心皈依吾教麼？」悟淨道：「弟子向蒙菩薩教化，指河為姓，與我起個法名，喚做沙悟淨，豈有不從師父之理！」三藏道：「既如此，」叫：「悟空，取戒刀來，與他落了髮。」大聖依言，即將戒刀與他剃了頭。又來拜了三藏，拜了行者與八戒，分了大小。三藏見他行禮，真像個和尚家風，故又叫他做沙和尚。木吒道：「即秉了迦持，不必敘煩，早與作法船去來。」

那悟淨不敢怠慢，即將頸項下掛的骷髏取下，用索子結作九宮，把菩薩的葫蘆安在當中，請師父下岸。那長老遂登法船，坐於上面，果然穩似輕舟。左有八戒扶持，右有悟淨捧托；孫行者在後面牽了龍馬，半雲半霧相跟；頭直上又有木吒擁護；那師父才飄然穩渡流沙河界，浪靜風平過弱河。真個也如飛似箭，不多時，身登彼岸，得脫洪波；又不拖泥帶水，幸喜腳乾手燥，清淨無為，師徒們腳踏實地。那木吒按祥雲，收了葫蘆。又只見那骷髏一時解化作九股陰風，寂然不見。

三藏拜謝了木吒，頂禮了菩薩。正是：木吒徑回東洋海，三藏上馬卻投西。畢竟不知幾時才得正果求經，且聽下回分解。

第二十三回

三藏不忘本　四聖試禪心

詩曰：

奉法西來道路賒，秋風淅淅落霜花。乖猿牢鎖繩休解，劣馬勤兜鞭莫加。

木母（在道教外丹裡指汞，這裡指元氣）金公（道教外丹裡指鉛，這裡指元神）原自合，黃婆赤子本無差。咬開鐵彈真消息，般若波羅到彼家。

這回書，蓋言取經之道，不離了一身務本之道也。卻說他師徒四眾，了悟真如，頓開塵鎖，自跳出性海流沙，渾無掛礙，徑投大路西來。歷遍了青山綠水，看不盡野草閒花。真個也光陰迅速，又值九秋。但見了些：

楓葉滿山紅，黃花耐晚風。

自肚別腰鬆，擔子沉重，挑不上來，又弄我奔奔波波的趕馬！」長老道：「徒弟啊，你且看那壁廂，有一座莊院，我們卻好借宿去也。」行者聞言，急抬頭舉目而看，果見那半空中慶雲籠罩，瑞靄遮盈。情知定是佛仙點化，他卻不敢洩漏天機，只道：「好！好！好！我們借宿去來。」

長老連忙下馬。見一座門樓，乃是垂蓮象鼻，畫棟雕梁。沙僧歇了擔子。八戒牽了馬匹道：「這個人家，是過當的富實之家。」行者就要進去。三藏道：「不可，你我出家人，各自避些嫌疑，切莫擅入。且自等他有人出來，以禮求宿，方可。」八戒拴了馬，斜倚牆根之下。三藏坐在石鼓上。行者、沙僧坐在台基邊。久無人出，行者性急，跳起身入門裡看處：原來有向南的三間大廳，簾櫳高控。屏門上，掛一軸壽山福海的橫披畫；兩邊金漆柱上，貼著一幅大紅紙的春聯，上寫著：

絲飄弱柳平橋晚，雪點香梅小院春。

正中間，設一張退光黑漆的香几，几上放一個古銅獸爐。上有六張交椅。兩山頭掛著四季吊屏。行者正然偷看處，忽聽得後門內有腳步之聲，走出一個半老不老的婦人來，嬌聲問道：「是甚麼人，擅入我寡婦之門？」慌得個大聖喏喏連聲道：「小僧是東土大唐來的，奉旨向西方拜佛求經。一行四眾，路過寶方，天色已晚。特奔老菩薩檀府，告借一宵。」那婦人笑語相迎道：「長老，那三位在那裡？請來。」行者高聲叫道：「師父，請進來耶。」三藏才與八戒、沙僧牽馬挑擔而入。只見那婦人出廳迎接。八戒餳眼偷看，你道他怎生打扮：

穿一件織金官綠紵絲襖，上罩著淺紅比甲；繫一條結彩鵝黃錦繡裙，下映著高底花鞋。
時樣鬏髻皂紗漫，相襯著二色盤龍髮；宮樣牙梳朱翠晃，斜簪著兩股赤金釵。雲鬢半蒼飛鳳翅，耳環雙墜寶珠排；脂粉不施猶自美，風流還似少年才。

那婦人見了他三眾，更加欣喜，以禮邀入廳房。一一相見禮畢，請各敘坐看茶。那屏風後，忽有一個丫髻垂絲的女童，托著黃金盤、白玉盞，香茶噴暖氣，異果散幽香。那人綽彩袖，春筍纖長；擎玉盞，傳茶上奉；對他們一一拜了。

茶畢，又吩咐辦齋。三藏啟手道：「老菩薩，高姓？貴地是甚地名？」婦人道：「此間乃西牛賀洲之地。小婦人娘家姓賈，夫家姓莫。幼年不幸，公姑早亡，與丈夫守承祖業。有家資萬貫，良田千頃。夫妻們命裡無子，止生了三個女孩兒。前年大不幸，又喪了丈夫。小婦居孀，今歲服滿。空遺下田產家業，再無個眷族親人，只是我娘女們承領。欲嫁他人，又難舍家業。適承長老下降，想是師徒四眾。小婦娘女四人，意欲坐山招夫，四位恰好。不知尊意肯否如何。」三藏聞言，推聾裝啞，瞑目寧心，寂然不答。

那婦人道：「舍下有水田三百餘頃，旱田三百餘頃，山場果木三百餘頃；黃水牛有一千餘隻，騾馬成群，豬羊無數；東南西北，莊堡草場，共有六七十處；家下有八九年用不著的米穀，十來年穿不著的綾羅；一生有使不著的金銀；勝強似那錦帳藏春，說甚麼金釵兩行；你師徒們若肯回心轉意，招贅在寒家，自自在在，享用榮華，卻不強如往西勞碌？」那三藏也只是如痴如蠢，默默無言。

那婦人道：「我是丁亥年三月初三日酉時生。故夫比我年大三歲，我今年四十五歲。大女兒名真沙僧道：「二哥原來是有嫂子的？」行者道：「你還不知他哩，他本是烏斯藏高老莊高太公的女婿。因被老孫降了，他也曾受菩薩戒行，沒及奈何，被我捉他來做個和尚，所以棄了前妻，投師父往西拜佛。他想是離別的久了，又想起那個勾當，卻才聽見這個勾當，斷然又有此心。呆子，你與這家子做了女婿罷。只是多拜老孫幾拜，我不檢舉你就罷了。」那呆子道：「胡說！胡說！大家都有此心，獨拿老豬出醜。常言道：『和尚是色中餓鬼。』那個不要如此？都這們扭扭捏捏的拿班兒，把好事都弄得裂了。這如今茶水不得見面，燈火也無人管，雖熬了這一夜，但那匹馬明日又要馱人，又要走路，再若餓上這一夜，只好剝皮罷了。你們坐著，等老豬去放放馬來。」那呆子虎急急的，解了韁繩，拉出馬去。行者道：「沙僧，你且陪師父坐這裡，等老孫跟他去，看他往那裡放馬。」三藏道：「悟空，你看便去看他，但只不可只管嘲他了。」行者道：「我曉得。」這大聖走出廳房，搖身一變，變作個紅蜻蜓兒，飛出前門，趕上八戒。

那呆子拉著馬，有草處且不教吃草，嗒嗒嗤嗤的，趕著馬，轉到後門首去。只見那婦人，帶著三個女子，在後門外閒立著，看菊花兒耍子。他娘女們看見八戒來時，三個女兒閃將進去。那婦人佇立門首道：「小長老那裡去？」這呆子丟了韁繩，上前唱個喏，道聲：「娘！我來放馬的。」那婦人道：「你師父忒弄精細。在我家招了女婿，卻不強似做掛搭僧，往西蹌路？」八戒笑道：「他們是奉了唐王的旨意，不敢有違君命，不肯幹這件事。剛才都在前廳上栽我，我又有些奈上祝下（左右為難）的，只恐娘嫌我嘴長耳大。」那婦人道：「我也不嫌，只是家下無個家長，招一個倒也罷了；但恐小女兒有些兒嫌醜。」八戒道：「娘，你上覆令愛，不要這等揀漢。想我那唐僧，人才雖俊，其實不中用。我醜自醜，有幾句口號兒（隨口吟成的詩）。」婦人道：「你怎的說麼？」八戒道：「我雖然人物醜，勤緊有些功。若言千頃地，不用使牛耕。只消一頓鈀，布種及時生。沒雨能求雨，無風會喚風。房舍若嫌矮，起上二三層。地下不掃掃一掃，陰溝不通通一通。家長裡短諸般事，踢天弄井我皆能。」

那婦人道：「既然幹得家事，你再去與你師父商量商量看，不尷尬（有難處、麻煩），便招你罷。」八戒道：「不用商量：他又不是我的生身父母，幹與不幹，都在於我。」婦人道：「也罷，也罷，等我與小女說。」看他閃進去，撲的掩上後門。八戒也不放馬，將馬拉向前來。怎知孫大聖已一一盡知，他轉翅飛來，現了本相，先見唐僧道：「師父，悟能牽馬來了。」長老道：「馬若不牽，恐怕撒歡（指馬歡蹦亂跳的樣子）走了。」行者笑將起來，把那婦人與八戒說的勾當，從頭說了一遍。三藏也似信不信的。

少時間，見呆子拉將馬來拴下。長老道：「你馬放了。」八戒道：「無甚好草，沒處放馬。」行者道：「沒處放馬，可有處牽馬（雙關語，這裡指說媒、做牽頭）麼？」呆子聞得此言，情知走了消息，也就垂頭扭頸，努嘴皺眉，半晌不言。又聽得呀的一聲，腰門開了，有兩對紅燈，一副提壺，香雲靄靄，環珮叮叮，那婦人帶著三個女兒，走將出來，叫真真、愛愛、憐憐，拜見那取經的人物。那女子排立廳中，朝上禮拜。果然也生得標致。但見他：

一個個蛾眉橫翠，粉面生春。妖嬈傾國色，窈窕（女子文靜美麗）動人心。花鈿（一種首飾）顯現多嬌態，繡帶飄搖迥（遠）絕塵。半含笑處櫻桃綻（裂開），緩步行時蘭麝噴。滿頭珠翠，顫巍巍無數寶釵簪；遍體幽香，嬌滴滴有花金縷細。說甚麼楚娃（楚國美女）美貌，西子撲抱著柱科（房柱子），西撲摸著板壁。兩頭跑暈了，立站不穩，只是打跌。前來蹬著門扇，後去蕩著磚牆。磕磕撞撞，跌得嘴腫頭青。坐在地下，喘氣呼呼的道：「娘啊，你女兒這等乖滑得緊，撈不著一個，奈何！奈何！」

那婦人與他揭了蓋頭道：「女婿，不是我女兒乖滑，他們大家謙讓，不肯招你。」八戒道：「娘啊，既是他們不肯招我啊，你招了我罷。」那婦人道：「好女婿呀！這等沒大沒小的，連丈母也都要了！我這三個女兒，心性最巧。他一人結了一個珍珠篏錦汗衫兒。你若穿得那個的，就教那個招你罷。」八戒道：「好！好！好！把三件兒都拿來我穿了看；若都穿得，就教都招了罷。」那婦人轉進房裡，止取出一件來，遞與八戒。那呆子脫下青錦布直裰，取過衫兒，就穿在身上；還未曾繫上帶子，撲的一跤，跌倒在地。原來是幾條繩緊緊繃住。那呆子疼痛難禁。這些人早已不見了。

卻說三藏、行者、沙僧一覺睡醒，不覺的東方發白。忽睜睛抬頭觀看，那裡得那大廈高堂，也不是雕梁畫棟，一個個都睡在松柏林中。慌得那長老忙呼行者。沙僧道：「哥哥，罷了！罷了！我們遇著鬼了！」孫大聖心中明白，微微的笑道：「怎麼說？」長老道：「你看我們睡在那裡耶！」行者道：「這松林下落得快活，但不知那呆子在那裡受罪哩。」長老道：「那個受罪？」行者笑道：「昨日這家子娘女們，不知是那裡菩薩，在此顯化我等，想是半夜裡去了，只苦了豬八戒受罪。」三藏聞言，合掌頂禮。又只見那後邊古柏樹上，飄飄蕩蕩的，掛著一張簡帖兒。沙僧急去取來與師父看時，卻是八句頌子雲：

「黎山老母不思凡，南海菩薩請下山。普賢文殊皆是客，化成美女在林間。

聖僧淡漠禪機定，八戒貪淫劣性頑。從此靜心須改過，若生怠慢路途難！」

那長老、行者、沙僧正然唱念此頌，只聽得林深處高聲叫道：「師父啊，繃殺我了！救我一救！下次再不敢了！」三藏道：「悟空，那叫喚的可是悟能麼？」沙僧道：「正是。」行者道：「兄弟，莫睬他，我們去罷。」三藏道：「那呆子雖是心性愚頑，卻只是一味懞直（憨厚），倒也有些膂力，挑得行李；還看當日菩薩之念，救他隨我們去罷。料他以後，再不敢了。」

那沙和尚卻捲起鋪蓋，收拾了擔子；孫大聖解韁牽馬，引唐僧入林尋看。咦！這正是：從正修持須謹慎，掃除愛欲自歸真。畢竟不知那呆子凶吉如何，且聽下回分解。

第二十三回
三藏不忘本　四聖試禪心

第二十四回

萬壽山大仙留故友　五莊觀行者竊人參

卻說那三人穿林入裡，只見那呆子綳在樹上，聲聲叫喊，痛苦難禁。行者上前笑道：「好女婿呀！這早晚還不起來謝親，又不到師父處報喜，還在這裡賣解兒耍子哩！——咄！你娘呢？你老婆呢？好個綳巴吊拷的女婿呀！」

那呆子見他來搶白著羞，咬著牙，忍著疼，不敢叫喊。沙僧見了，老大不忍，放下行李，上前解了繩索救下。呆子對他們只是磕頭禮拜，其實羞恥難當。有《西江月》為證：

色乃傷身之劍，貪之必定遭殃。佳人二八好容妝，更比夜叉凶壯。只有一個原本，再無微利添囊。好將資本謹收藏，堅守休教放蕩。

那八戒撮土焚香，望空禮拜。行者道：「你可認得那些菩薩麼？」八戒道：「我已此暈倒昏迷，眼花撩亂，那認得是誰？」行者把那簡帖兒遞與八戒。八戒見了是頌子，更加慚愧。沙僧笑道：「二

第二十四回

萬壽山大仙留故友　五莊觀行者竊人參

哥有這般好處哩，感得四位菩薩來與你做親！」八戒道：「兄弟再莫題起。不當人子了！從今後，再也不敢妄為。就是累折骨頭，也只是摩肩壓擔，隨師父西域去也。」三藏道：「既如此說才是。」

行者遂領師父上了大路。在路餐風宿水，行罷多時，忽見有高山擋路。三藏勒馬停鞭道：「徒弟，前面一山，必須仔細，恐有妖魔作耗，侵害吾黨。」行者道：「馬前但有我等三人，怕甚妖魔？」因此，長老安心前進。只見那座山，真是好山：

高山峻極，大勢崢嶸。根接昆侖脈，頂摩霄漢中。白鶴每來棲檜柏，玄猿時復掛藤蘿。日映晴林，迭迭千條紅霧繞；風生陰壑，飄飄萬道彩雲飛。幽鳥亂啼青竹裡，錦雞齊斗野花間。只見那千年峰、五福峰、芙蓉峰，巍巍凜凜放毫光；萬歲石、虎牙石、三尖石，突突嶙嶙生瑞氣。崖前草秀，嶺上梅香。荊棘密森森，芝蘭清淡淡。深林鷹鳳聚千禽，古洞麒麟轄萬獸。澗水有情，曲曲彎彎多繞顧；峰巒不斷，重重迭迭自周回。又見那綠的槐，斑的竹，青的松，依依千載斗穠華；白的李，紅的桃，翠的柳，灼灼三春爭豔麗。龍吟虎嘯，鶴舞猿啼。麋鹿從花出，青鸞對日鳴。乃是仙山真福地，蓬萊閬苑只如然。又見些花開花謝山頭景，雲去雲來嶺上峰。

三藏在馬上歡喜道：「徒弟，我一向西來，經歷許多山水，都是那嵯峨險峻之處，更不似此山好景，果然的幽趣非常。若是相近雷音不遠路，我們好整肅端嚴見世尊。」行者笑道：「早哩！早哩！正好不得到哩！」沙僧道：「師兄，我們到雷音有多少遠？」行者道：「十萬八千里。十停中還不曾走了一停（一成，十分之一）哩。」八戒道：「哥啊，要走幾年才得到？」行者道：「這些路，若論二位賢弟，便十來日也可到；若論我走，一日也好走五十遭，還見日色；若論師父走，莫想！莫想！」唐僧道：「悟空，你說得幾時方可到？」行者道：「你自小時走到老，老了再小，老小千番也還難；只要你見性志誠，念念回首處，即是靈山。」沙僧道：「師兄，此間雖不是雷音，觀此景致，必有個好人居止（居住）。」行者道：「此言卻當。這裡決無邪祟，一定是個聖僧、仙輩之鄉。我們游玩慢行。」不題。

卻說這座山名喚萬壽山；山中有一座觀，名喚五莊觀；觀裡有一尊仙，道號鎮元子，混名與世同君。那觀裡出一般異寶，乃是混沌初分，鴻蒙始判，天地未開之際，產成這顆靈根。蓋天下四大部洲，惟西牛賀洲五莊觀出此，喚名「草還丹」，又名「人參果」。三千年一開花，三千年一結果，再三千年才得熟，短頭一萬年方得吃。似這萬年，只結得三十個果子。果子的模樣，就如三朝未滿的小孩相似，四肢俱全，五官咸備。人若有緣，得那果子聞了一聞，就活三百六十歲；吃一個，就活四萬七千年。

當日鎮元大仙得元始天尊的簡帖，邀他到上清天上彌羅宮中聽講「混元道果」。大仙門下出的散仙，也不計其數，見如今還有四十八個徒弟，都是得道的全真。當日帶領四十六個上界去聽講，留下兩個絕小的看家：一個喚做清風，一個喚做明月。清風只有一千三百二十歲，明月才交一千二百歲。鎮元子吩咐二童道：「不可違了大天尊的簡帖，要往彌羅宮聽講，你兩個在家仔細。不日有一個故人從此經過，卻莫怠慢了他。可將我人參果打兩個與他吃，權表舊日之情。」二童道：「師父的故人是誰？望說與弟子，好接待。」大仙道：「他是東土大唐駕下的聖僧，道號三藏，今往西天拜佛求經的和尚。」二童笑道：「孔子云：『道不同，不相為謀。』我等是太乙玄門，怎麼與那和尚做甚相識！」大仙道：「你那裡得知。那和尚乃金蟬子轉生，西方聖老如來佛第二個徒弟。五百年前，我與他在『盂蘭盆會』上相識。他曾親手傳茶，佛子敬我，故此是為故人也。」

二仙童聞言，謹遵師命。那大仙臨行，又叮嚀囑咐道：「我那果子有數，只許與他兩個，不得多費。」清風道：「開園時，大眾共吃了兩個，還有二十八個在樹，不敢多費。」大仙道：「唐三藏雖是故人，須要防備他手下人羅唣（吵鬧尋事），不可驚動他知。」二童領命訖，那大仙承眾徒弟飛升，徑朝天界。

卻說唐僧四眾，在山游玩，忽抬頭，見那松篁一簇，樓閣數層。唐僧道：「悟空，你看那裡是甚麼去處？」行者看了道：「那所在，不是觀宇，定是寺院。我們走動些，到那廂方知端的。」不一時，來於門首觀看，見那：

松坡冷淡，竹徑清幽。往來白鶴送浮雲，上下猿猴時獻果。那門前池寬樹影長，石裂苔花破。宮殿森羅紫極高，樓台縹緲丹霞墮。真個是福地靈區，蓬萊雲洞。清虛人事少，寂靜道心生。青鳥每傳王母信，紫鸞常寄老君經。看不盡那巍巍道德之風，果然漠漠神仙之宅。

三藏離鞍下馬。又見那山門左邊有一道碑，碑上有十個大字，乃是「萬壽山福地，五莊觀洞天。」長老道：「徒弟，真個是一座觀宇。」沙僧道：「師父，觀此景鮮明，觀裡必有好人居住。我們進去看看，若行滿東回，此間也是一景。」行者道：「說得好。」遂都一齊進去。又見那二門上有駕來促，有失迎迓。老師請坐，待弟子辦茶來奉。」三藏道：「不敢。」那明月急轉本房，取一杯香茶，獻與長老。茶畢，清風道：「兄弟，不可違了師命，我和你去取果子來。」

二童別了三藏，同到房中，一個拿了金擊子，一個拿了丹盤，又多將絲帕墊著盤底，徑到人參園內。那清風爬上樹去，使金擊子敲果；明月在樹下，以丹盤等接。須臾，敲下兩個果來，接在盤中，徑至前殿奉獻道：「唐師父，我五莊觀土僻山荒，無物可奉，土儀素果二枚，權為解渴。」那長老見了，戰戰兢兢，遠離三尺道：「善哉！善哉！今歲倒也年豐時稔，怎麼這觀裡作荒吃人？這個是三朝未滿的孩童，如何與我解渴？」清風暗道：「這和尚在那口舌場中，是非海裡，弄得眼肉胎凡，不識我仙家異寶。」明月上前道：「老師，此物叫做『人參果』，吃一個兒不妨。」三藏道：「胡說！胡說！他那父母懷胎，不知受了多少苦楚，方生下未及三日。怎麼就把他拿來當果子？」清風道：「實是樹上結的。」長老道：「亂談！亂談！樹上又會結出人來？拿過去，不當人子！」

那兩個童兒，見千推萬阻不吃，只得拿著盤子，轉回本房。那果子卻也蹺蹊，久放不得；若放多時，即僵了，不中吃。二人到於房中，一家一個，坐在床邊上，只情吃起。

噫！原來有這般事哩！他那道房，與那廚房緊緊的間壁。這邊悄悄的言語，那邊即便聽見。八戒正在廚房裡做飯，先前聽見說，取金擊子，拿丹盤，他已在心；又聽見他說，唐僧不認得是人參果，即拿在房裡自吃，口裡忍不住流涎道：「怎得一個兒嘗新！」自家身子又狼犺（笨拙），不能彀得動，只等行者來，與他計較。他在那鍋門前，更無心燒火，不時的伸頭探腦，出來觀看。不多時，見行者牽將馬來，拴在槐樹上，徑往後走。那呆子用手亂招道：「這裡來！這裡來！」行者轉身，到於廚房門首，道：「呆子，你嚷甚的？想是飯不彀吃，且讓老和尚吃飽，我們前邊大人家，再化吃去罷。」

八戒道：「你進來，不是飯少。這觀裡有一件寶貝，你可曉得？」行者道：「甚麼寶貝？」八戒笑道：「說與你，你不曾見；拿與你，你不認得。」行者道：「這呆子笑話我老孫。老孫五百年前，因訪仙道時，也曾雲游在海角天涯。那般兒不曾見？」八戒道：「哥啊，人參果你曾見麼？」行者驚道：「這個真不曾見。但只常聞得人說，人參果乃是草還丹，人吃了極能延壽。如今那裡有得？」八戒道：「他這裡有。那童子拿兩個與師父吃，那老和尚不認得，道是三朝未滿的孩兒，不曾敢吃。那童子老大憊懶，師父既不吃，便該讓我們，他就瞞著我們，才自在這隔壁房裡，一家一個，嘓啅嘓啅的吃了出去，就急得我口裡水泱（滲出，冒出）。——怎麼得一個兒嘗新？我想你有些溜撒（敏捷，伶俐），去他那園子裡偷幾個來嘗嘗，如何？」行者道：「這個容易。老孫去，手到擒來。」急抽身，往前就走。八戒一把扯住道：「哥啊，我聽得他在房裡說，要拿甚麼金擊子去打哩。須是幹得停當，不可走露風聲。」行者道：「我曉得，我曉得。」

那大聖使一個隱身法，閃進道房看時，原來兩個道童，吃了果子，上殿與唐僧說話，不在房裡。行者四下裡觀看，看有甚麼金擊子，但只見窗櫺上掛著一條赤金：有二尺長短，有指頭粗細；底下是一個蒜疙疸的頭子；上邊有眼，繫著一根綠絨繩兒。他道：「想必就是此物叫做金擊子。」他卻取下來，出了道房，徑入後邊去，推開兩扇門，抬頭觀看，——呀！卻是一座花園！但見：

朱欄寶檻，曲砌峰山。奇花與麗日爭妍，翠竹共青天斗碧。流杯亭外，一彎綠柳似拖煙；賞月台前，數簇喬松如潑靛。紅拂拂，錦巢榴；綠依依，繡墩草。青茸茸，碧砂蘭；攸蕩蕩，臨溪水。丹桂映金井梧桐，錦槐傍朱欄玉砌。有或紅或白千葉桃，有或香或黃九秋麼？」行者道：「這不是？老孫的手到擒來。這個果子，也莫背了沙僧，可叫他一聲。」八戒即招手叫道：「悟淨，你來。」那沙僧撇下行李，跑進廚房道：「哥哥，叫我怎的？」行者放開衣兜道：「兄弟，你看這個是甚的東西？」沙僧見了道：「是人參果。」行者道：「好啊！你倒認得。你曾在那裡吃過的？」沙僧道：「小弟雖不曾吃，但舊時做捲簾大將，扶侍鸞輿赴蟠桃宴，嘗見海外諸仙將此果與王母上壽。見便曾見，卻未曾吃。哥哥，可與我些兒嘗嘗？」行者道：「不消講，兄弟們一家一個。」

他三人將三個果各各受用。那八戒食腸大，口又大，一則是聽見童子吃時，便覺饞蟲拱動，卻才見了果子，拿過來，張開口，轂轆的囫圇舌咽下肚，卻白著眼胡賴，向行者、沙僧道：「你兩個吃的是甚麼？」沙僧道：「人參果。」八戒道：「甚麼味道？」行者道：「悟淨，不要睬他！你倒先吃了，又來問誰？」八戒道：「哥哥，吃的忙了些，不像你們細嚼細咽，嘗出些滋味。我也不知有核無核，就吞下去了。哥啊，為人為徹；已經調動我這饞蟲，再去弄個兒來，老豬細細的吃吃。」行者道：「兄弟，你好不知止足！這個東西，比不得那米食麵食，撞著盡飽。像這一萬年只結得三十個，我們吃他這一個，也是大有緣法，不等小可。罷罷罷！彀了！」他欠起身來，把一個金擊子，瞞窗眼兒，丟進他道房裡，竟不睬他。

那呆子只管絮絮叨叨的唧噥，不期那兩個道童復進房來取茶去獻，只聽得八戒還嚷甚麼：「人參果吃得不快活，再得一個兒吃吃才好。」清風聽見，心疑道：「明月，你聽那長嘴和尚講『人參果還要個吃吃』。師父別時叮嚀，教防他手下人羅唣，莫敢是他偷了我們寶貝麼？」明月回頭道：「哥耶，不好了！不好了！金擊子如何落在地下！我們去園裡看看來！」他兩個急急忙忙的走去，只見花園開了。清風道：「這門是我關的，如何開了？」又急轉過花園，只見菜園門也開了。忙入人參園裡，倚在樹下，望上查數；顛倒來往，只得二十二個。明月道：「你可會算帳？」清風道：「我會，你說將來。」明月道：「果子原是三十個。師父開園，分吃了兩個，還有二十八個；適才打兩個與唐僧吃，還有二十六個；如今止剩得二十二個，卻不少了四個？不消講，不消講，定是那伙惡人偷了，我們只罵唐僧去來。」

兩個出了園門，徑來殿上，指著唐僧，禿前禿後，穢語污言，不絕口的亂罵；賊頭鼠腦，臭短臊長，沒好氣的胡嚷。唐僧聽不過道：「仙童啊，你鬧的是甚麼？消停些兒；有話慢說不妨，不要胡說散道的。」清風說：「你的耳聾？我是蠻話，你不省得？你偷吃了人參果，怎麼不容我說？」唐僧道：「人參果怎麼模樣？」明月道：「才拿來與你吃，你說像孩童的不是？」唐僧道：「阿彌陀佛！那東西一見，我就心驚膽戰，還敢偷他吃哩！就是害了饞痞，也不敢幹這賊事。不要錯怪了人。」清風道：「你雖不曾吃，還有手下人要偷吃的哩。」三藏道：「這等也說得是，你且莫嚷，等我問他們看。果若是偷了，教他賠你。」明月道：「賠呀！就有錢那裡去買！」三藏道：「縱有錢沒處買呵，常言道：『仁義值千金。』教他陪你個禮，便罷了。——也還不知是他不是他哩。」明月道：「怎的不是他？他那裡分不均，還在那裡嚷哩。」三藏叫聲：「徒弟，且都來。」沙僧聽見道：「不好了！決撒（敗露）了！老師父叫我們，小道童胡廝罵，不是舊話兒走了風，卻是甚的！」行者道：「活羞殺人！這個不過是飲食之類！若說出來，就是我們偷嘴了，只是莫認。」八戒道：「正是，正是，昧了罷。」他三人只得出了廚房，走上殿去。咦！畢竟不知怎麼與他抵賴，且聽下回分解。

那廝畢竟抵賴，定要與他相爭，爭起來，就要交手相打，你想我們兩個，怎麼敵得過他四個？且不如去哄他一哄，只說果子不少，我們錯數了，轉與他陪個不是。他們的飯已熟了，等他吃飯時，再貼他些兒小菜。他一家拿著一個碗。你卻站在門左，我卻站在門右，撲的把門關倒，把鎖鎖住，將這幾層門都鎖了，不要放他。待師父來家，憑他怎的處置。他又是師父的故人，饒了他，也是師父的人情；不饒他，我們也拿住個賊在，庶幾（才能）可以免我等之罪。」清風聞言道：「有理！有理！」

他兩個強打精神，勉生歡喜，從後園中徑來殿上，對唐僧控背躬身道：「師父，適間言語粗俗，多有衝撞，莫怪，莫怪。」三藏問道：「怎麼說？」清風道：「果子不少，只因樹高葉密，不曾看得明白；才然又去查查，還是原數。」那八戒就趁腳兒蹺道：「你這個童兒，年幼不知事體，就來亂罵，白口咀咒，枉賴了我們也！不當人子！」行者心上明白，口裡不言，心中暗想道：「是謊！是謊！果子已了了賬，怎的說這般話？……想必有起死回生之法。……」三藏道：「既如此，盛將飯來，我們吃了去罷。」

那八戒便去盛飯，沙僧安放桌椅。二童忙取小菜，卻是些醬瓜、醬茄、糟蘿蔔、醋豆角、醃窩蕖、綽芥菜，共排了七八碟兒，與師徒們吃飯。又提一壺好茶，兩個茶鍾，伺候左右。那師徒四眾，卻才拿起碗來，這童兒一邊一個，撲的把門關上，插上一把兩簧銅鎖。八戒笑道：「這童子差了。你這裡風俗不好，卻怎的關了門裡吃飯？」明月道：「正是，正是，好歹吃了飯兒開門。」清風罵道：「我把你這個害饞勞、偷嘴的禿賊！你偷吃了我的仙果，已該一個擅食田園瓜果之罪，卻又把我的仙樹推倒，壞了我五莊觀裡仙根，你還要說嘴哩！——若能彀到得西方參佛面，只除是轉背搖車再托生！」三藏聞言，丟下飯碗，把個石頭放在心上。那童子將那前山門、二山門，通都上了鎖。卻又來正殿門首，惡語惡言，賊前賊後，只罵到天色將晚，才去吃飯。飯畢，歸房去了。

唐僧埋怨行者道：「你這個猴頭，番番撞禍！你偷吃了他的果子，就受他些氣兒，讓他罵幾句便也罷了；怎麼又推倒他的樹！若論這般情由，告起狀來，就是你老子做官，也說不通。」行者道：「師父莫鬧。那童兒都睡去了，只等他睡著了，我們連夜起身。」沙僧道：「哥啊，幾層門都上了鎖，閉得甚緊，如何走麼！」行者笑道：「莫管！莫管！老孫自有法兒。」八戒道：「愁你沒有法兒哩！你一變，變甚麼蟲蛭兒，瞞（順著）格子眼裡就飛將出去，只苦了我們不會變的，便在此頂缸（代人受過）受罪哩！」唐僧道：「他若幹出這個勾當，不同你我出去啊，我就念起舊話經兒，他卻怎生消受！」八戒聞言，又愁又笑道：「師父，你說的那裡話？我只聽得佛教中有卷《楞嚴經》、《法華經》、《孔雀經》、《觀音經》、《金剛經》，不曾聽見個甚那『舊話兒經』啊。」行者道：「兄弟，你不知道。我頂上戴的這個箍兒，是觀音菩薩賜與我師父的；師父哄我戴了，就如生根的一般，莫想拿得下來——叫做《緊箍兒咒》，又叫做《緊箍兒經》。他『舊話兒經』，即此是也。但若念動，我就頭疼，故有這個法兒難我。師父，你莫念，我決不負你，管情大家一齊出去。」

說話後，都已天昏，不覺東方月上。行者道：「此時萬籟無聲，冰輪（指月亮）明顯，正好走了去罷。」八戒道：「哥啊，不要搗鬼。門俱鎖閉，往那裡走？」行者道：「你看手段！」好行者，把金箍棒捻在手中，使一個「解鎖法」，往門上一指，只聽得突蹡的一聲響，幾層門雙簧俱落，唿喇的開了門扇。八戒笑道：「好本事！就是叫小爐兒匠使掭子，便也不像這等爽利！」行者道：「這個門兒，有甚稀罕！就是南天門，指一指也開了。」卻請師父出了門，上了馬，八戒挑著擔，沙僧攏著馬，徑投西路而去。

行者道：「你們且慢行。等老孫去照顧那兩個童兒睡一個月。」三藏道：「徒弟，不可傷他性命；不然，又一個得財傷人的罪了。」行者道：「我曉得。」行者復進去，來到那童兒睡的房門外。他腰裡有帶的瞌睡蟲兒，原來在東天門與增長天王猜枚耍子贏的。他摸出兩個來，瞞窗眼兒彈將進去，徑奔到那童子臉上，鼾鼾沉睡，再莫想得醒。他才拽開雲步，趕上唐僧，順大路一直西奔。

這一夜馬不停蹄，只行到天曉。三藏道：「這個猴頭弄殺我也！你因為嘴，帶累我一夜無眠！」行者道：「不要只管埋怨。天色明了，你且在這路旁邊樹林中將就歇歇，養養精神再走。」那長老只得下馬，倚松根權作禪床坐下。沙僧歇了擔子打盹。八戒枕著石睡覺。孫大聖偏有心腸，你看他跳樹扳枝頑耍。四眾歇息不題。

卻說那大仙自元始宮散會，領眾小仙出離兜率，徑下瑤天，墜祥雲，早來到萬壽山五莊觀門首。看時，只見觀門大開，地上乾淨。大仙道：「清風、明月，卻也中用。常時節，日高三丈，腰也不伸；今日我們不在，他倒肯起早，開門掃地。」眾小仙俱悅。行至殿上，香火全無，人蹤俱寂，那裡有明月、清風！眾仙道：「他兩個想是因我們不在，拐了東西走了。」大仙道：「豈有此理！修仙的人，敢有這般壞心的事！想是昨晚忘卻關門，就去睡了，今早還未醒哩。」

眾仙到他房門首看處，真個關著房門，鼾鼾沉睡；這外邊打門亂叫，那裡叫得醒來。眾仙撬開門板，著手扯下床來，也只是不醒。大仙笑道：「好仙童啊！成仙的人，神滿再不思睡，卻怎麼這般困倦？莫不是有人做弄了他也？快取水來。」一童急取水半盞遞與大仙。大仙念動咒語，噀（噴出）一口水，噴在臉上，隨即解了睡魔。

二人方醒，忽睜睛，抹抹臉，抬頭觀看，認得是仙師與世同君和仙兄等眾，慌得那清風頓首，明月叩頭道：「師父啊！你的故人，原是『東來的和尚——一伙強盜』，十分凶狠！」

大仙笑道：「莫驚恐，慢慢的說來。」清風道：「師父啊，當日別後不久，果有個東土唐僧，一行有四個和尚，連馬五口。弟子不敢違了師命，問及來因，將人參果取了兩個奉上。那長老俗眼愚心，不識我們仙家的寶貝。他說是三朝未滿的孩童，再三不吃，是弟子各吃了一個。不期他那手下有三個徒弟，有一個姓孫的，名悟空行者，先偷四個果子吃了。是弟子們向伊理說，實實的言語了幾句，他卻不容，暗自裡弄了個出神（指變化分身）的手段，——苦啊！……」二童子說到此處，止不住腮邊淚落。眾仙道：「那和尚打你來？」明月道：「不曾打，只是把我們人參樹打倒了。」大仙聞言，更不惱怒。道：「莫哭！莫哭！你不知那姓孫的，也是個太乙散仙，也曾大鬧天宮，神通廣大。既然打倒了寶樹，你可認得那些和尚？」清風道：「都認得。」大仙道：「既認得，都跟我來。眾徒弟們，都收拾下刑具，等我回來打他。」

眾仙領命。大仙與明月、清風縱起祥光，來趕三藏。頃刻間就有千里之遙。大仙在雲端裡平西觀看，不見唐僧；及轉頭向東看時，倒多趕了九百餘里。原來那長老一夜馬不停蹄，只行了一百二十里路；大仙的雲頭一縱，趕過了九百餘里。仙童道：「師父，那路旁樹下坐的是唐僧。」大仙道：「我已見了。你兩個回去安排下繩索，等我自家拿他。」清風先回不題。

那大仙按落雲頭，搖身一變，變作個行腳全真。你道他怎生模樣：

穿一領百衲袍，繫一條呂公條。手搖麈尾，漁鼓輕敲。三耳草鞋登腳下，九陽巾子把頭包。飄飄風滿袖，口唱《月兒高》。

逕直來到樹下，對唐僧高叫道：「長老，貧道起手了。」那長老忙忙答禮道：「失瞻！失瞻！」大仙問：「長老是那方來的？為何在途中打坐？」三藏道：「貧僧乃東土大唐差往西天取經者。路過此間，權為一歇。」大仙佯訝道：「長老東來，可曾在荒山經過？」長老道：「不知仙宮是何寶山？」大仙道：「萬壽山五莊觀，便是貧道棲止處。」

行者聞言，他心中有物的人，忙答道：「不曾！不曾！我們是打上路來的。」那大仙指定笑道：「我把你這個潑猴！你瞞誰哩！你倒在我觀裡，把我人參果樹打倒，你連夜走在此間，還不招認，遮飾甚麼！不要走！趁早去還我樹來！」

那行者聞言，心中惱怒，掣鐵棒不容分說，望大仙劈頭就打。大仙側身躲過，踏祥光，徑到空中。行者也騰雲，急趕上去。大仙在半空現了本相，你看他怎生打扮：

頭戴紫金冠，無憂鶴氅穿。履鞋登足下，絲帶束腰間。體如童子貌，面似美人顏。三鬚飄頷下，鴉翎疊鬢邊。相迎行者無兵器，止將玉麈手中拈。

那行者沒高沒低的，棍子亂打。大仙把玉麈左遮右擋，奈了他兩三回合，使一個「袖裡乾坤」的手段，在雲端裡，把袍袖迎風輕輕的一展，刷地前來，把四僧連馬一袖子籠住。八戒道：「不好了！我們都裝在褡褳裡了！」行者道：「呆子，不是褡褳，我們被他籠在衣袖中哩。」八戒道：「這個不打緊；等我一頓釘鈀，築他個窟窿，脫將下去，只說他不小心，籠不牢，吊的了罷！」那呆子使鈀亂築，那裡築得動：手捻著雖然是個軟的，築起來就比鐵還硬。

第二十五回

鎮元仙趕捉取經僧　孫行者大鬧五莊觀

那大仙轉祥雲，徑落五莊觀坐下，叫徒弟拿繩來。眾小仙一一伺候。你看他從袖子裡，卻像撮傀儡一般，把唐僧拿出，縛在正殿簷柱上；又拿出他三個，每一根柱上，綁了一個；將馬也拿出拴在庭下，與他些草料；行李拋在廊下；又道：「徒弟，這和尚是出家人，不可用刀槍，不可加鈇鉞，且與我取出皮鞭來，打他一頓，與我人參果出氣！」眾仙即忙取出一條鞭——不是甚麼牛皮、羊皮、麂皮、犢皮的，原來是龍皮做的七星鞭，著水浸在那裡。令一個有力量的小仙，把鞭執定道：「師父，先打那個？」大仙道：「唐三藏做大不尊，先打他。」

行者聞言，心中暗道：「我那老和尚不禁打；假若一頓鞭打壞了啊，卻不是我造的孽？」他忍不住，開言道：「先生差了。偷果子是我，吃果子是我，推倒樹也是我，怎麼不先打我，打他做甚？」大仙笑道：「這潑猴倒言語膂烈（剛強）。這等便先打他。」小仙問：「打多少？」大仙道：「照依果數，打三十鞭。」那小仙掄鞭就打。行者恐仙家法大，睜圓眼瞅定，看他打那裡。原來打腿。行者就把腰扭一扭，叫聲「變！」變作兩條熟鐵腿，看他怎麼打。那小仙一下一下的，打了三十，天早晌午了。大仙又吩咐道：「還該打三藏訓教不嚴，縱放頑徒撒潑。」那仙又掄鞭來打。行者道：「先生又差了。偷果子時，我師父不知，他在殿上與你二童講話，是我兄弟們做的勾當。縱是有教訓不嚴之罪，我為弟子的，也當替打。再打我罷。」大仙笑道：「這潑猴，雖是狡猾奸頑，卻倒也有些孝意。既這等，還打他罷。」小仙又打了三十。行者低頭看看，兩隻腿似明鏡一般，通打亮了，更不知些疼癢。此時天色將晚。大仙道：「且把鞭子浸在水裡，待明朝再拷打他。」小仙且收鞭去浸，各各歸房。晚齋已畢，盡皆安寢不題。

那長老淚眼雙垂，怨他三個徒弟道：「你等闖出禍來，卻帶累我在此受罪，這是怎的起？」行者道：「且休報怨，打便先打我。你又不曾吃打，倒轉嗟呀怎的？」唐僧道：「雖然不曾打，卻也綁得身上疼哩。」沙僧道：「師父，還有陪綁的在這裡哩。」行者道：「都莫要嚷，再停會兒走路。」八戒道：「哥哥又弄虛頭了。這裡麻繩噴水，緊緊的綁著，還比關在殿上，被你使解鎖法捌開門走哩！」行者道：「不是誇口說，那怕他三股的麻繩噴上了水，——就是碗粗的棕纜，也只好當秋風！」

正話處，早已萬籟無聲，正是天街人靜。好行者，把身子小一小，脫下索來道：「師父去啞！」沙僧慌了道：「哥哥，也救我們一救！」行者道：「悄言！悄言！」他卻解了三藏，放下八戒、沙僧，整束了褊衫，扣背了馬匹，廊下拿了行李，一齊出了觀門。又教八戒：「你去把那崖邊柳樹伐四棵來。」八戒道：「要他怎的？」行者道：「有用處。快快取來！」

那呆子有些夯力，走了去，一嘴一棵，就拱了四棵，一抱抱來。行者將枝梢折了，教兄弟二人復進去，將原繩照舊綁在柱上。那大聖念動咒語，咬破舌尖，將血噴在樹上，叫「變！」一根變作長老，一根變作自身，那兩根變作沙僧、八戒；都變得容貌一般，相貌皆同，問他也就說話，叫名也就答應。他兩個卻才放開步，趕上師父。這一夜依舊馬不停蹄，躲離了五莊觀。

只走到天明，那長老在馬上搖樁打盹。行者見了，叫道：「師父不濟！出家人怎的這般辛苦？我老孫千夜不眠，也不曉得困倦。且下馬來，莫教走路的人，看見笑你。權在山坡下藏風聚氣處，歇歇再走。」

不說他師徒在路暫住。且說那大仙，天明起來，吃了早齋，出在殿上。教拿鞭來：「今日卻該打唐三藏了。」那小仙掄著鞭，望唐僧道：「打你哩。」那柳樹也應道：「打麼。」乒乓打了三十。掄過鞭來，對八戒道：「打你哩。」那柳樹也應道：「打麼。」及打沙僧，也應道：「打麼。」及打到行者，那行者在路，偶然打個寒噤道：「不好了！」三藏問道：「怎麼說？」行者道：「我將四棵柳樹變作我師徒四眾，我只說他昨日打了我兩頓，今日想不打了；卻又打我的化身，所以我真身打噤。收了法罷。」那行者慌忙念咒收法。

你看那些道童害怕，丟了皮鞭，報道：「師父啊，為頭打的是大唐和尚，這一會打的都是柳樹之根！」大仙聞言，呵呵冷笑，誇不盡道：「孫行者，真是一個好猴王！曾聞他大鬧天宮，布地網天羅，拿他不住，果有此理。——你走了便也罷，卻怎麼綁些柳樹在此，冒名頂替？決莫饒他！趕去來！」那大仙說聲趕，縱起雲頭，往西一望，只見那和尚挑包策馬，正然走路。

大仙低下雲頭，叫聲：「孫行者！往那裡走！還我人參樹來！」八戒聽見道：「罷了！對頭又來了！」行者道：「師父，且把善字兒包起，讓我們使些凶惡，一發結果了他，脫身去罷。」唐僧聞言，戰戰兢兢，未曾答應，沙僧掣寶杖，八戒舉釘鈀，大聖使鐵棒，一齊上前，把大仙圍住在空中，亂打亂築。這場惡鬥，有詩為證。詩曰：

悟空不識鎮元仙，與世同君妙更玄。三件神兵施猛烈，一根麈尾自飄然。
左遮右擋隨來往，後架前迎任轉旋。夜去朝來難脫體，淹留何日到西天！

他兄弟三眾，各舉神兵，一齊攻打，那大仙只把蠅帚兒演架。那裡有半個時辰，他將袍袖一展，依然將四僧一馬並行李，一袖籠去。返雲頭，又到觀裡。眾仙接著，仙師坐於殿上。卻又在袖兒裡一個個搬出，將唐僧綁在階下矮槐樹上；八戒、沙僧各綁在兩邊樹上；將行者捆倒，行者道：「想是調問哩。」不一時，捆綁停當，教把長頭布取十匹來。行者笑道：「八戒！這先生好意思，拿出布來與我們做中袖哩！——減省些兒，做個一口中罷了。」那小仙將家機布搬將出來。大仙道：「把唐三藏、豬八戒、沙和尚都使布裹了！」眾仙一齊上前裹了。行者笑道：「好！好！好！夾活兒就大殮了！」

須臾，纏裹已畢。又教拿出漆來。眾仙即忙取了些自收自曬的生熟漆，把他三個布裹漆漆了，渾身俱裹漆，上留著頭臉在外。八戒道：「先生，上頭倒不打緊，只是下面還留孔兒，我們好出恭。」那大仙又教把大鍋抬出來。行者笑道：「八戒，造化！抬出鍋來，想是煮飯我們吃哩。」八戒道：「也罷了；讓我們吃些飯兒，做個飽死的鬼也好看。」眾仙果抬出一口大鍋支在階下。大仙叫架起乾柴，發起烈火，教：「把清油拗上一鍋，燒得滾了，將孫行者下油鍋扎炸一炸，與我人參樹報仇！」

行者聞言，暗喜道：「正可老孫之意。這一向不曾洗澡，有些兒皮膚燥癢，好歹蕩蕩，足感盛情。」頃刻間，那油鍋將滾。大聖卻又留心：恐他仙法難參，油鍋裡難做手腳，急回頭四顧，只見那台下東邊是一座日規台，西邊是一個石獅子。行者將身一縱，滾到西邊，咬破舌尖，把石獅子噴了一口，叫聲「變！」變作他本身模樣，也這般捆作一團；他卻出了元神，起在雲端裡，低頭看著道士。

只見那小仙報道：「師父，油鍋滾透了。」大仙教「把孫行者抬下去！」四個仙童抬不動；八個來，也抬不動；又加四個，也抬不動。眾仙道：「這猴子戀土難移，小自小，倒也結實。」卻教二十個小仙，扛將起來，往鍋裡一摜，烹的響了一聲，濺起些滾油點子，把那小道士們臉上燙了幾個燎漿大泡！只聽得燒火的小童喊道：「鍋漏了！鍋漏了！」說不了，油漏得罄盡，鍋底打破。原來是一個石獅子放在裡面。

第二十五回

鎮元仙趕捉取經僧　孫行者大鬧五莊觀

大仙大怒道：「這個潑猴，著然（實在）無禮！教他當面做了手腳！你走了便罷，怎麼又搗了我的灶？這潑猴枉自也拿他不住；就拿住他，也似摶砂弄汞（沙子很難摶在一起，汞也難以拿住。比喻難以對付），捉影捕風。罷！罷！罷！饒他去罷。且將唐三藏解下，另換新鍋，把他炸一炸，與人參樹報報仇罷。」那小仙真個動手，拆解布漆。

行者在半空裡聽得明白。他想著：「師父不濟，他若到了油鍋裡，一滾就死，二滾就焦，到三五滾，他就弄做個稀爛的和尚了！我還去救他一救。」好大聖，按落雲頭，上前叉手道：「莫要拆壞了布漆，我來下油鍋了。」那大仙驚罵道：「你這猢猻！怎麼弄手段搗了我的灶？」行者笑道：「你遇著我就該倒灶（倒黴），干我甚事？我才自也要領你些油湯油水之愛，但只是大小便急了，若在鍋裡開風（大小便），恐怕污了你的熟油，不好調菜吃；如今大小便通乾淨了，才好下鍋。不要炸我師父，還來扎我。」那大仙聞言，呵呵冷笑，走出殿來，一把扯住。

畢竟不知有何話說，端的怎麼脫身，且聽下回分解。

第二十六回

孫悟空三島求方　觀世音甘泉活樹

詩曰：

處世須存心上刃，修身切記寸邊而。常言刃字為生意，但要三思戒怒欺。
上士無爭傳亙古，聖人懷德繼當時。剛強更有剛強輩，究竟終成空與非。

卻說那鎮元大仙用手攙著行者道：「我也知道你的本事，我也聞得你的英名，只是你今番越理欺心，縱有騰挪，脫不得我手。我就和你講到西天，見了你那佛祖，也少不得還我人參果樹。你莫弄神通。」行者笑道：「你這先生，好小家子樣！若要樹活，有甚疑難！早說這話，可不省了一場爭競？」大仙道：「不爭競，我肯善自饒你！」行者道：「你解了我師父，我還你一棵活樹如何？」大仙道：「你若有此神通，醫得樹活，我與你八拜為交，結為兄弟。」行者道：「不打緊。放了他們，老孫管教還你活樹。」

第二十六回

孫悟空三島求方　觀世音甘泉活樹

大仙諒他走不脫，即命解放了三藏、八戒、沙僧。沙僧道：「師父啊，不知師兄搗得是甚麼鬼哩。」八戒道：「甚麼鬼！這叫做『當面人情鬼』！樹死了，又可醫得活！他弄個光皮散兒好看，者著求醫治樹，單單了脫身走路，還顧得你和我哩！」三藏道：「他決不敢撒了我們。我們問他那裡求醫去。」遂叫道：「悟空，你怎麼哄了仙長，解放我等？」行者道：「老孫是真言實語，怎麼哄他？」三藏道：「你往何處去求方？」行者道：「古人云：『方從海上來。』我今要上東洋大海，遍游三島十洲，訪問仙翁聖老，求一個起死回生之法，管教醫得他樹活。」三藏道：「此去幾時可回？」行者道：「只消三日。」三藏道：「既如此，就依你說，與你三日之限。三日裡來便罷；若三日之外不來，我就念那話兒經了。」行者道：「遵命，遵命。」

你看他急整虎皮裙，出門來對大仙道：「先生放心，我就去就來。你卻要好生伏侍我師父，逐日家三茶六飯，不可欠缺。若少了些兒，老孫回來和你算帳，先搗塌你的鍋底。衣服禳（髒）了，與他漿洗漿洗。臉兒黃了些兒，我不要；若瘦了些兒，不出門。」那大仙道：「你去，你去，定不教他忍餓。」

好猴王，急縱筋斗雲，別了五莊觀，徑上東洋大海。在半空中，快如掣電，疾如流星，早到蓬萊仙境。按雲頭，仔細觀看。真個好去處！有詩為證。詩曰：

大地仙鄉列聖曹，蓬萊分合鎮波濤。瑤台景蘸天心冷，巨闕光浮海面高。
五色煙霞含玉籟，九霄星月射金鰲。西池王母常來此，奉祝三仙幾次桃。

那行者看不盡仙景，徑入蓬萊。正然走處，見白雲洞外，松蔭之下，有三個老兒圍棋：觀局者是壽星，對局者是福星、祿星。行者上前叫道：「老弟們，作揖了。」那三星見了，拂退棋枰，回禮道：「大聖何來？」行者道：「特來尋你們耍子。」壽星道：「我聞大聖棄道從釋，脫性命保護唐僧往西天取經，遂日奔波山路，那些兒得閒，卻來耍子？」行者道：「實不瞞列位說，老孫因往西方，行在半路，有些兒阻滯，特來小事欲幹，不知肯否？」福星道：「是甚地方？是何阻滯？乞為明示，吾好裁處。」行者道：「因路過萬壽山五莊觀有阻。」

三老驚訝道：「五莊觀是鎮元大仙的仙宮。你莫不是把他人參果偷吃了？」行者笑道：「偷吃了能值甚麼？」三老道：「你這猴子，不知好歹。那果子聞一聞，活三百六十歲；吃一個，活四萬七千年；叫做『萬壽草還丹』。我們的道，不及他多矣！他得之甚易，就可與天齊壽；我們還要養精、煉氣、存神，調和龍虎，捉坎填離，不知費多少工夫。你怎麼說他的能值甚緊？天下只有此種靈根！」行者道：「靈根！靈根！我已弄了他個斷根哩！」三老驚道：「怎的斷根？」行者道：「我們前日在他觀裡，那大仙不在家，只有兩個小童，接待了我師父，卻將兩個人參果奉與我師。我師不認得，只說是三朝未滿的孩童，再三不吃。那童子就拿去吃了，不曾讓得我們。是老孫就去偷了他三個，我三兄弟吃了。那童子不知高低，賊前賊後的罵個不住。是老孫惱了，把他樹打了一棍，推倒在地，樹上果子全無，椏開葉落，根出枝傷，已枯死了。不想那童子關住我們，又被老孫扭開鎖走了。次日清晨，那先生回家趕來，問答間，語言不和，遂與他賭鬥；被他閃一閃，把袍袖展開，一袖子都籠去了。繩纏索綁，拷問鞭敲，就打了一日。是夜又逃了，他又趕上，依舊籠去，他身無寸鐵，只是把個麈尾遮架。我兄弟這等三般兵器，莫想打得著他。這一番仍舊擺布，將布裹漆了我師父與兩師弟，卻將我下

第二十六回

孫悟空三島求方　觀世音甘泉活樹

油鍋。我又做了個脫身本事走了，把他鍋都打破。他見拿我不住，盡有幾分醋（懼怕）我。是我又與他好講，教他放了我師父、師弟，我與他醫樹管活，兩家才得安寧。我想著『方從海上來』，故此特游仙境，訪三位老弟。有甚醫樹的方兒，傳我一個，急救唐僧脫苦。」

三星聞言，心中也悶道：「你這猴兒，全不識人。那鎮元子乃地仙之祖；我等乃神仙之宗；你雖得了天仙，還是太乙散數，未入真流，你怎麼脫得他手？若是大聖打殺了走獸飛禽，蜾蟲鱗長，只用我黍米之丹，可以救活；那人參果乃仙木之根，如何醫治？沒方，沒方。」那行者見說無方，卻就眉峰雙鎖，額蹙千痕。福星道：「大聖，此處無方，他處或有，怎麼就生煩惱？」行者道：「無方別訪，果然容易；就是游遍海角天涯，轉透三十六天，亦是小可；只是我那唐長老法嚴量窄，止與了我三日期限。三日以外不到，他就要念那《緊箍兒咒》哩。」三星笑道：「好！好！好！若不是這個法兒拘束你，你又鑽天了。」壽星道：「大聖放心，不須煩惱。那大仙雖稱上輩，卻也與我等有識。一則久別，不曾拜望；二來是大聖的人情：如今我三人同去望他一望，就與你道達此情，教那唐和尚莫念《緊箍兒咒》，休說三日五日，只等你求得方來，我們才別。」行者道：「感激！感激！就請三位老弟行行，我去也。」大聖辭別三星不題。

卻說這三星駕起祥光，即往五莊觀而來，那觀中合眾人等，忽聽得長天鶴唳，原來是三老光臨。但見那：

盈空藹藹祥光簇，霄漢紛紛香馥郁。彩霧千條護羽衣，輕雲一朵擎仙足。
青鸞飛，丹鳳翱，袖引香風滿地撲。拄杖懸龍喜笑生，皓髯垂玉胸前拂。

童顏歡悅更無憂，壯體雄威多有福。執星籌，添海屋，腰掛葫蘆並寶籙。
萬紀千旬福壽長，十洲三島隨緣宿。常來世上送千祥，每向人間增百福。
概乾坤，榮福祿，福壽無疆今喜得。三老乘祥謁大仙，福堂和氣皆無極。

那仙童看見，即忙報道：「師父，海上三星來了。」鎮元子正與唐僧師弟閒敘，聞報，即降階奉迎。那八戒見了壽星，近前扯住，笑道：「你這肉頭老兒，許久不見，還是這般脫灑，帽兒也不帶個來。」遂把自家一個僧帽，撲的套在他頭上，撲著手呵呵大笑道：「好！好！好！真是『加冠進祿』也！」那壽星將帽子摜了，罵道：「你這個夯貨，老大不知高低！」八戒道：「我不是夯貨，你等真是奴才！」福星道：「你倒是個夯貨，反敢罵人是奴才！」八戒又笑道，「既不是人家奴才，好道叫做『添壽』、『添福』、『添祿』？」

那三藏喝退了八戒，急整衣拜了三星。那三星以晚輩之禮見了大仙，方才敘坐。坐定，祿星道：「我們一向久闊尊顏，有失恭敬。今因孫大聖攪擾仙山，特來相見。」大仙道：「孫行者到蓬萊去的？」壽星道：「是，因為傷了大仙的丹樹，他來我處求方醫治。我輩無方，他又到別處求訪；但恐違了聖僧三日之限，要念《緊箍兒咒》。我輩一來奉拜，二來討個寬限。」三藏聞言，連聲應道：「不敢念，不敢念。」

正說處，八戒又跑進來，扯住福星，要討果子吃。他去袖裡亂摸，腰裡亂吞，不住的揭他衣服搜檢。三藏笑道：「那八戒是甚麼規矩！」八戒道：「不是沒規矩，此叫做『番番是福』。」三藏又叱令出去。那呆子跨出門，瞅著福星，眼不轉睛的發狠。福星道：「夯貨！我那裡惱了你來，你這等恨我？」八戒道：「不是恨你，這叫『回頭望福』。」那呆子出得門來，只見一個小童，拿了四把茶匙，方去尋鍾取果看茶；被他一把奪過，跑上殿，拿著小磬兒，用手亂敲亂打，兩頭玩耍。大仙道：「這個和尚，越發不尊重了！」八戒笑道：「不是不尊重，這叫做『四時吉慶』。」

且不說八戒打諢亂纏。卻表行者縱祥雲離了蓬萊，又早到方丈仙山。這山真好去處。有詩為證。詩曰：

方丈巍峨別是天，太元宮府會神仙。紫台光照三清路，花木香浮五色煙。
金鳳自多槃蕊闕，玉膏誰逼灌芝田？碧桃紫李新成熟，又換仙人信萬年。

那行者按落雲頭，無心玩景。正走處，只聞得香風馥馥，玄鶴聲鳴，那壁廂有個神仙。但見：

盈空萬道霞光現，彩霧飄搖光不斷。
丹鳳銜花也更鮮，青鸞飛舞聲嬌豔。
福如東海壽如山，貌似小童身體健。
壺隱洞天不丹，腰懸與日長生籙。
人間數次降禎祥，世上幾番消厄願。
武帝曾宣加壽齡，瑤池每赴蟠桃宴。
教化眾僧脫俗緣，指開大道明如電。

祥雲光滿，瑞靄香浮。彩鸞鳴洞口，玄鶴舞山頭。碧藕水桃為按酒，交梨火棗壽千秋。一個個丹詔無聞（指不在朝廷做官），仙符有籍；逍遙隨浪蕩，散淡任清幽。周天甲子難拘管，大地乾坤只自由。獻果玄猿，對對參隨多美愛；銜花白鹿，雙雙拱伏甚綢繆（情意綿綿）。

那些老兒，正然（正在）灑樂。這行者厲聲高叫道：「帶我耍耍兒便怎的！」眾仙見了，急忙趨步相迎，有詩為證。詩曰：

人參果樹靈根折，大聖訪仙求妙訣。
繚繞丹霞出寶林，瀛洲九老來相接。

行者認得是九老，笑道：「老兄弟們自在哩！」九老道：「大聖當年若存正，不鬧天宮，比我們還自在哩。如今好了，聞你歸真向西拜佛，如何得暇至此？」行者將那醫樹求方之事，具陳了一遍。九老也大驚道：「你也忒惹禍！惹禍！我等實是無方。」行者道：「既是無方，我且奉別。」

九老又留他飲瓊漿，食碧藕。行者定不肯坐，止立飲了他一杯漿，吃了一塊藕，急急離了瀛洲，徑轉東洋大海。早望見落伽山不遠，遂落下雲頭，直到普陀岩上。見觀音菩薩在紫竹林中與諸天大神、木吒、龍女，講經說法。有詩為證。詩曰：

海主城高瑞氣濃，更觀奇異事無窮。須知隱約千般外，盡出希微一品中。

第二十六回

孫悟空三島求方　觀世音甘泉活樹

四聖授時成正果，六凡聽後脫樊籠。少林別有真滋味，花果馨香滿樹紅。

那菩薩早已看見行者來到，即命守山大神去迎。那大神出林來，叫聲：「孫悟空，那裡去？」行者抬頭喝道：「你這個熊羆！我是你叫的悟空！當初不是老孫饒了你，你已此做了黑風山的屍鬼矣。今日跟了菩薩，受了善果，居此仙山，常聽法教，你叫不得我一聲『老爺』？」那黑熊真個得了正果，在菩薩處鎮守普陀，稱為大神，是也虧了行者。他只得陪笑道：「大聖，古人云：『君子不念舊惡。』只管題他怎的！菩薩著我來迎你哩。」這行者就端肅尊誠，與大神到了紫竹林裡，參拜菩薩。

菩薩道：「悟空，唐僧行到何處也？」行者道：「行到西牛賀洲萬壽山了。」菩薩道：「那萬壽山有座五莊觀。鎮元大仙，你曾會他麼？」行者頓首道：「因是在五莊觀，弟子不識鎮元大仙，毀傷了他的人參果樹，衝撞了他，他就困滯了我師父，不得前進。」

那菩薩情知，怪道：「你這潑猴，不知好歹！他那人參果樹，乃天開地辟的靈根；鎮元子乃地仙之祖，我也讓他三分；你怎麼就打傷他樹！」

行者再拜道：「弟子實是不知。那一日，他不在家，只有兩個仙童，候侍我等。是豬悟能曉得他有果子，要一個嘗新，弟子委實偷了他三個，兄弟們分吃了。那童子知覺，罵我等無已（沒完沒了），是弟子發怒，遂將他樹推倒。他次日回來趕上，將我等一袖子籠去，繩綁鞭抽，拷打了一日。我等當夜走脫，又被他趕上，依然籠了。三番兩次，其實難逃，已允了與他醫樹。卻才自海上求方，遍游三島，眾神仙都沒有本事。弟子因此志心朝禮，特拜告菩薩。伏望慈憫，俯賜一方，以救唐僧早早西去。」菩薩道：「你怎麼不早來見我，卻往島上去尋找？」

行者聞得此言，心中暗喜道：「造化了！造化了！菩薩一定有方也！」他又上前懇求。菩薩道：「我這淨瓶底的『甘露水』，善治得仙樹靈苗。」行者道：「可曾經驗過麼？」菩薩道：「經驗過的。」行者問：「有何經驗？」菩薩道：「當年太上老君曾與我賭勝：他把我的楊柳枝拔了去，放在煉丹爐裡，炙得焦乾，送來還我。是我拿了插在瓶中，一晝夜，復得青枝綠葉，與舊相同。」行者笑道：「真造化了！真造化了！烘焦了的尚能醫活，況此推倒的，有何難哉！」菩薩吩咐大眾：「看守林中，我去去來。」

遂手托淨瓶，白鸚哥前邊巧囀（鳥鳴），孫大聖隨後相從。有詩為證。詩曰：

玉毫金象世難論，正是慈悲救苦尊。過去劫逢無垢佛，至今成得有為身。
幾生欲海澄清浪，一片心田絕點塵。甘露久經真妙法，管教寶樹永長春。

卻說那觀裡大仙與三老正然清話，忽見孫大聖按落雲頭，叫道：「菩薩來了。快接！快接！」慌得那三星與鎮元子共三藏師徒，一齊迎出寶殿。菩薩才住了祥雲，先與鎮元子陪了話；後與三星作禮。禮畢上坐。那階前，行者引唐僧、八戒、沙僧都拜了。那觀中諸仙，也來拜見。行者道：「大仙不必遲疑，趁早兒陳設香案，請菩薩替你治那甚麼果樹去。」大仙躬身謝菩薩道：「小可的勾當，怎麼敢勞菩薩下降？」菩薩道：「唐僧乃我之弟子，孫悟空衝撞了先生，理當賠償寶樹。」三老道：「既如此，不須謙講了。請菩薩都到園中去看看。」

那大仙即命設具香案，打掃後園，請菩薩先行。三老隨後。三藏師徒與本觀眾仙，都到園內觀看

第二十六回

孫悟空三島求方　觀世音甘泉活樹

時，那棵樹倒在地下，土開根現，葉落枝枯。菩薩叫：「悟空，伸手來。」那行者將左手伸開。菩薩將楊柳枝，蘸出瓶中甘露，把行者手心裡畫了一道起死回生的符字，教他放在樹根之下，但看水出為度。那行者捏著拳頭，往那樹根底下揣著；須臾，有清泉一汪。菩薩道：「那個水不許犯五行之器，須用玉瓢舀出，扶起樹來，從頭澆下，自然根皮相合，葉長芽生，枝青果出。」行者道：「小道士們，快取玉瓢來。」鎮元子道：「貧道荒山，沒有玉瓢，只有玉茶盞、玉酒杯，可用得麼？」菩薩道：「但是玉器，可舀得水的便罷，取將來看。」

大仙即命小童子取出有二三十個茶盞，四五十個酒盞，卻將那根下清泉舀出。行者、八戒、沙僧，扛起樹來，扶得周正，擁上土，將玉器內甘泉，一甌甌捧與菩薩。菩薩將楊柳枝細細灑上，口中又念著經咒。

不多時，灑淨那舀出之水，只見那樹果然依舊青綠葉蔭森，上有二十三個人參果。清風、明月二童子道：「前日不見了果子時，顛倒只數得二十二個；今日回生，怎麼又多了一個？」行者道：「『日久見人心。』前日老孫只偷了三個，那一個落下地來，土地說這寶遇土而入，八戒只嚷我打了偏手，故走了風信，只纏到如今，才見明白。」

菩薩道：「我方才不用五行之器者，知道此物與五行相畏故耳。」那大仙十分歡喜，急令取金擊子來，把果子敲下十個，請菩薩與三老復回寶殿，一則謝勞，二來做個「人參果會」。眾小仙遂調開桌椅，鋪設丹盤，請菩薩坐了上面正席，三老左席，唐僧右席，鎮元子前席相陪，各食了一個。有詩為證。詩曰：

萬壽山中古洞天，人參一熟九千年。靈根現出芽枝損，甘露滋生果葉全。
三老喜逢皆舊契，四僧幸遇是前緣。自今會服人參果，盡是長生不老仙。

此時菩薩與三老各吃了一個，唐僧始知是仙家寶貝，也吃了一個。悟空三人，亦各吃一個。鎮元子陪了一個。本觀仙眾分吃了一個。行者才謝了菩薩回上普陀岩，送三星徑轉蓬萊島。鎮元子卻又安排蔬酒，與行者結為兄弟。這才是不打不成相識，兩家合了一家。師徒四眾，喜喜歡歡，天晚歇了。那長老才是：有緣吃得草還丹，長壽苦捱妖怪難。畢竟到明日如何作別，且聽下回分解。

第二十七回
屍魔三戲唐三藏　聖僧恨逐美猴王

卻說三藏師徒，次日天明，收拾前進。那鎮元子與行者結為兄弟，兩人情投意合，決不肯放；又安排管待，一連住了五六日。那長老自服了草還丹，真似脫胎換骨，神爽體健，他取經心重，那裡肯淹留，無已（不得已），遂行。

師徒別了上路，早見一座高山。三藏道：「徒弟，前面有山險峻，恐馬不能前，大家須仔細仔細。」行者道：「師父放心，我等自然理會。」好猴王，他在那馬前，橫擔著棒，剖開山路，上了高崖，看不盡：

峰岩重疊，澗壑灣環。虎狼成陣走，麂鹿作群行。無數獐鑽簇簇，滿山狐兔聚叢叢。千尺大蟒，萬丈長蛇。大蟒噴愁霧，長蛇吐怪風。道旁荊棘牽漫，嶺上松楠秀麗。薜蘿滿目，芳草連天。影落滄溟北，雲開斗柄南。萬古常含元氣老，千峰巍列日光寒。

摘桃兒耍子去了。桃子吃多了，也有些嘈人，又有些下墜。你看那不是個齋僧的來了？」唐僧不信道：「你這個夯貨胡纏！我們走了這向，好人也不曾遇著一個，齋僧的從何而來！」八戒道：「師父，這不到了？」

三藏一見，連忙跳起身來，合掌當胸道：「女菩薩，你府上在何處住？是甚人家？有甚願心，來此齋僧？」分明是個妖精，那長老也不認得。——那妖精見唐僧問他來歷，他立地就起個虛情，花言巧語，來賺哄道：「師父，此山叫做蛇回獸怕的白虎嶺。正西下面是我家。我父母在堂，看經好善，廣齋方上遠近僧人；只因無子，求神作福；生了奴奴，欲扳門第，配嫁他人，又恐老來無倚，只得將奴招了一個女婿，養老送終。」三藏聞言道：「女菩薩，你語言差了，聖經（指儒家經典。下面引文出自《論語》）云：『父母在，不遠游；游必有方。』你既有父母在堂，又與你招了女婿，有願心，教你男子還，便也罷，怎麼自家在山行走？又沒個侍兒隨從。這個是不遵婦道了。」那女子笑吟吟，忙陪俏語道：「師父，我丈夫在山北凹裡，帶幾個客子（傭工）鋤田。這是奴奴煮的午飯，送與那些人吃的。只為五黃六月，無人使喚，父母又年老，所以親身來送。忽遇三位遠來，卻思父母好善，故將此飯齋僧。如不棄嫌，願表芹獻。」三藏道：「善哉！善哉！我有徒弟摘果子去了，就來，我不敢吃；假如我和尚吃了你飯，你丈夫曉得，罵你，卻不罪坐貧僧也？」那女子見唐僧不肯吃，卻又滿面春生道：「師父啊，我父母齋僧，還是小可；我丈夫更是個善人，一生好的是修橋補路，愛老憐貧。但聽見說這飯送與師父吃了，他與我夫妻情上，比尋常更是不同。」三藏也只是不吃。旁邊子惱壞了八戒。那呆子努著嘴，口裡埋怨道：「天下和尚也無數，不曾像我這個老和尚罷軟（沒主見）！現成的飯，三分兒，倒不吃，只等那猴子來，做四分才吃！」他不容分說，一嘴把個罐子拱倒，就要動口。

第二十七回

屍魔三戲唐三藏　聖僧恨逐美猴王

只見那行者自南山頂上，摘了幾個桃子，托著缽盂，一筋斗，點將回來；睜火眼金睛觀看，認得那女子是個妖精，放下缽盂，掣鐵棒，當頭就打。唬得個長老用手扯住道：「悟空！你走將來打誰？」行者道：「師父，你面前這個女子，莫當做個好人；他是個妖精，要來騙你哩。」三藏道：「你這猴頭，當時倒也有些眼力，今日如何亂道！這女菩薩有此善心，將這飯要齋我等，你怎麼說他是個妖精？」行者笑道：「師父，你那裡認得。老孫在水簾洞裡做妖魔時，若想人肉吃，便是這等：或變金銀，或變莊台，或變醉人，或變女色。有那等痴心的，愛上我，我就迷他到洞裡，盡意隨心，或蒸或煮受用；吃不了，還要曬乾了防天陰哩！師父，我若來遲，你定入他套子，遭他毒手！」那唐僧那裡肯信，只說是個好人。行者道：「師父，我知道你了。你見他那等容貌，必然動了凡心。若果有此意，叫八戒伐幾棵樹來，沙僧尋些草來，我做木匠，就在這裡搭個窩鋪，你與他圓房成事，我們大家散了，卻不是件事業？何必又跋涉，取甚經去！」那長老原是個軟善的人，那裡吃得他這句言語，羞得個光頭徹耳通紅。

三藏正在此羞慚，行者又發起性來，掣鐵棒，望妖精劈臉一下。那怪物有些手段，使個「解屍法」，見行者棍子來時，他卻抖擻精神，預先走了，把一個假屍首打死在地下。唬得個長老戰戰兢兢，口中作念道：「這猴著然無禮！屢勸不從，無故傷人性命！」行者道：「師父莫怪，你且來看看這罐子裡是甚東西。」沙僧攙著長老，近前看時，那裡是甚香米飯，卻是一罐子拖尾巴的長蛆；也不是麵筋，卻是幾個青蛙、癩蝦蟆，滿地亂跳。長老才有三分兒信了。怎禁豬八戒氣不忿，在旁漏八分兒唆嘴道：「師父，說起這個女子，他是此間農婦，因為送飯下田，路遇我等，卻怎麼栽他是個妖怪？哥哥的棍重，走將來試手打他一下，不期就打殺了；怕你念甚麼《緊箍兒咒》，故意的使個障眼法兒，變做這等樣東西，演幌你眼，使不念咒哩。」

三藏自此一言，就是晦氣到了：果然信那呆子攛唆，手中捻訣，口裡念咒。行者就叫：「頭疼！頭疼！莫念！莫念！有話便說。」唐僧道：「有甚話說！出家人時時常要方便，念念不離善心，掃地恐傷螻蟻命，愛惜飛蛾紗罩燈。你怎麼步步行凶！打死這個無故平人，取將經來何用？你回去罷！」行者道：「師父，你教我回那裡去？」唐僧道：「我不要你做徒弟。」行者道：「你不要我做徒弟，只怕你西天路去不成。」唐僧道：「我命在天，該那個妖精蒸了吃，就是煮了，也算不過。終不然，你救得我的大限？你快回去！」行者道：「師父，我回去便也罷了，只是不曾報得你的恩哩。」唐僧道：「我與你有甚恩？」那大聖聞言，連忙跪下叩頭道：「老孫因大鬧天宮，致下了傷身之難，被我佛壓在兩界山；幸觀音菩薩與我受了戒行，幸師父救脫吾身；若不與你同上西天，顯得我『知恩不報非君子，萬古千秋作罵名。』」

原來這唐僧是個慈憫的聖僧。他見行者哀告，卻也回心轉意道：「既如此說，且饒你這一次。再休無禮。如若仍前作惡，這咒語顛倒就念二十遍！」行者道：「三十遍也由你，只是我不打人了。」卻才伏侍唐僧上馬，又將摘來桃子奉上。唐僧在馬上也吃了幾個，權且充飢。

卻說那妖精，脫命升空。原來行者那一棒不曾打殺妖精，妖精出神去了。他在那雲端裡，咬牙切齒，暗恨行者道：「幾年只聞得講他手段，今日果然話不虛傳。那唐僧已此不認得我，將要吃飯。若低頭聞一聞兒，我就一把撈住，卻不是我的人了。不期被他走來，弄破我這勾當，又幾乎被他打了一棒。若饒了這個和尚，誠然是勞而無功也。我還下去戲他一戲。」

好妖精，按落陰雲，在那前山坡下，搖身一變，變作個老婦人，年滿八旬，手拄著一根彎頭竹杖，一步一聲的哭著走來。八戒見了，大驚道：「師父！不好了！那媽媽兒來尋人了！」唐僧道：「尋甚人？」八戒道：「師兄打殺的，定是他女兒。這個定是他娘尋將來了。」行者道：「兄弟莫要胡說！那女子十八歲，這老婦有八十歲，怎麼六十多歲還生產？斷乎是個假的，等老孫去看來。」好行者，拽開步，走近前觀看，那怪物：

假變一婆婆，兩鬢如冰雪。走路慢騰騰，行步虛怯怯。弱體瘦伶仃，臉如枯菜葉。顴骨望上翹，嘴唇往下別。老年不比少年時，滿臉都是荷葉摺。

行者認得他是妖精，更不理論，舉棒照頭便打。那怪見棍子起時，依然抖擻，又出化了元神，脫真兒去了；把個假屍首又打死在山路之下。唐僧一見，驚下馬來，睡在路旁，更無二話，只是把《緊箍兒咒》顛倒足足念了二十遍。可憐把個行者頭，勒得似個亞腰兒葫蘆，十分疼痛難忍，滾將來哀告道：「師父莫念了！有甚話說了罷！」唐僧道：「有甚話說！出家人耳聽善言，不墮地獄。我這般勸化你，你怎麼只是行凶？把平人打死一個，又打死一個，此是何說？」行者道：「他是妖精。」唐僧道：「這個猴子胡說！就有這許多妖怪！你是個無心向善之輩，有意作惡之人，你去罷！」行者道：「師父又教我去？回去便也回去了，只是一件不相應。」唐僧道：「你有甚麼不相應處？」八戒道：「師父，他要和你分行李哩。跟著你做了這幾年和尚，不成空著手回去？你把那包袱裡的甚麼舊褊衫，破帽子，分兩件與他罷。」

行者聞言，氣得暴跳道：「我把你這個尖嘴的夯貨！老孫一向秉教沙門，更無一毫嫉妒之意，貪戀之心，怎麼要分甚麼行李？」唐僧道：「你既不嫉妒貪戀，如何不去？」行者道：「實不瞞師父說。老孫五百年前，居花果山水簾洞大展英雄之際，收降七十二洞邪魔，手下有四萬七千群怪，頭戴的是紫金冠，身穿的是赭黃袍，腰繫的是藍田帶，足踏的是步雲履，手執的是如意金箍棒：著實也曾為人。自從涅槃罪度，削髮秉正沙門，跟你做了徒弟，把這個『金箍兒』勒在我頭上，若回去，卻也難見故鄉人。師父果若不要我，把那個《鬆箍兒咒》念一念，退下這個箍子，交付與你，套在別人頭上，我就快活相應了。也是跟你一場。莫不成這些人意兒也沒有了？」唐僧大驚道：「悟空，我當時只是菩薩暗受一卷《緊箍兒咒》，卻沒有甚麼《鬆箍兒咒》。」行者道：「若無《鬆箍兒咒》，你還帶我去走走罷。」長老又沒奈何道：「你且起來，我再饒你這一次，卻不可再行凶了。」行者道：「再不敢了。再不敢了。」又伏侍師父上馬，剖路前進。

卻說那妖精，原來行者第二棍也不曾打殺他。那怪物在半空中，誇獎不盡道：「好個猴王，著然有眼！我那般變了去，他也還認得我。這些和尚，他去得快，若過此山，西下四十里，就不伏我所管了。若是被別處妖魔撈了去，好道就笑破他人口，使碎自家心。我還下去戲他一戲。」好妖怪，按聳陰風，在山坡下搖身一變，變做一個老公公，真個是：

白髮如彭祖，蒼髯賽壽星。耳中鳴玉磬，眼裡幌金星。
手拄龍頭拐，身穿鶴氅輕。數珠掐在手，口誦南無經。

唐僧在馬上見了，心中歡喜道：「阿彌陀佛！西方真是福地！那公公路也走不上來，逼法的還念經哩。」八戒道：「師父，你且莫要誇獎。那個是禍的根哩。」唐僧道：「怎麼是禍根？」八戒道：「行者打殺他的女兒，又打殺他的婆子，這個正是他的老兒尋將來了。我們若撞在他的懷裡呵，師父，你便償命，該個死罪；把老豬為從，問個充軍；沙僧喝令，問個擺站（把犯人發配發驛站充當苦差）；那行者使個遁法走了，卻不苦了我們三個頂缸？」

行者聽見道：「這個呆根，這等胡說，可不唬了師父？等老孫再去看看。」他把棍藏在身邊，走上前，迎著怪物，叫聲：「老官兒，往那裡去？怎麼又走路，又念經？」那妖精錯認了定盤星（做出錯誤判斷），把孫大聖也當做個等閒的，遂答道：「長老啊，我老漢祖居此地，一生好善齋僧，看經念佛。命裡無兒，止生得一個小女，招了個女婿。今早送飯下田，想是遭逢虎口。老妻先來找尋，也不見回去。全然不知下落，老漢特來尋看。果然是傷殘他命，也沒奈何，將他骸骨收拾回去，安葬塋中。」行者笑道：「我是個做齪婀虎的祖宗，你怎麼袖子裡籠了個鬼兒來哄我？你瞞了諸人，瞞不過我！我認得你是個妖精！」那妖精唬得頓口無言。行者掣出棒來，自忖思道：「若要不打他，顯得他倒弄個風兒；若要打他，又怕師父念那話兒咒語。」又思量道：「不打殺他，他一時間抄空兒把師父撈了去，卻不又費心勞力去救他？還打的是！就一棍子打殺他，師父念起那咒，常言道：『虎毒不吃兒。』憑著我巧言花語，嘴伶舌便，哄他一哄，好道也罷了。」好大聖，念動咒語，叫當坊土地、本處山神道：「這妖精三番來戲弄我師父，這一番卻要打殺他。你與我在半空中作證，不許走了。」眾神聽令，誰敢不從，都在雲端裡照應。那大聖棍起處，打倒妖魔，才斷絕了靈光。

那唐僧在馬上，又唬得戰戰兢兢，口不能言。八戒在旁邊又笑道：「好行者！瘋發了！只行了半日路，倒打死三個人！」唐僧正要念咒，行者急到馬前，叫道：「師父，莫念！莫念！你且來看看他

第二十八回

花果山群妖聚義　黑松林三藏逢魔

卻說那大聖雖被唐僧逐趕，然猶思念，感嘆不已，早望見東洋大海。道：「我不走此路者，已五百年矣！」只見那海水：

煙波蕩蕩，巨浪悠悠。煙波蕩蕩接天河，巨浪悠悠通地脈。潮來洶湧，水浸灣環。潮來洶湧，猶如霹靂吼三春；水浸灣環，卻似狂風吹九夏。乘龍福老，往來必定皺眉行；跨鶴仙童，反覆果然憂慮過。近岸無村社，傍水少漁舟。浪捲千年雪，風生六月秋。野禽憑出沒，沙鳥任沉浮。眼前無釣客，耳畔只聞鷗。海底游魚樂，天邊過雁愁。

那行者將身一縱，跳過了東洋大海，早至花果山。按落雲頭，睜睛觀看，那山上花草俱無，煙霞盡絕；峰岩倒塌，林樹焦枯。你道怎麼這等？只因他鬧了天宮，拿上界去，此山被顯聖二郎神，率領那梅山七弟兄，放火燒壞了。這大聖倍加淒慘。有一篇敗山頹景的古風為證。古風云：

第二十八回
花果山群妖聚義　黑松林三藏逢魔

回顧仙山兩淚垂，對山淒慘更傷悲。當時只道山無損，今日方知地有虧。
可恨二郎將我滅，堪嗔小聖把人欺。行凶掘你先靈墓，無干破爾祖墳基。
滿天霞霧皆消蕩，遍地風雲盡散稀。東嶺不聞斑虎嘯，西山那見白猿啼。
北溪狐兔無蹤跡，南谷獐犯沒影遺。青石燒成千塊土，碧砂化作一堆泥。
洞外喬松皆倚倒，崖前翠柏盡稀少。椿杉槐檜栗檀焦，桃杏李梅梨棗了。
柘絕桑無怎養蠶，柳稀竹少難棲鳥。峰頭巧石化為塵，澗底泉乾都是草。
崖前土黑沒芝蘭，路畔泥紅藤薜攀。往日飛禽飛那處？當時走獸走何山？
豹嫌蟒惡傾頹所，鶴避蛇回敗壞間。想是日前行惡念，致令目下受艱難。

那大聖正當悲切，只聽得那芳草坡前、曼荊凹裡，響一聲，跳出七八個小猴，一擁上前，圍住叩頭。高叫道：「大聖爺爺！今日來家了？」美猴王道：「你們因何不耍不頑，一個個都潛蹤隱跡？我來多時了，不見你們形影，何也？」群猴聽說，一個個垂淚告道：「自大聖擒拿上界，我們被獵人之苦，著實難捱！怎禁他硬弩強弓，黃鷹劣犬，網扣槍鉤，故此各惜性命，不敢出頭頑耍；只是深潛洞府，遠避窩巢。飢去坡前偷草食，渴來澗下吸清泉。卻才聽得大聖爺爺聲音，特來接見，伏望扶持。」那大聖聞得此言，愈加淒慘。便問：「你們還有多少在此山上？」群猴道：「老者，小者，只有千把。」大聖道：「我當時共有四萬七千群妖，如今都往那裡去了？」

群猴道：「自從爺爺去後，這山被二郎菩薩點上火，燒殺了大半。我們蹲在井裡，鑽在澗內，藏於鐵板橋下，得了性命。及至火滅煙消，出來時，又沒花果養贍，難以存活，別處又去了一半。我們這一半，捱苦的住在山中。這兩年，又被些打獵的搶了一半去也。」行者道：「他搶你去何幹？」群猴道：「說起這獵戶，可恨！他把我們中箭著槍的，中毒打死的，拿了去剝皮剔骨，醬煮醋蒸，油煎鹽炒，當做下飯食用。或用那罾網的，遇扣的，夾活兒拿去了，教他跳圈做戲，翻筋斗，豎蜻蜓，當街上篩鑼擂鼓，無所不為的頑耍。」

大聖聞此言，更十分惱怒道：「洞中有甚麼人執事？」群猴道：「還有馬、流二元帥，崩、芭二將軍管著哩。」大聖道：「你們去報他知道，說我來了。」那些小猴，撞入門裡報道：「大聖爺爺來家了。」那馬、流、崩、芭聞報，忙出門叩頭，迎接進洞。大聖坐在中間，群猴羅拜於前，啟道：「大聖爺爺，近聞得你得了性命，保唐僧往西天取經，如何不走西方，卻回本山？」大聖道：「小的們，你不知道。那唐三藏不識賢愚：我為他一路上捉怪擒魔，使盡了平生的手段，幾番家打殺妖精；他說我行凶作惡，不要我做徒弟，把我逐趕回來，寫立貶書為照，永不聽用了。」

眾猴鼓掌大笑道：「造化！造化！做甚麼和尚，且家來，帶攜我們耍子幾年罷！」叫：「快安排椰子酒來，與爺爺接風。」大聖道：「且莫飲酒。我問你：那打獵的人，幾時來我山上一度？」馬、流道：「大聖，不論甚麼時度，他逐日家在這裡纏擾。」大聖道：「他怎麼今日不來？」馬、流道：「看待來耶。」大聖吩咐：「小的們，都出去把那山土燒酥了的碎石頭與我搬將起來堆著。——或二三十個一堆，或五六十個一堆，堆著，我有用處。」那些小猴，都是一窩峰，一個個跳天搠地，亂搬了許多堆集。大聖看了，教：「小的們，都往洞內藏躲，讓老孫作法。」

那大聖上了山巔看處，只見那南半邊，冬冬鼓響，當當鑼鳴，閃上有千餘人馬，都架著鷹犬，持著刀槍。猴王仔細看那些人，來得凶險。好男子，真個驍勇！但見：

狐皮苫肩頂，錦綺裹腰胸。袋插狼牙箭，胯掛寶雕弓。
人似搜山虎，馬如跳澗龍。成群引著犬，滿膀架其鷹。
荊筐抬火炮，帶定海東青。粘竿百十擔，兔叉有千根。
牛頭攔路網，閻王扣子繩。一齊亂吆喝，散撒滿天星。

大聖見那些人布上他的山來，心中大怒。手裡捻訣，口內念念有詞，往那巽地上吸了一口氣，呼的吹將去，便是一陣狂風。好風！但見：

揚塵播土，倒樹摧林。海浪如山聳，渾波萬迭侵。乾坤昏蕩蕩，日月暗沉沉。一陣搖松如虎嘯，忽然入竹似龍吟。萬竅怒號天噫氣，飛砂走石亂傷人。

大聖作起這大風，將那碎石，乘風亂飛亂舞，可憐把那些千餘人馬，一個個：

石打烏頭粉碎，沙飛海馬俱傷。人參宮桂嶺前忙，血染朱砂地上。附子難歸故里，檳榔怎得還鄉？屍骸輕粉臥山場，紅娘子家中盼望。（這是一首含有多種中藥材名的詞）

詩曰：

走向南邊去了。出得松林，忽抬頭，見那壁廂金光閃爍，彩氣騰騰。仔細看處，原來是一座寶塔，金頂放光。這是那西落的日色，映著那金頂放亮。他道：「我弟子卻沒緣法哩！自離東土，發願逢廟燒香，見佛拜佛，遇塔掃塔。那放光的不是一座黃金寶塔？怎麼就不曾走那條路？塔下必有寺院，院內必有僧家，且等我走走。這行李、白馬，料此處無人行走，卻也無事。那裡若有方便處，待徒弟們來，一同借歇。」

噫！長老一時晦氣到了。你看他拽開步，竟至塔邊。但見那：

石崖高萬丈，山大接青霄。根連地厚，峰插天高。兩邊雜樹數千科，前後藤纏百餘里。花映草梢風有影，水流雲竇月無根。倒木橫擔深澗，枯藤結掛光峰。石橋下，流滾滾清泉；台座上，長明明白粉。遠觀一似三島天堂，近看有如蓬萊勝境。香松紫竹繞山溪，鴉鵲猿猴穿峻嶺。洞門外，有一來一往的走獸成行；樹林裡，有或出或入的飛禽作隊。青青香草秀，豔豔野花開。這所在分明是惡境，那長老晦氣撞將來。

那長老舉步進前，才來到塔門之下，只見一個斑竹簾兒，掛在裡面。他破步入門，揭起來，往裡就進，猛抬頭，見那石床上，側睡著一個妖魔，你道他怎生模樣：

青靛臉，白獠牙，一張大口呀呀。兩邊亂蓬蓬的鬢毛，卻都是些胭脂染色；三四紫巍巍的髭髯，恍疑是那荔枝排芽。鸚嘴般的鼻兒拱拱，曙星樣的眼兒巴巴。兩個拳頭，和尚缽盂模樣；一雙藍腳，懸崖榾柮椏槎。斜披著淡黃袍帳，賽過那織錦袈裟。拿的一口刀，精光耀映；眠的一塊石，細潤無瑕。他也曾小妖排蟻陣，他也曾老怪坐蜂衙。你看他威風凜凜，大家吆喝，叫一聲爺。他也曾月作三人壺酌酒，他也曾風生兩腋盞傾茶。你看他神通浩浩，霎著下眼，游遍天涯。荒林喧鳥雀，深莽宿龍蛇。仙子種田生白玉，道人伏火養丹砂。小小洞門，雖到不得那阿鼻地獄；楞楞妖怪，卻就是一個牛頭夜叉。

那長老看見他這般模樣，唬得打了一個倒退，遍體酥麻，兩腿酸軟，即忙的抽身便走。剛剛轉了一個身，那妖魔，他的靈性著實是強。大撐開著一雙金睛鬼眼，叫聲：「小的們，你看門外是甚麼人！」一個小妖就伸頭望門外一看，看見是個光頭的長老，連忙跑將進去，報道：「大王，外面是個和尚哩。團頭大面，兩耳垂肩；嫩刮刮的一身肉，細嬌嬌的一張皮：且是好個和尚！」那妖聞言，呵聲笑道：「這叫做個『蛇頭上蒼蠅，自來的衣食。』你眾小的們！疾忙趕上也，與我拿將來！我這裡重重有賞。」

那些小妖，就是一窩蜂，齊齊擁上。三藏見了，雖則是一心忙似箭，兩腳走如飛；終是心驚膽顫，腿軟腳麻。況且是山路崎嶇，林深日暮，步兒那裡移得動？被那些小妖，平抬將去。正是：

龍游淺水遭蝦戲，虎落平原被犬欺。
縱然好事多磨障，誰像唐僧西向時？

響。原來是八戒、沙僧與那怪在半空裡廝殺哩。這公主厲聲高叫道：「黃袍郎！」那妖王聽得公主叫喚，即丟了八戒、沙僧，按落雲頭，揪了鋼刀，攙著公主道：「渾家，有甚話說？」公主道：「郎君啊，我才時睡在羅幃之內，夢魂中，忽見個金甲神人。」妖魔道：「那個金甲神？上我門怎的？」公主道：「是我幼時，在宮裡，對神暗許下一樁心願：若得招個賢郎駙馬，上名山，拜仙府，齋僧布施。自從配了你，夫妻們歡會，到今不曾提起。那金甲神人來討誓願，喝我醒來，卻是南柯一夢。因此，急整容來郎君處訴知，不期那樁上綁著一個僧人，萬望郎君慈憫，看我薄意，饒了那個和尚罷。只當與我齋僧還願。不知郎君肯否？」那怪道：「渾家，你卻多心吶！甚麼打緊之事。我要吃人，那裡不撈幾個吃吃。這個把和尚，到得那裡，放他去罷。」公主道：「郎君，放他從後門裡去罷。」妖魔道：「奈煩哩。放他去便罷，又管他甚麼後門前門哩。」他遂綽了鋼刀，高叫道：「那豬八戒，你過來。我不是怕你，不與你戰；看著我渾家的分上，饒了你師父也。趁早去後門首，尋著他，往西方去罷。若再來犯我境界，斷乎不饒！」

那八戒與沙僧聞得此言，就如鬼門關上放回來的一般。即忙牽馬挑擔，鼠竄而行。轉過那波月洞，後門之外，叫聲：「師父！」那長老認得聲音，就在那荊棘中答應。沙僧就剖開草徑，攙著師父，慌忙的上馬。這裡：

> 狠毒險遭青面鬼，殷勤幸有百花羞。鰲魚脫卻金鉤釣，擺尾搖頭逐浪游。

八戒當頭領路，沙僧後隨，出了那松林，上了大路。你看他兩個嚌嚌嘈嘈，埋埋怨怨，三藏只是解和。遇晚先投宿，雞鳴早看天。一程一程，長亭短亭，不覺的就走了二百九十九里。猛抬頭，只見一座好城，就是寶象國。真好個處所也：

雲渺渺，路迢迢；地雖千里外，景物一般饒。瑞靄祥煙籠罩，清風明月招搖。嵂嵂崒崒的遠山，大開圖畫；潺潺湲湲的流水，碎濺瓊瑤。可耕的連阡帶陌，足食的密蕙新苗。漁釣的幾家三澗曲，樵採的一擔兩峰椒。廓的廓，城的城，金湯鞏固；家的家，戶的戶，只斗逍遙。九重的高閣如殿宇，萬丈的層台似錦標。也有那太極殿、華蓋殿、燒香殿、觀文殿、宣政殿、延英殿：一殿殿的玉陛金階，擺列著文冠武弁；也有那大明宮、昭陽宮、長樂宮、華清宮、建章宮、未央宮：一宮宮的鐘鼓管簫，撒抹了閨怨春愁。也有禁苑的，露花勻嫩臉；也有御溝的，風柳舞纖腰。通衢上，也有個頂冠束帶的，盛儀容，乘五馬；幽僻中，也有個持弓挾矢的，撥雲霧，貫雙雕。花柳的巷，管弦的樓，春風不讓洛陽橋。取經的長老，回首大唐肝膽裂；伴師的徒弟，息肩小驛夢魂消。

看不盡寶象國的景致。師徒三眾，收拾行李、馬匹，安歇館驛中。

唐僧步行至朝門外，對閤門大使道：「有唐朝僧人，特來面駕，倒換文牒。乞為轉奏轉奏。」那黃門奏事官，連忙走至白玉階前奏道：「萬歲，唐朝有個高僧，欲求見駕，倒換文牒。」那國王聞知是唐朝大國，且又說是個方上聖僧，心中甚喜，即時准奏。叫：「宣他進來。」把三藏宣至金階，舞蹈山呼禮畢。兩邊文武多官，無不嘆道：「上邦人物，禮樂雍容如此！」那國王道：「長老，你到我營，保國家無侵凌之患。那妖精乃雲來霧去之輩，不得與他覿面相見，何以征救？想東土取經者，乃上邦聖僧。這和尚『道高龍虎伏，德重鬼神欽』，必有降妖之術。自古道：『來說是非者，就是是非人。』可就請這長老降妖邪，救公主，庶為萬全之策。」

那國王聞言，急回頭，便請三藏道：「長老若有手段，放法力，捉了妖魔，救我孩兒回朝，也不須上西方拜佛，長髮留頭，朕與你結為兄弟，同坐龍床，共享富貴如何？」三藏慌忙啟上道：「貧僧粗知念佛，其實不會降妖。」國王道：「你既不會降妖，怎麼敢上西天拜佛？」那長老瞞不過，說出兩個徒弟來了。奏道：「陛下，貧僧一人，實難到此。貧僧有兩個徒弟，善能逢山開路，遇水迭橋，保貧僧到此。」國王怪道：「你這和尚大沒理。既有徒弟，怎麼不與他一同進來見朕？若到朝中，雖無中意賞賜，必有隨分齋供。」三藏道：「貧僧那徒弟醜陋，不敢擅自入朝，但恐驚傷了陛下的龍體。」國王笑道：「你看你這和尚說話，終不然（難道）朕當怕他？」三藏道：「不敢說。我那大徒弟姓豬，法名悟能八戒。他生得長嘴獠牙，剛鬃扇耳，身粗肚大，行路生風。第二個徒弟姓沙，法名悟淨和尚。他生得身長丈二，臂闊三停，臉如藍靛，口似血盆，眼光閃灼，牙齒排釘。他都是這等個模樣，所以不敢擅領入朝。」國王道：「你既這等樣說了一遍，寡人怕他怎的？宣進來。」隨即著金牌至館驛（旅館）相請。

那呆子聽見來請，對沙僧道：「兄弟，你還不教下書哩。這才見了下書的好處。想是師父下了書，國王道：捎書人不可怠慢，一定整治筵宴待他；他的食腸不濟，有你我之心，舉出名來，故此著金牌來請。大家吃一頓，明日好行。」沙僧道：「哥啊，知道是甚緣故，我們且去來。」遂將行李、馬匹俱交付驛丞。各帶隨身兵器，隨金牌入朝。早行到白玉階前，左右立下，朝上唱個喏，再也不

第二十九回

脫難江流來國土　承恩八戒轉山林

動。那文武眾官，無人不怕。都說道：「這兩個和尚，貌醜也罷，只是粗俗太甚！怎麼見我王更不下拜，喏畢平身，挺然而立！可怪！可怪！」八戒聽見道：「列位，莫要議論。我們是這般。乍看果有些醜；只是看下些時來，卻也耐看。」

那國王見他醜陋，已是心驚；及聽得那呆子說出話來，越發膽顫，就坐不穩，跌下龍床。幸有近侍官員扶起。慌得個唐僧，跪在殿前，不住的叩頭道：「陛下，貧僧該萬死！萬死！我說徒弟醜陋，不敢朝見，恐傷龍體，果然驚了駕也。」那國王戰兢兢，走近前，攙起道：「長老，還虧你先說過了；若未說，猛然見他，寡人一定唬殺了也！」國王定性多時，便問：「豬長老、沙長老，是那一位善於降妖？」那呆子不知好歹。答道：「老豬會降。」國王道：「怎麼家降？」八戒道：「我乃是天蓬元帥；只因罪犯天條，墮落下世，幸今皈正為僧。自從東土來此，第一會降妖的是我。」國王道：「既是天將臨凡，必然善能變化。」八戒道：「不敢，不敢，也將就曉得幾個變化兒。」國王道：「你試變一個我看看。」八戒道：「請出題目，照依樣子好變。」國王道：「變一個大的罷。」

那八戒他也有三十六般變化，就在階前，賣弄手段，卻便捻訣念咒，喝一聲叫「長！」把腰一躬，就長了有八九丈長，卻似個開路神一般。嚇得那兩班文武，戰戰兢兢；一國君臣，呆呆掙掙。時有鎮殿將軍問道：「長老，似這等變得身高，必定長到甚麼去處，才有止極？」那呆子又說出呆話來道：「看風。東風猶可，西北也將就；若有南風起，把青天也拱個大窟窿！」那國王大驚道：「收了神通罷。曉得是這般變化了。」八戒把身一矬，依然現了本相，侍立階前。

國王又問道：「長老此去，有何兵器與他交戰？」八戒腰裡掣出鈀來道：「老豬使的是釘鈀。」國王笑道：「可敗壞門面！我這裡有的是鞭、簡、爪、錘、刀、槍、鉞、斧，劍、戟、矛、鐮。隨你他不過？當時初相戰鬥，有那護法諸神，為唐僧在洞，暗助八戒、沙僧，故僅得個手平；此時諸神都在寶象國護定唐僧，所以二人難敵。

那呆子道：「沙僧，你且上前來與他鬥著，讓老豬出恭來。」他就顧不得沙僧，一溜往那蒿草薜蘿，荊棘葛藤裡，不分好歹，一頓鑽進；那管刮破頭皮，搠傷嘴臉，一轂轆睡倒，再也不敢出來。但留半邊耳朵，聽著梆聲。

那怪見八戒走了，就奔沙僧。沙僧措手不及，被怪一把抓住，捉進洞去。小妖將沙僧四馬攢蹄捆住。畢竟不知端的性命如何，且聽下回分解。

第三十回
邪魔侵正法　意馬憶心猿

卻說那怪把沙僧捆住，也不來殺他，也不曾打他，罵也不曾罵他一句。綽起鋼刀，心中暗想道：「唐僧乃上邦人物，必知禮義；終不然我饒了他性命，又著他徒弟拿我不成？——噫！這多是我渾家有甚麼書信到他那國裡，走了風訊！等我去問他一問。」那怪陡起凶性，要殺公主。

卻說那公主不知，梳妝方畢，移步前來。只見那怪怒目攢眉，咬牙切齒。那公主還陪笑臉迎道：「郎君有何事這等煩惱？」那怪咄的一聲罵道：「你這狗心賤婦，全沒人倫！我當初帶你到此，更無半點兒說話。你穿的錦，戴的金，缺少東西我去尋。四時受用，每日情深。你怎麼只想你父母，更無一點夫婦心？」那公主聞說，嚇得跪倒在地。道：「郎君啊，你怎麼今日說起這分離的話？」那怪道：「不知是我分離，是你分離哩！我把那唐僧拿來，算計要他受用，你怎麼不先告過我，就放了他？原來是你暗地裡修了書信，教他替你傳寄；不然，怎麼這兩個和尚又來打上我門，教還你回去？這不是你干的事？」公主道：「郎君，你差怪我了。我何嘗有甚書去？」老怪道：「你還強嘴哩！現拿住一個對頭在此，卻不是證見？」公主道：「是誰？」老妖道：「是唐僧第二個徒弟沙和

他進來，還省些口面。」

宣。」那國王正與唐僧敘話。忽聽得三駙馬，便問多官道：「寡人只有兩個駙馬，怎麼又有個三駙馬？」多官道：「三駙馬，必定是妖怪來了。」國王道：「可好宣他進來？」那長老心驚道：「陛下，妖精啊，不精者不靈。他能知過去未來，他能騰雲駕霧，宣他也進來，不宣他也進來，倒不如宣他進來，還省些口面。」

國王准奏叫宣，把怪宣至金階。他一般的也舞蹈山呼的行禮。多官見他生得俊麗，也不敢認他是妖精。他都是些肉眼凡胎，卻當做好人。那國王見他聳壑昂霄，以為濟世之梁棟。便問他：「駙馬，你家在那裡居住？是何方人氏？幾時得我公主配合？怎麼今日才來認親？」那老妖叩頭道：「主公，臣是城東碗子山波月莊人家。」國王道：「你那山離此處多遠？」老妖道：「不遠，只有三百里。」國王道：「三百里路，我公主如何得到那裡，與你匹配？」那妖精巧語花言，虛情假意的答道：「主公，微臣自幼兒好習弓馬，採獵為生。那十三年前，帶領家童數十，放鷹逐犬，忽見一隻斑斕猛虎，身馱著一個女子，往山坡下走。是微臣兜弓一箭，射倒猛虎，將女子帶上本莊，把溫水溫湯灌醒，救了他性命。因問他是那裡人家，他更不曾題『公主』二字。早說是萬歲的三公主，怎敢欺心，擅自配合？當得進上金殿，大小討一個官職榮身。只因他說是民家之女，才被微臣留在莊所。女貌郎才，兩相情願，故配合至此多年。當時配合之後，欲將那虎宰了，邀請諸親，卻是公主娘娘教且莫殺。其不殺之故，有幾句言詞，道是甚好。說道：

托天托地成夫婦，無媒無證配婚姻。
前世赤繩曾繫足，今將老虎做媒人。

第三十回

邪魔侵正法　意馬憶心猿

臣因此言，故將虎解了索子，饒了他性命。那虎帶著箭傷，跑蹄剪尾而去。不知他得了性命，在那山中，修了這幾年，煉體成精，專一迷人害人。臣聞得昔年也有幾次取經的，都說是大唐來的唐僧；想是這虎害了唐僧，得了他文引，變作那取經的模樣，今在朝中哄騙主公。主公啊，那繡墩上坐的，正是那十三年前馱公主的猛虎，不是真正取經之人！」

你看那水性的君王，愚迷肉眼，不識妖精，轉把他一片虛詞，當了真實。道：「賢駙馬，你怎的認得這和尚是馱公主的老虎？」那妖道：「主公，臣在山中，吃的是老虎，穿的也是老虎，與他同眠同起，怎麼不認得？」國王道：「你既認得，可教他現出本相來看。」怪物道：「借半盞淨水，臣就教他現了本相。」國王命官取水，遞與駙馬。那怪接水在手，縱起身來，走上前，使個「黑眼定身法」。念了咒語，將一口水望唐僧噴去，叫聲「變！」那長老的真身，隱在殿上，真個變作一隻斑斕猛虎。此時君臣同眼觀看，那隻虎生得：

白額圓頭，花身電目。四隻蹄，挺直崢嶸；二十爪，鉤彎鋒利。鋸牙包口，尖耳連眉。獰猙壯若大貓形，猛烈雄如黃犢樣。剛鬚直直插銀條，刺舌騂騂噴惡氣。果然是隻猛斑斕，陣陣威風吹寶殿。

國王一見，魄散魂飛。唬得那多官盡皆躲避。有幾個大膽的武將，領著將軍、校尉一擁上前，使各項兵器亂砍。這一番，不是唐僧該有命不死，就是二十個僧人，也打為肉醬。此時幸有丁甲、揭諦、功曹、護教諸神，暗在半空中護佑，所以那些人，兵器皆不能打傷。眾臣嚷到天晚，才把那虎活那怪看得眼乇，小龍丟了花字，望妖精劈一刀來。好怪物，側身躲過，慌了手腳，舉起一根滿堂紅，架住寶刀。那滿堂紅原是熟鐵打造的，連柄有八九十斤。兩個出了銀安殿，小龍現了本相，卻駕起雲頭，與那妖魔在那半空中相殺。這一場，黑地裡好殺！怎見得：

那一個是碗子山生成的怪物，這一個是西洋海罰下的真龍。一個放毫光，如噴白電；一個生銳氣，如迸紅雲。一個好似白牙老象走人間，一個就如金爪狸貓飛下界。一個是擎天玉柱，一個是架海金梁。銀龍飛舞，黃鬼翻騰。左右寶刀無怠慢，往來不歇滿堂紅。

他兩個在雲端裡，戰彀八九回合，小龍的手軟筋麻，老魔的身強力壯。小龍抵敵不住，飛起刀去，砍那妖怪，妖怪有接刀之法，一隻手接了寶刀，一隻手拋下滿堂紅便打，小龍措手不及，被他把後腿上著了一下。急慌慌按落雲頭，多虧了御水河救了性命。小龍一頭鑽下水去。那妖魔趕來尋他不見，執了寶刀，拿了滿堂紅，回上銀安殿，照舊吃酒睡覺不題。

卻說那小龍潛於水底，半個時辰聽不見聲息，方才咬著牙，忍著腿疼跳將起去，踏著烏雲，徑轉館驛。還變作依舊馬匹，伏於槽下。可憐渾身是水，腿有傷痕。那時節：

意馬心猿都失散，金公木母盡雕零。
黃婆傷損通分別，道義消疏怎得成！

第三十回

邪魔侵正法　意馬憶心猿

且不言三藏逢災，小龍敗戰。卻說那豬八戒，從離了沙僧，一頭藏在草科（今為「窠」）裡，拱了一個豬渾塘。這一覺，直睡到半夜時候才醒。醒來時，又不知是甚麼去處，摸摸眼，定了神思，側耳才聽，噫！正是那山深無犬吠，野曠少雞鳴。他見那星移斗轉，約莫有三更時分，心中想道：「我要回救沙僧，誠然是『單絲不線，孤掌難鳴』。罷！罷！罷！我且進城去見了師父，奏准當今，再選些驍勇人馬，助著老豬明日來救沙僧罷。」

那呆子急縱雲頭，徑回城裡。半霎時，到了館驛。此時人靜月明。兩廊下尋不見師父。只見白馬睡在那廂，渾身水濕，後腿有盤子大小一點青痕。八戒失驚道：「雙晦氣了！這亡人又不曾走路，怎麼身上有汗，眼有青痕？想是歹人打劫師父，把馬打壞了。」那白馬認得是八戒，忽然口吐人言，叫聲：「師兄！」這呆子嚇了一跌。爬起來，往外要走，被那馬探探身，一口咬住皂衣，道：「哥啊，你莫怕我。」八戒戰兢兢的道：「兄弟，你怎麼今日說起話來了？你但說話，必有大不祥之事。」小龍道：「你知師父有難麼？」八戒道：「我不知。」小龍道：「你是不知！你與沙僧在皇帝面前弄了本事，思量拿到妖魔，請功求賞，不想妖魔本領大，你們手段不濟，禁他不過。好道著一個回來，說個信息是，卻更不聞音。那妖精變做一個俊俏文人，撞入朝中，與皇帝認了親眷。把我師父變作一個斑斕猛虎，見被眾臣捉住，鎖在朝房鐵籠裡面。我聽得這般苦惱，心如刀割。你兩日又不在不知，恐一時傷了性命。只得化龍身去救，不期到朝裡，又尋不見師父。及到銀安殿外，遇見妖精，我又變做個宮娥模樣，哄那怪物。那怪叫我舞刀他看，遂爾留心，砍他一刀，早被他閃過，雙手舉個滿堂紅，把我戰敗，我又飛刀砍去，他又把刀接了，捽下滿堂紅，把我後腿上著了一下；故此鑽在御水河，逃得性命。腿上青是他滿堂紅打的。」

八戒聞言道：「真個有這樣事？」小龍道：「莫成我哄你了！」八戒道：「怎的好！怎的好！你可掙得動麼？」小龍道：「我掙得動便怎的？」八戒道：「你掙得動，便掙下海去罷。把行李等老豬挑去高老莊上，回爐做女婿去呀。」小龍聞說，一口咬住他直裰子，那裡肯放。止不住眼中滴淚道：「師兄啊！你千萬休生懶惰！」八戒道：「不懶惰便怎麼？沙兄弟已被他拿住，我是戰不過他，不趁此散伙，還等甚麼？」

小龍沉吟半晌，又滴淚道：「師兄啊，莫說散伙的話。若要救得師父，你只去請個人來。」八戒道：「教我請誰麼？」小龍道：「你趁早兒駕雲回上花果山，請大師兄孫行者來。他還有降妖的大法力，管尋救了師父，也與你我報得這敗陣之仇。」八戒道：「兄弟，另請一個兒便罷了。那猴子與我有些不睦。前者在白虎嶺上，打殺了那白骨夫人，他怪我攛掇師父念《緊箍兒咒》。我也只當耍子，不想那老和尚當真的念起來，就把他趕逐回去。他不知怎麼樣的惱我。他也決不肯來。倘或言語上，略不相對，他那哭喪棒又重，假若不知高低，撈上幾下，我怎的活得成麼？」小龍道：「他決不打你。他是個有仁有義的猴王。你見了他，且莫說師父有難，只說：『師父想你哩。』把他哄將來，到此處，見這樣個情節，他必然不忿，斷乎要與那妖精比並，管情拿得那妖精，救得我師父。」八戒道：「也罷，也罷。你倒這等盡心，我若不去，顯得我不盡心了。我這一去，果然行者肯來，我就與他一路來了；他若不來，你卻也不要望我，我也不來了。」小龍道：「你去，你去；管情他來也。」

真個呆子收拾了釘鈀，整束了直裰，跳將起去，踏著雲，徑往東來。這一回，也是唐僧有命。那呆子正遇順風，撐起兩個耳朵，好便似風篷一般，早過了東洋大海，按落雲頭。不覺的太陽星上，他卻入山尋路。

第三十回

邪魔侵正法　意馬憶心猿

正行之際，忽聞得有人言語。八戒仔細看時，原來是行者在山凹裡，聚集群妖。他坐在一塊石頭崖上，面前有一千二百多猴子，分序排班，口稱「萬歲！大聖爺爺！」八戒道：「且是好受用！且是好受用！怪道他不肯做和尚，只要來家哩！原來有這些好處，許大的家業，又有這多的小猴伏侍！若是老豬有這一座山場，也不做甚麼和尚了。如今既到這裡，卻怎麼好？必定要見他一見是。」那呆子有些怕他，又不敢明明的見他；卻往草崖邊，溜啊溜的，溜在那一千二三百猴子當中擠著，也跟那些猴子磕頭。

不知孫大聖坐得高，眼又乖滑，看得他明白。便問：「那班部中亂拜的是個夷人（外人）。是那裡來的？拿上來！」說不了，那些小猴，一窩蜂，把個八戒推將上來，按倒在地。行者道：「你是那裡來的夷人？」八戒低著頭道：「不敢，承問了；不是夷人，是熟人，熟人。」行者道：「我這大聖部下的群猴，都是一般模樣。你這嘴臉生得各樣（特別），相貌有些雷堆（蠢笨），定是別處來的妖魔。既是別處來的，若要投我部下，先來遞個腳色手本，報了名字，我好留你在這隨班點扎。若不留你，你敢在這裡亂拜！」八戒低著頭，拱著嘴道：「不羞！就拿出這副嘴臉來了！我和你兄弟也做了幾年，又推認不得，說是甚麼夷人！」行者笑道：「抬起頭來我看。」那呆子把嘴往上一伸道：「你看麼！你認不得我，好道認得嘴耶！」行者忍不住笑道：「豬八戒。」他聽見一聲叫，就一轂轆跳將起來道：「正是！正是！我是豬八戒！」他又思量道：「認得就好說話了。」

行者道：「你不跟唐僧取經去，卻來這裡怎的？想是你衝撞了師父，師父也貶你回來了？有甚貶書，拿來我看。」八戒道：「不曾衝撞他。他也沒甚麼貶書，也不曾趕我。」行者道：「既無貶書，又不曾趕你，你來我這裡怎的？」八戒道：「師父想你，著我來請你的。」行者道：「他也不請我，他也不想我。他那日對天發誓，親筆寫了貶書，怎麼又肯想我，又肯著你遠來請我？我斷然也是不好去的。」八戒就地扯個謊，忙道：「委是想你！委是想你！」行者道：「他怎的想我來？」八戒道：「師父在馬上正行，叫聲『徒弟』，我不曾聽見，沙僧又推耳聾；師父就想起你來，說我們不濟，說你還是個聰明伶俐之人，常時聲叫聲應，問一答十。因這般想你，專專教我來請你的。萬望你去走走，一則不辜他仰望之心，二來也不負我遠來之意。」

行者聞言，跳下崖來，用手攙住八戒道：「賢弟，累你遠來，且和我耍耍兒去。」八戒道：「哥啊，這個所在路遠，恐師父盼望去遲，我不耍子了。」行者道：「你也是到此一場，看看我的山景何如。」那呆子不敢苦辭，只得隨他走走。

二人攜手相攙，概眾小妖隨後，上那花果山極巔之處。好山！自是那大聖回家，這幾日，收拾得復舊如新。但見那：

青如削翠，高似摩雲。周圍有虎踞龍蟠，四面多猿啼鶴唳。朝出雲封山頂，暮觀日掛林間。流水潺潺鳴玉珮，澗泉滴滴奏瑤琴。山前有崖峰峭壁，山後有花木穠華。上連玉女洗頭盆，下接天河分派水。乾坤結秀賽蓬萊，清濁育成真洞府。丹青妙筆畫時難，仙子天機描不就。玲瓏怪石石玲瓏，玲瓏結彩嶺頭峰。日影動千條紫豔，瑞氣搖萬道紅霞。洞天福地人間有，遍山新樹與新花。

八戒觀之不盡，滿心歡喜道：「哥啊，好去處！果然是天下第一名山！」行者道：「賢弟，可過得日子麼？」八戒笑道：「你看師兄說的話。寶山乃洞天福地之處，怎麼說度日之言也？」二人談笑多時，下了山。只見路旁有幾個小猴，捧著紫巍巍的葡萄，香噴噴的梨棗，黃森森的枇杷，紅豔豔的楊梅，跪在路旁，叫道：「大聖爺爺，請進早膳。」行者笑道：「我豬弟食腸大，卻不是以果子作膳的。——也罷，也罷，莫嫌菲薄，將就吃個兒當點心罷。」八戒道：「我雖食腸大，卻也隨鄉入俗是。拿來，拿來，我也吃幾個兒嘗新。」

二人吃了果子，漸漸日高。那呆子恐怕誤了救唐僧，只管催促道：「哥哥，師父在那裡盼望我和你哩。望你和我早早兒去罷。」行者道：「賢弟，請你往水簾洞裡去耍耍。」八戒堅辭道：「多感老兄盛意。奈何師父久等，不勞進洞罷。」行者道：「既如此，不敢久留，請就此處奉別。」八戒道：「哥哥，你不去了？」行者道：「我往那裡去？我這裡，天不收，地不管，自由自在，不耍子兒，做甚麼和尚？我是不去，你自去罷。但上覆唐僧：既趕退了，再莫想我。」呆子聞言，不敢苦逼，只恐逼發他性子，一時打上兩棍。無奈，只得喏喏告辭，找路而去。

行者見他去了，即差兩個溜撒的小猴，跟著八戒，聽他說些甚麼。真個那呆子下了山，不上三四裡路，回頭指著行者，口裡罵道：「這個猴子，不做和尚，倒做妖怪！這個猢猻！我好意來請他，他卻不去！——你不去便罷！」走幾步，又罵幾聲。那兩個小猴，急跑回來報道：「大聖爺爺，那豬八戒不大老實，他走走兒，罵幾聲。」行者大怒。叫：「拿將來！」那眾猴滿地飛來趕上，把個八戒，扛翻倒了，抓鬃扯耳，拉尾揪毛，捉將回去。畢竟不知怎麼處治，性命死活若何，且聽下回分解。

第三十一回

豬八戒義激猴王　孫行者智降妖怪

義結孔懷（兄弟），法歸本性。金順木馴成正果，心猿木母合丹元。共登極樂世界，同來不二法門。經乃修行之總徑，佛配自己之元神。兄和弟會成三契，妖與魔色應五行。剪除六門趣，即赴大雷音。

卻說那呆子被一窩猴子捉住了，扛抬扯拉，把一件直裰子揪破。口裡嘮嘮叨叨的，自家念誦道：「罷了！罷了！這一去有個打殺的情了！」不一時，到洞口。那大聖坐在石崖之上，罵道：「你這饢糠的夯貨！你去便罷了，怎麼罵我？」八戒跪在地下道：「哥啊，我不曾罵你；若罵你，就嚼了舌頭根。我只說哥哥不去，我自去報師父便了。怎敢罵你。」行者道：「你怎麼瞞得過我？我這左耳往上一扯，曉得三十三天人說話；我這右耳往下一扯，曉得十代閻王與判官算賬。你今走路把我罵，我豈不聽見？」八戒道：「哥啊，我曉得。你賊頭鼠腦的，一定又變作個甚麼東西兒，跟著我聽的。」行者叫：「小的們，選大棍來！先打二十個見面孤拐，再打二十個背花，然後等我使鐵棒與他送行！」

第三十一回

豬八戒義激猴王　孫行者智降妖怪

八戒慌得磕頭道：「哥哥，千萬看師父面上，饒了我罷！」行者道：「我想那師父好仁義兒哩！」八戒又道：「哥哥，不看師父啊，請看海上菩薩之面，饒了我罷！」

行者見說起菩薩，卻有三分兒轉意道：「兄弟，既這等說，我且不打你。你卻老實說，不要瞞我。那唐僧在那裡有難，你卻來此哄我？」八戒道：「哥哥，沒甚難處，實是想你。」行者罵道：「這個好打的夯貨！你怎麼還要者囂（隱瞞）？我老孫身回水簾洞，心逐取經僧。那師父步步有難，處處該災。你趁早兒告誦我，免打！」

八戒聞得此言，叩頭上告道：「哥啊，分明要瞞著你，請你去的；不期你這等樣靈。饒我打，放我起來說罷。」行者道：「也罷，起來說。」眾猴撒開手，那呆子跳得起來，兩邊亂張。行者道：「你張甚麼？」八戒道：「看看那條路兒空闊，好跑。」行者道：「你跑到那裡？我就讓你先走三日，老孫自有本事趕轉你來！快早說來！這一惱發我的性子，斷不饒你！」

八戒道：「實不瞞哥哥說。自你回後，我與沙僧，保師父前行。只見一座黑松林，師父下馬，教我化齋。我因許遠，無一個人家，辛苦了，略在草裡睡睡。不想沙僧別了師父，又來尋我。你曉得師父沒有坐性；他獨步林間玩景，出得林，見一座黃金寶塔放光，他只當寺院，不期塔下有個妖精，名喚黃袍，被他拿住。後邊我與沙僧回尋。止見白馬、行囊，不見師父，隨尋至洞口，與那怪廝殺。師父在洞，幸虧了一個救星。原是寶象國王第三個公主，被那怪攝來者。他修了一封家書，托師父寄去，遂說方便，解放了師父。到了國中，遞了書子，那國王就請師父降妖，取回公主。哥啊，你曉得，那老和尚可會降妖？我二人復去與戰。不知那怪神通廣大，將沙僧又捉了。我敗陣而走，伏在草中。那怪變做個俊俏文人入朝，與國王認親，把師父變作老虎。又虧了白龍馬夜現龍身，去尋師父。

人，帶累你受氣。」公主道：「長老啊，你是我的恩人，你替我折辯了家書，救了我一命，我也留心放你；不期洞門之外，你有個大師兄孫悟空來了，叫我放你哩。」

噫！那沙僧一聞孫悟空的三個字，好便似醍醐灌頂，甘露滋心。一面天生喜，滿腔都是春。也不似聞得個人來，就如拾著一方金玉一般。你看他捽手拂衣，走出門來，對行者施禮道：「哥哥，你真是從天而降也！萬乞救我一救！」行者笑道：「你這個沙尼！師父念《緊箍兒咒》，可肯替我方便一聲？都弄嘴施展！要保師父，如何不走西方路，卻在這裡『蹲』甚麼？」沙僧道：「哥哥，不必說了。君子人既往不咎。我等是個敗軍之將，不可語勇，救我救兒罷！」行者道：「你上來。」沙僧才縱身跳上石崖。

卻說那八戒停立空中，看見沙僧出洞，即按下雲頭，叫聲：「沙兄弟，心忍！心忍！」沙僧見身道：「二哥，你從那裡來？」八戒道：「我昨日敗陣，夜間進城，會了白馬，知師父有難，被黃袍使法，變做個老虎。那白馬與我商議，請師兄來的。」行者道：「呆子，且休敘闊，把這兩個孩子，你抱著一個，先進那寶象城去激那怪來，等我在這裡打他。」沙僧道：「哥啊，怎麼樣激他。」行者道：「你兩個駕起雲，站在那金鑾殿上，莫分好歹，把那孩子往那白玉階前一摜。有人問你是甚人，你便說是黃袍妖精的兒子，被我兩個拿將來也。那怪聽見，管情回來，我卻不須進城與他鬥了。若在城上廝殺，必要噴雲噯霧，播土揚塵，驚擾那朝廷與多官黎庶，俱不安也。」八戒笑道：「哥哥，你但干事，就左（騙）我們。」行者道：「如何為左你？」八戒道：「這兩個孩子，被你抓來，已此唬破膽了；這一會聲都哭啞，再一會必死無疑；我們拿他往下一摜，摜做個肉砣子，那怪趕上肯放？定要我兩個償命。你卻還不是個乾淨人！——連見證也沒你，你卻不是左我們？」行者道：「他若扯

第三十一回

豬八戒義激猴王　孫行者智降妖怪

你，你兩個就與他打將這裡來。這裡有戰場寬闊，我在此等候打他。」沙僧道：「正是，正是。大哥說得有理。我們去來。」他兩個才倚仗威風，將孩子拿去。

行者即跳下石崖，到他塔門之下。那公主道：「你這和尚，全無信義：你說放了你師弟，就與我孩兒，怎麼你師弟放去，把我孩兒又留，反來我門首做甚？」行者陪笑道：「公主休怪。你來的日子已久，帶你令郎去認他外公去哩。」公主道：「和尚莫無禮。我那黃袍郎比眾不同。你若唬了我的孩兒，與他柳柳驚是。」

行者笑道：「公主啊，為人生在天地之間，怎麼便是得罪？」公主道：「我曉得。」行者道：「你女流家，曉得甚麼？」公主道：「我自幼在宮，曾受父母教訓。記得古書云：『五刑之屬三千，而罪莫大於不孝。』」行者道：「你正是個不孝之人。蓋『父兮生我，母兮鞠我。哀哀父母，生我劬勞！』故孝者，百行之原，萬善之本，卻怎麼將身陪伴妖精，更不思念父母？非得不孝之罪，如何？」公主聞此正言，半晌家耳紅面赤，慚愧無地。忽失口道：「長老之言最善。我豈不思念父母？只因這妖精將我攝騙在此，他的法令又謹，我的步履又難，路遠山遙，無人可傳音信。欲要自盡，又恐父母疑我逃走，事終不明。故沒奈何，苟延殘喘，誠為天地間一大罪人也！」說罷，淚如泉湧。

行者道：「公主不必傷悲。豬八戒曾告訴我，說你有一封書，曾救了我師父一命，你書上也有思念父母之意。老孫來，管與你拿了妖精，帶你回朝見駕，別尋個佳偶，侍奉雙親到老。你意如何？」公主道：「和尚啊，你莫要尋死。昨者你兩個師弟，那樣好漢，也不曾打得過我黃袍郎。你這般一個筋多骨少的瘦鬼，一似個螃蟹模樣，骨頭都長在外面，有甚本事，你敢說拿妖魔之話？」行者笑道：「你原來沒眼色，認不得人。俗語云：『尿泡雖大無斤兩，秤鉈雖小壓千斤。』他們相貌，空大無人。原來那師父被妖術魘住，不能行走，心上明白，只是口眼難開。行者笑道：「師父啊，你是個好和尚，怎麼弄出這般個惡模樣來也？你怪我行凶作惡，趕我回去，你要一心向善，怎麼一旦弄出個這等嘴臉？」八戒道：「哥啊，救他救兒罷。不要只管揭挑他了。」行者道：「你凡事攛唆，是他個得意的好徒弟，你不救他，又尋老孫怎的？原與你說來，待降了妖精，報了罵我之仇，就回去的。」沙僧近前跪下道：「哥啊，古人云：『不看僧面看佛面。』兄長既是到此，萬望救他一救。若是我們能救，也不敢許遠的來奉請你也。」行者用手挽起道：「我豈有安心不救之理？快取水來。」那八戒飛星去驛中，取了行李、馬匹，將紫金缽盂取出，盛水半盂，遞與行者。行者接水在手，念動真言，望那虎劈頭一口噴上，退了妖術，解了虎氣。

長老現了原身，定性睜睛，才認得是行者。一把攙住道：「悟空！你從那裡來也？」沙僧侍立左右，把那請行者，降妖精，救公主，解虎氣，並回朝上項事，備陳了一遍。三藏謝之不盡，道：「賢徒，虧了你也！虧了你也！這一去，早詣西方，徑回東土，奏唐王，你的功勞第一。」行者笑道：「莫說！莫說！但不念那話兒，足感愛厚之情也。」

國王聞此言，又勸謝了他四眾。整治素筵，大開東閣。他師徒受了皇恩，辭王西去。國王又率多官遠送。這正是：君回寶殿定江山，僧去雷音參佛祖。

畢竟不知此後又有甚事，幾時得到西天，且聽下回分解。

第三十二回
平頂山功曹傳信　蓮花洞木母逢災

話說唐僧復得了孫行者，師徒們一心同體，共詣西方。自寶象國救了公主，承君臣送出城西。說不盡沿路飢餐渴飲，夜住曉行。卻又值三春景候。那時節：

輕風吹柳綠如絲，佳景最堪題。時催鳥語，暖烘花發，遍地芳菲。海棠庭院來雙燕，正是賞春時。紅塵紫陌，綺羅弦管，鬥草（古代五月五日踏百草的游戲）傳卮（酒器）。

師徒們正行賞間，又見一山擋路。唐僧道：「徒弟們仔細。前遇山高，恐有虎狼阻擋。」行者道：「師父，出家人莫說在家話。你記得那烏巢和尚的《心經》云『心無掛礙；無掛礙，方無恐怖，遠離顛倒夢想』之言？但只是『掃除心上垢，洗淨耳邊塵。不受苦中苦，難為人上人。』你莫生憂慮，但有老孫，就是塌下天來，可保無事。怕甚麼虎狼！」長老勒回馬道：「我聖。北方的解與真武，南方的解與火德。是蛟精解與海主，是鬼祟解與閻王。各有地頭方向。我老孫到處裡人熟，發一張批文，把他連夜解著飛跑。」

那樵子止不住呵呵冷笑道：「你這個瘋潑和尚，想是在方上雲游，學了些書符咒水的法術，只可驅邪縛鬼，還不曾撞見這等狠毒的怪哩。」行者道：「怎見他狠毒？」樵子道：「此山徑過有六百里遠近，名喚平頂山。山中有一洞，名喚蓮花洞。洞裡有兩個魔頭，他畫影圖形，要捉和尚；抄名訪姓，要吃唐僧。你若別處來的還好，但犯了一個『唐』字兒，莫想去得，去得！」行者道：「我們正是唐朝來的。」樵子道：「他正要吃你們哩。」行者道：「造化！造化！但不知他怎的樣吃哩？」樵子道：「你要他怎的吃？」行者道：「若是先吃頭，還好耍子；若是先吃腳，就難為了。」樵子道：「先吃頭怎麼說？先吃腳怎麼說？」行者道：「你還不曾經著哩。若是先吃頭，一口將他咬下，我已死了，憑他怎麼煎炒熬煮，我也不知疼痛；若是先吃腳，他啃了孤拐，嚼了腿亭，吃到腰截骨，我還急忙不死，卻不是零零碎碎受苦？此所以難為也。」樵子道：「和尚，他那裡有這許多工夫，只是把你拿住，捆在籠裡，囫圇蒸吃了！」行者笑道：「這個更好！更好！疼倒不忍疼，只是受些悶氣罷了。」樵子道：「和尚不要調嘴。那妖怪隨身有五件寶貝，神通極大極廣。就是擎天的玉柱，架海的金梁，若保得唐朝和尚去，也須要發發昏是。」行者道：「發幾個昏麼？」樵子道：「要發三四個昏是。」行者道：「不打緊，不打緊。我們一年，常發七八百個昏兒，這三四個昏兒易得發；發發兒就過去了。」

好大聖，全然無懼，一心只是要保唐僧，捽脫樵夫，拽步而轉。徑至山坡馬頭前道：「師父，沒甚大事。有便有個把妖精兒，只是這裡人膽小，放他在心上。有我哩，怕他怎的？走路！走路！」長老見說，只得放懷隨行。

正行處，早不見了那樵夫。長老道：「那報信的樵子如何就不見了？」八戒道：「我們造化低，撞見日裡鬼了。」行者道：「想是他鑽進林子裡尋柴去了。等我看看來。」好大聖，睜開火眼金睛，漫山越嶺的望處，卻無蹤跡。忽抬頭往雲端裡一看，看見是日值功曹，他就縱雲趕上，罵了幾聲「毛鬼」，道：「你怎麼有話不來直說，卻那般變化了，演樣老孫？」慌得那功曹施禮道：「大聖，報信來遲，勿罪，勿罪。那怪果然神通廣大，變化多端。只看你騰那乖巧，運動神機，仔細保你師父；假若怠慢了些兒，西天路莫想去得。」

行者聞言，把功曹叱退，切切在心。按雲頭，徑來山上。只見長老與八戒、沙僧，簇擁前進。他卻暗想：「我若把功曹的言語實實告誦師父，師父他不濟事，必就哭了；假若不與他實說，蒙著頭，帶著他走，常言道：『乍入蘆圩，不知深淺。』倘或被妖魔擄去，卻不又要老孫費心？且等我照顧八戒一照顧，先著他出頭與那怪打一仗看。若是打得過他，就算他一功；若是沒手段，被怪拿去，等老孫再去救他不遲。卻好顯我本事出名。」正自家計較，以心問心道：「只恐八戒躲懶便不肯出頭。師父又有些護短。等老孫羈勒他羈勒。」

好大聖，你看他弄個虛頭，把眼揉了一揉，揉出些淚來。迎著師父，往前徑走。八戒看見，連忙叫：「沙和尚，歇下擔子，拿出行李來，我兩個分了罷！」沙僧道：「二哥，分怎的？」八戒道：「分了罷！你往流沙河還做妖怪，老豬往高老莊上盼盼渾家。把白馬賣了，買口棺木，與師父送老，大家散伙。還往西天去哩？」長老在馬上聽見。道：「這個夯貨！正走路，怎麼又胡說了？」八戒道：「你兒子便胡說！你不看見孫行者那裡哭將來了？他是個鑽天入地，斧砍火燒，下油鍋都不怕的裡睡覺去，睡一覺回去，含含糊糊的答應他，只說是巡了山，就了其賬也。」那呆子一時間僥幸，搴著鈀，又走。只見山凹裡一彎紅草坡，他一頭鑽得進去，使釘鈀撲個地鋪，轂轆的睡下。把腰伸了一伸，道聲：「快活！就是那弼馬溫，也不得像我這般自在！」原來行者在他耳根後，句句兒聽著哩；忍不住，飛將起來，又捉弄他一捉弄。又搖身一變，變作個啄木蟲兒。但見：

鐵嘴尖尖紅溜，翠翎豔豔光明。一雙鋼爪利如釘，腹餒何妨林靜。最愛枯槎朽爛，偏嫌老樹伶仃。圜睛決尾性丟靈（靈巧），辟剝之聲堪聽。

這蟲蟻（這裡指飛禽）不大不小的，上秤稱，只有二三兩重。紅銅嘴，黑鐵腳，刷剌的一翅飛下來。那八戒丟倒頭，正睡著了，被他照嘴唇上扢揸的一下。那呆子慌得爬將起來，口裡亂嚷道：「有妖怪！有妖怪！把我戳了一槍去了！嘴上好不疼呀！」伸手摸摸，泱出血來了。他道：「蹭蹬啊！我又沒甚喜事，怎麼嘴上掛了紅耶？」他看著這血手，口裡絮絮叨叨的兩邊亂看，卻不見動靜，道：「無甚妖怪，怎麼戳我一槍麼？」忽抬頭往上看時，原來是個啄木蟲，在半空中飛哩。呆子咬牙罵道：「這個亡人！弼馬溫欺負我罷了，你也來欺負我！我曉得了。他一定不認我是個人，只把我嘴當一段黑朽枯爛的樹，內中生了蟲，尋蟲兒吃的，將我啄了這一下也。等我把嘴揣在懷裡睡罷。」那呆子轂轆的依然睡倒。行者又飛來，著耳根後又啄了一下。呆子慌得爬起來道：「這個亡人，卻打攪得我狠！想必這裡是他的窠巢，生蛋布雛，怕我占了，故此這般打攪，罷！罷！罷！不睡他了！」搴著鈀，徑出紅草坡，找路又走。可不喜壞了孫行者，笑倒個美猴王。行者道：「這夯貨大睜著兩個眼，

第三十二回

平頂山功曹傳信　蓮花洞木母逢災

連自家人也認不得！」

好大聖，搖身又一變，還變做個蟭蟟蟲，釘在他耳朵後面，不離他身上。那呆子入深山，又行有四五里，只見山凹中有桌面大的四四方方三塊青石頭。呆子放下鈀，對石頭唱個大喏。行者暗笑道：「這呆子！石頭又不是人，又不會說話，又不會還禮，唱他喏怎的，可不是個瞎賬？」原來那呆子把石頭當著唐僧、沙僧、行者三人，朝著他演習哩。他道：「我這回去，見了師父，若問有妖怪，就說有妖怪。他問甚麼山，我若說是泥捏的，土做的，錫打的，銅鑄的，麵蒸的，紙糊的，筆畫的，他們見說我呆哩，若講這話，一發說呆了；我只說是石頭山。他問甚麼洞，也只說是石頭洞。他問甚麼門，卻說是釘釘的鐵葉門。他問裡邊有多遠，只說入內有三層。——十分再搜尋，問門上釘子多少，只說老豬心忙記不真。此間編造停當，哄那弼馬溫去！」

那呆子捏合（把謊話編圓）了，拖著鈀，徑回本路。怎知行者在耳朵後，一一聽得明白。行者見他回來，即騰兩翅預先回去。現原身，見了師父。師父道：「悟空，你來了，悟能怎不見回？」行者笑道：「他在那裡編謊哩。就待來也。」長老道：「他兩個耳朵蓋著眼，愚拙之人也。他會編甚麼謊？又是你捏合甚麼鬼話賴他哩。」行者道：「師父，你只是這等護短。這是有對問的話。」把他那鑽在草裡睡覺，被啄木蟲叮醒，朝石頭唱喏，編造甚麼石頭山、石頭洞、鐵葉門、有妖精的話，預先說了。說畢，不多時，那呆子走將來。又怕忘了那謊，低著頭，口裡溫習。被行者喝了一聲道：「呆子！念甚麼哩？」八戒掀起耳朵來看看道：「我到了地頭了！」那呆子上前跪倒。長老攙起道：「徒弟，辛苦啊。」八戒道：「正是。走路的人，爬山的人，第一辛苦了。」長老道：「可有妖怪麼？」八戒道：「有妖怪！有妖怪！一堆妖怪哩！」長老道：「怎麼打發你來？」八戒說：「他叫我做豬祖宗，豬外公，安排些粉湯素食，教我吃了一頓，說道：「擺旗鼓送我們過山哩。」行者道：「想是在草裡睡著了，說得是夢話？」呆子聞言，就嚇得矮了二寸道：「爺爺呀！我睡他怎麼曉得？……」行者上前，一把揪住道：「你過來，等我問你。」呆子又慌了，戰戰兢兢的道：「問便罷了，揪扯怎的？」行者道：「是甚麼山？」八戒道：「是石頭山。」——「甚麼洞？」道：「是石頭洞。」——「甚麼門？」道：「是釘釘鐵葉門。」——「裡邊有多遠？」道：「入內是三層。」行者道：「你不消說了，後半截我記得真。恐師父不信，我替你說了罷。」八戒道：「嘴臉！你又不曾去，你曉得那些兒，要替我說？」行者笑道：「門上釘子有多少，只說老豬心忙記不真。可是麼？」那呆子即慌忙跪倒。行者道：「朝著石頭唱喏，當做我三人，對他一問一答。可是麼？又說：『等我編得謊兒停當，哄那弼馬溫去！』可是麼？」那呆子連忙只是磕頭道：「師兄，我去巡山，你莫成跟我去聽的？」行者罵道：「我把你個饢糠的夯貨！這般要緊的所在，教你去巡山，你卻去睡覺！不是啄木蟲叮你醒來，你還在那裡睡哩。及叮醒，又編這樣大謊，可不誤了大事？你快伸過孤拐來，打五棍記心！」

八戒慌了道：「那個哭喪棒重，擦一擦兒皮塌，挽一挽兒筋傷，若打五下，就是死了！」行者道：「你怕打，卻怎麼扯謊？」八戒道：「哥哥呀，只是這一遭兒，以後再不敢了。」行者道：「一遭便打三棍罷。」八戒道：「爺爺呀，半棍兒也禁不得！」呆子沒計奈何，扯住師父道：「你替我說個方便兒。」長老道：「悟空說你編謊，我還不信。今果如此，其實該打。——但如今過山少人使喚，悟空，你且饒他，待過了山，再打罷。」行者道：「古人云：『順父母言情，呼為大孝。』師父說不打，我就且饒你。你再去與他巡山。若再說謊誤事，我定一下也不饒你！」

第三十二回

平頂山功曹傳信　蓮花洞木母逢災

那呆子只得爬起來又去。你看他奔上大路，疑心生暗鬼，步步只疑是行者變化了跟住他。故見一物，即疑是行者。走有七八里，見一隻老虎，從山坡上跑過，他也不怕，舉著釘鈀道：「師兄來聽說謊的？這遭不編了。」又走處，那山風來得甚猛，呼的一聲，把棵枯木刮倒，滾至面前，他又跌腳捶胸的道：「哥啊！這是怎的起！一行說不敢編謊罷了，又變甚麼樹來打人！」又走向前，只見一個白頸老鴉，當頭喳喳的連叫幾聲，他又道：「哥哥，不羞！不羞！我說不編就不編了，只管又變著老鴉怎的？你來聽麼？」原來這一番行者卻不曾跟他去，他那裡卻自驚自怪，亂疑亂猜，故無往而不疑是行者隨他身也。呆子驚疑且不題。

卻說那山叫做平頂山，那洞叫做蓮花洞。洞裡兩妖：一喚金角大王，一喚銀角大王。金角正坐，對銀角說：「兄弟，我們多少時不巡山了？」銀角道：「有半個月了。」金角道：「兄弟，你今日與我去巡巡。」銀角道：「今日巡山怎的？」金角道：「你不知。近聞得東土唐朝差個御弟唐僧往西方拜佛，一行四眾，叫做孫行者、豬八戒、沙和尚，連馬五口。你看他在那處，與我把他拿來。」銀角道：「我們要吃人，那裡不撈幾個。這和尚到得那裡，讓他去罷。」金角道：「你不曉得。我當年出天界，嘗聞得人言：唐僧乃金蟬長老臨凡，十世修行的好人，一點元陽未洩。有人吃他肉，延壽長生哩。」銀角道：「若是吃了他肉就可以延壽長生，我們打甚麼坐，立甚麼功，煉甚麼龍與虎，配甚麼雌與雄？只該吃他去了。等我去拿他來。」金角道：「兄弟，你有些性急，且莫忙著。你若走出門，不管好歹，但是和尚就拿將來，假如不是唐僧，卻也不當人子。我記得他的模樣，曾將他師徒畫了一個影，圖了一個形，你可拿去。但遇著和尚，以此照驗照驗。」又將某人是某名字，一一說了。銀角得了圖像，知道姓名，即出洞，點起三十名小怪，便來山上巡邏。

卻說八戒運拙。正行處，可可的撞見群魔，當面擋住道：「那來的甚麼人？」呆子才抬起頭來，掀著耳朵，看見是些妖魔，他就慌了，心中暗道：「我若說是取經的和尚，他就撈了去；只是說走路的。」小妖回報道：「大王，是走路的。」那三十名小怪，中間有認得的，不認得的，旁邊有聽著指點說話的，道：「大王，這個和尚，像這圖中豬八戒模樣。」叫掛起影神圖來。八戒看見，大驚道：「怪道這些時沒精神哩！原來是他把我的影神傳將來也！」小妖用槍挑著，銀角用手指道：「這騎白馬的是唐僧。這毛臉的是孫行者。」八戒聽見道：「城隍，沒我便也罷了，豬頭三牲，清醮二十四分……」口裡嘮叨，只管許願。那怪又道：「這黑長的是沙和尚，這長嘴大耳的是豬八戒。」呆子聽見說他，慌得把個嘴揣在懷裡藏了。那怪叫：「和尚，伸出嘴來！」八戒道：「胎裡病，伸不出來。」那怪令小妖使鉤子鉤出來。八戒慌得把個嘴伸出道：「小家形。罷了，這不是？你要看便就看，鉤怎的？」那怪認得是八戒，掣出寶刀，上前就砍。這呆子舉釘鈀按住道：「我的兒，休無禮！看鈀！」那怪笑道：「這和尚是半路出家的。」八戒道：「好兒子！有些靈性！你怎麼就曉得老爺是半路出家的？」那怪道：「你會使這鈀，一定是在人家園圃中築地，把他這鈀偷將來也。」八戒道：「我的兒，你那裡認得老爺這鈀。我不比那築地之鈀。這是：

巨齒鑄來如龍爪，滲金妝就似虎形。若逢對敵寒風灑，但遇相持火焰生。
能替唐僧消障礙，西天路上捉妖精。輪動煙霞遮日月，使起昏雲暗斗星。
築倒泰山老虎怕，掀翻大海老龍驚。饒你這妖有手段，一鈀九個血窟窿！」